메넬도르

빈달브

윌리엄

# Contents

권두, 본문 일러스트 / 린 쿠스사가

권두 본문 디자인 / 키무라 디자인 랩

# 변경의
# 팔라딘

## 철녹산의 왕

III

(하)

야 나 기 노  카 나 타

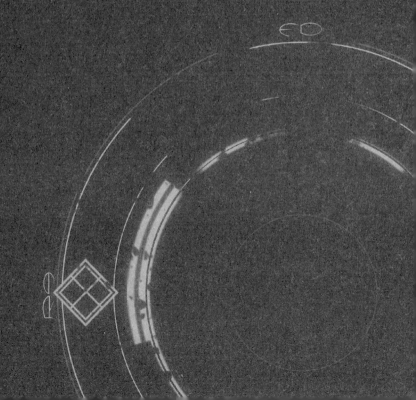

서 장

돌로 지어진 벽. 목제의 직은 의자와 긴소한 책상이 있고, 벽면에 움푹 파인 *알코브에는 아늑해 보이는 침대도 있다.

책상이나 선반에는 여행에 나서면서 두고 간 생활용품이나 책, 많은 메모들이 그대로 남아 있었다.

그리웠던, 그 인덕의 신진에 있는 나의 방이다.

"…………."

나는 그 망자의 도시에 돌아왔다.

평화로운 귀향——이었으면 좋았겠지만, 그렇게 되지는 않았다.

점점 늘어나는 악마(데 몬)와 관련된 사건.

서쪽의 《철녹산맥(러스트 마운틴즈)》에서 울리는 용의 포효.

불사신(不死神)의 《전달자(해 럴 드)》에게서는 '용에게 도전하면 죽을 것

---

* 알코브(alcove): 벽감. 벽면을 우묵하게 들어가게 해서 만든 공간.

이다.' 라는 예언을 들었지만……. 그럼에도 나는 고민 끝에, 깨고 싶지 않은 맹세를 지키기 위해 용에게 도전하기로 결심했다.

물론, 허무하게 죽을 생각은 없다. 작전도 세웠다.

강을 거슬러 올라가 데몬들의 경계망을 뚫고, 《러스트 마운틴즈》 서쪽에서 기습을 건다는 책략이다.

그러기 위해서 망자의 도시를 경유하게 되었고, 그 덕에 뜻하지 않게 귀향을 할 수 있었다.

──사투를 앞둔, 가벼운 숨 돌리기였다.

지금은 다들 거스의 안내를 받아 신전의 몇몇 방에 나뉘어서 조촐한 휴식을 취하고 있다.

내가 배정받은 방은 이곳, 소년 시절을 보낸 그리운 방이다.

차가운 석벽을 손가락으로 만져 본다. 수많은 추억이 떠오른다.

……불사자인 세 명은 기온의 차이를 잘 몰랐지만, 나는 살아 있는 인간이기 때문에 얼어붙는 겨울밤은 상당히 추웠다.

거스는 그럴 때면 이러니저러니 하면서도 따뜻하게 달군 돌을 마련해 주었다.

화롯가에서 돌이 달궈지는 것을 기다리며 브래드는 과장스러운 몸짓, 손짓으로 용장한 무용담을 이야기해 주었고.

마리는 바느질을 하면서도 브래드의 이야기에 미소 지으며 맞장구를 치고는 했다.

그것은 이제 지나가 버린, 반짝반짝 빛나는 행복한 과거였다.

……브래드와 마리는 더 이상 없다.

하지만 그 사실이 그날의 가치를 해치지는 않을 것이다.

행복한 과거는 멈추지 않고 계속 반짝반짝 빛난다.

아마 거스가 사라지고, 언젠가 내가 죽는다고 해도.

흐르는 시간의 강물 아래에 내려 쌓이는 아름다운 모래처럼.

──멈추지 않고, 계속 반짝반짝 빛날 것이다.

"……응."

그런 식으로 상상하자, 절로 입가에 미소가 지어졌다.

고향에 돌아왔다는 것 때문에 살짝 감상적으로 변했는지도 모른다.

그때, 방문을 두드리는 소리가 들렸다.

"──요. 들어간다?"

삐거덕거리는 낡은 문을 열며 메넬이 얼굴을 내비쳤다.

그는 흥미 깊다는 듯이 두리번두리번 시선을 돌린다.

"여기, 네 방이야?"

"응."

메넬은 흐응, 하고 중얼거린 뒤 주변을 둘러봤다.

"좁군."

"어렸을 때는 꽤 적당했지만 말이야."

애초에 신전에서 일하는 신관이 생활하기 위한 방이다.

쓸데없는 걸 넣을 공간은 거의 없고, 심플한 구조로 되어 있다.

"……이봐, 윌. 그 거스라는 할아버지 말이야, 장난 아니네."

"상상했던 거보다 속물 같다든가, 그런 식의 말을 듣게 될 거라 생각했어."

"아니. 속물 같은 건 맞아. 속물은 속물인데, 뭐랄까……."

메넬은 신중하게 말을 고르듯이 잠시 침묵한 뒤.

"방을 안내받았을 때, 모든 걸 꿰뚫어 보고 있다는 듯한 느낌이 들었어."

나는 그렇게 중얼거리는 메넬에게 조용히 고개를 끄덕였다.

……세상에 이름을 떨치는 위대한 마법사 중에는 과묵한 인물이 많다.

거짓말은 《창조의 말》의 힘을 약화시킨다.

날카롭지도 않고, 무겁지도 않고. 그저 둔탁하고 가볍기만 한 《말》로는 아무것도 행할 수 없다.

그렇기 때문에 현자라고 불리는 마법사들은 침묵을 선택하고, 세속적인 말을 하지 않는다.

하지만 거스는 말한다. 엄청 말한다.

돈이며 여자며, 곧잘 세속적인 말을 하고, 즐거워하며 웃는다.

그럼에도 그가 가진 《말》의 힘은 약화되지 않는다.

과묵한 사람이 말하는 단 한마디가 무거운 것처럼.

뛰어난 재능을 세속적인 말로 완화시키고 있는 사람의 한마디 진실에는 예리함이 있다.

"응, 엄청나지?"

그런 거스가 거짓말을 입에 담은 것은 내가 아는 한, 단 한 번뿐이다.

그 어두컴컴한 지하 거리에서——. 나를 죽이지 않겠다고, 결심했을 때뿐.

"……나의, 자랑스러운 할아버지야."

나는 그렇게 말하고 웃었다.

메넬도 웃었다.

◆

　짐을 내리고 장비를 풀어 한숨 돌린 뒤, 나는 메넬에게 다른 사람들을 맡기고 거스가 있는 곳으로 향했다. 거스에게 정보를 요청하기 위해서이다.

　지금의 거스는 이 도시에 묶인 신의 사도이지만, 동시에 200년 전의 현자이기도 하다.

　무언가 유익한 정보를 알고 있을지도 모른다. 그렇게 생각했는데——.

　"《신들의 낫》이자 《재앙의 낫》, 사룡(邪龍) 바라키아카는 나도 본 적이 없다."

　거스는 어깨를 움츠렸다.

　"기회가 있으면 만나서 교섭이라도 해 봤으면 싶었다만. 녀석이 데몬의 진영에 붙지 않았다면, 《상왕》전에서 그렇게나 많은 영웅들이 목숨을 잃을 일은 없었을 게다."

　거스는 신들의 시대부터 살아온 고대의 용 한 마리가 적군이 될지 아군이 될지에 따라, 싸움의 추세가 크게 좌우된다고 말했다.

　"만약 싸운다고 하면, 오래된 상처를 노려라. 고대로부터 다양한 전장에서 신들의 《메아리》나 수많은 영웅과 싸워 온 바라키아카에게는 상처를 입어 비늘이 벗겨졌다는 일화가 많이 있지. ⋯⋯용의 비늘은 강인하다. 제아무리 브래드라고 해도, 용의 비늘 위에서 살점까지는 자를 수 없을 게야."

　드워프나 인간 전사, 하프 엘프 사냥꾼과 함께 용이 지배하는 산으로 가, 비늘이 벗겨진 부분을 노린다.

어쩐지 지난 생의 오래된 판타지 소설 같은 상황이다. 하지만 막상 현실이 되니 탐탁지 않다.

"……《존재 말소의 말》은?"

용을 쓰러뜨리기 위해 생각했던 수단을 거스에게 물어본다.

거스가 불사신의 《에코》를 쓰러뜨린 그 마법이라면, 어쩌면 ——.

"맞기만 하면이야, 용까지도 없애 버릴 수 있겠다만."

거스의 그 말은 즉, 명중할 일이 없다는 것이다.

"고대의, 진정한 용이 어떻게 그런 거구를 가지고도 빠르게 날 수 있는지, 그 이유를 아느냐? ……고대의 용은 신화 속의 거주자이지. 현재를 사는 우리보다도 《말》과 친밀한 존재다."

고로 용은 하늘을 난다.

"《말》은 허공을 달리는 것이기 때문에."

온갖 이치를 무시하고, 용은 하늘을 난다.

《말》과 친밀하기 때문에.

"그래, 고대의 용은 극에 달한 《말》의 사용자이기도 하다. 게다가 바라키아카는 불사신(不死神) 같은 협상가가 아니라, 연륜이 쌓인 억척스러운 싸움꾼이야. 윌, 너는 상당한 수준의 마법사가 된 모양이다만, 마법 난타전으로 넘어가면 지게 될 게다."

"……마법전은 불리하다는 말이군."

"큰 체격에서 오는 완력이나 체력도 보통이 아니니 백병전으로도 불리하지만 말이다. 브래드식으로 말하자면 근육에서 이미 진 것이나 다름없다."

알고는 있었지만 근육에 의한 밀어붙이기로 이길 수 없는 것은 뼈아프다.

……지금까지 거의 그 방법으로 이겨 왔는데, 그 방법을 쓸 수 없는 것이다.

"그러니 예로부터 용 살해의 정석이라고 하면, 준비를 완벽하게 갖추고, 상대가 채 준비하지 못한 틈을 타 소굴로 기습하는 것이다만…… 산에는 데몬 놈들이 떼 지어 있겠지? 바라키아카는 분명 데몬 놈들의 세력을 경보 대용으로 쓰고 있는 게야."

"……불사신이 나를 말리려고 했던 이유를 알 것만 같아."

고대 마법의 힘. 압도적인 체격과 근육. 그리고 오랜 세월 동안 축적된, 자신의 약점을 보완하는 경험과 지혜.

──당연히 스타그네이트도 지금의 나로서는 승산이 거의 없다고 판단할 것이다.

"흥. 스타그네이트라. ……《전달자<sup>해럴드</sup>》라도 왔더냐?"

"까마귀가 왔었어."

거스는 기분이 언짢은 듯 콧방귀를 뀌었다.

"네가 마음에 든 모양이로구나."

"원하던 바는 아니지만."

나도 얼굴을 찡그리며 대답했다.

"……녀석의 사상은 신의 사상이다. 신이 아닌 우리 대부분은 따라갈 수 없지."

"응."

"덤으로 신인 주제에 친한 척해. ……아니, 교활해! 우리가 도망칠 수 없는 타이밍에서 계약을 제안해 오다니, 교활하기

짝이 없다! 그런 조리도 이치도 무시한 계약, 찢어 버려서 속이 시원했다고! 신이라면 조금 더 당당하게 해야지, 당당하게! 녀석이 악신의 한 축으로 손꼽히는 것도 마땅한 이치야!"

거스는 한바탕 소리를 친 뒤, 후우, 한숨을 쉬고.

"……단, 어느 정도는 감사하는 일도 있다."

심통이 난 듯한 표정으로 그렇게 말했다.

◆

"언데드가 되어, 너를 기를 기회를 얻었던 브래드와 마리는 ──. 아들과 딸처럼 생각하기도 했던 나의 얼마 되지 않는 친구들은 행복하게 갈 수 있었다."

거스가 시선을 휙 돌린다.

그 방향에 있는 것은 브래드와 마리의 무덤이다.

"……그리고 나 또한 너를 기를 수 있었지."

거스는 시선을 돌린 채 그렇게 말했다.

"나는 제자를 두지 않는다. 나의 지식도 기술도 나의 대에서 끝. 확 피었다가, 깨끗하게 진다. 그것으로 좋다고 생각했었다만 ──. 죽어서 잃게 되니 어찌 이리도 미련이 샘솟는 것인지."

"거스……."

"네 덕분에, 다음의 대로 이어졌다. ──이 또한, 살아가는 묘미겠지."

뭐, 나는 이미 한참 전에 죽었지만, 하고 말하며 거스는 껄껄 웃었다.

그러고 나서 거스는 조금 시간을 두고, 표정을 다잡은 뒤 물었다.

"……뭘, 알고 있느냐?"

"괜찮아, 알고 있어."

그렇기 때문에 혼자서 거스에게 이야기하러 온 것이다.

현실적으로——.

"용과 교섭을 할 수 있는 여지는 거의 없어."

그래, 맞다. 거스는 그렇게 말하며 고개를 끄덕거렸다.

"이 지역 일대에, 지금 너 이상의 전력은 없다고 신도 인정했다. 그렇다면 바라키아카에게 있어서는, 바로 지금이 활동하기에 적합한 시기겠지."

"나도 그렇게 생각해."

왜냐하면,

"바라키아카는 이미 신들에게 경계를 받았으니까."

불사신은 말했었다. 직접 《에코》를 강림시킬 수 있다면, 쓰러뜨리러 가고 싶은 심정이라고.

거스는 말했었다. 신들의 시대부터 살아온 고대의 용 한 마리가 적군이 될지 아군이 될지에 따라, 싸움의 추세가 크게 좌우된다고.

지금의 시대를 사는 용이라는 것은 그만큼의 위협이며——. 거꾸로 말하자면 용이 살기 위해서는 그에 상응하는 난전(亂戰)이 요구된다.

"용 스스로도 자각하고 있을 테지만, 바라키아카는 아무런 대책도 없이 계속 잠만 자다가 고립되면, 언젠가는 어느 신이 보낸 《분령》이나 사도에게 『내 계획의 장애물』로서 살해당할지도 모르는 입장에 있어. 아울반굴 왕에게 입은 눈의 상처가 치유되면, 또다시 활동을 시작하여 세력을 구축하거나, 어딘가의 세력에 참가하여 전란을 일으키려 할 거야."

"그래. 계속 헤엄치지 않으면 죽게 되는 물고기 같은 게지. 바라키아카가 전란의 소용돌이 속에서밖에 살아갈 수 없는 이상, 온건한 사상을 갖는 너를 주인으로 섬길 일은 없을 게야. 지금 시대에 《상왕》 정도의 압도적인 존재가 없다고 한다면, 자신의 깃발을 내걸든가, 어쩌면 다른 세력에 섞여 대란을 일으키든가. 어느 쪽이든 세상을 어지럽히고, 신들의 눈을 속이려 할 것이 뻔하다──."

거스가 나를 봤다.

"그것을 주저하게 할 힘을 가진 자는, 그야말로 너 하나뿐인 게다."

고개를 끄덕인다.

"그리고 나에게는 힘이 부족해. ……아마도, 용이 보면 다소 주저는 할지언정, 뛰어넘을 수 있는 장애물이야."

지금까지 내가 뛰어넘을 수 있다고 생각했던 장애물들을 순조롭게 뛰어넘어 왔듯이.

용도 나를 그렇게 간주하고, 뛰어넘으려 할 것이다.

"윌. ……너, 죽게 될 게다."

"그건 알아. 그래도 싸우기로 결심했어."

신이 맡겨 준 따뜻한 열이 아직도 나의 가슴속에 숨 쉬고 있었다.

"어차피 그냥 놔두어도, 용이 잠에서 깨면 전란이 일어나."

"도망치면 되지 않느냐."

"······거스."

진지한 표정으로 그렇게 말해 주는 거스.

그 마음을 고맙게 생각하면서, 나는 미소 지었다.

"──《살아 있다는 것》과 《죽지 않은 것》은 다르니까."

모든 것을 못 본 척하고 목숨을 부지한다면, 그것은 죽지 않은 것뿐이다.

그래서는 안 된다고, 나는 지난 생에서, 그리고 이번 생에서 배웠다.

"··········어쩔 수 없군."

거스는 한숨을 쉬었다.

무언가를 포기하려는 듯한, 깊은 한숨이었다.

나는 그런 거스에게 어조를 밝게 바꾸고 화제를 돌린다.

"아, 그래, 거스. 줄곧 묻고 싶었던 건데······ 《삼영걸》의 영웅담 중 《비룡<sup>와이번</sup> 살해》 무훈시를 들었기든. 돈과 단검을 빌린 인간 남자아이와 하프 엘프 여자아이, 기억나?"

"음? 오오, 그립구면. 물론 기억하고 있지."

"둘 다 지금은 출세해서 귀족이 됐고. ······하프 엘프 여자아이는, 할머니가 된 지금도 계속 기다리고 있대."

"······그렇구나."

거스는 웃었다.

쓸쓸하게 느껴지는 웃음이었다.

"이 몸으로는······ 이제 빌려준 돈을 받으러 갈 수 없는데 말이다.”

“그러면 말이야. 내가 대신 가도 될까?”

내가 그렇게 말하자, 거스는 내가 무슨 말을 하고 싶은지 헤아려 준 모양이다.

“으음, 부탁한다. ……돈을 징수하는 것은 중요한 일이니까 말이지! 죽으면 안 되겠구나!”

“그렇지?! 빌려준 돈은 확실히 돌려받아야지!”

……그래. 아직 하고 싶은 일이 있다.

불리하기는 하지만, 죽을 생각은 없다.

“그렇다면 상관없다.”

살아서 돌아올 생각이 있다면, 거스는 암시적으로 그렇게 말하고,

“네가 나의 징수 대리인 역할을 하겠다면, 그냥 죽게 놔둘 수도 없겠구먼.”

히죽 웃으며 팔을 걷어붙이고 주먹을 쥐어 보인다.

“이 도시에는 《상왕》에게 도전했던 전우들의 장비도 남아 있다. ──동료들 것까지 포함해서, 조금 조달해 가지 않겠느냐?”

“나야 좋지!”

나도 웃으며 고개를 끄덕였다.


◆


거스는 무기를 보여 주겠다고 말한 뒤, 우리를 데리고 신전 밖으로 향했다.

신전 옆에는 작은 창고가 있다. 마리가 헛간 대신으로 사용하던, 텃밭 손질에 필요한 농기구 등을 넣었던 장소다.

"……?"

나는 고개를 갸웃거렸다.

물론 창고에 들어가 본 적은 있지만, 거기에는 무기 같은 것은 없었을 터.

아니, 하지만 나는 애초에 브래드가 어디에 무기를 저장하고 있었는지――.

"자."

거기까지 생각했을 때, 거스가 한두 마디 《말》을 중얼거리자, 어두컴컴한 창고의 한쪽 구석, 마룻바닥이라고 생각했던 부분에서 숨겨진 문이 모습을 드러냈다.

모두가 눈을 크게 뜬다.

……《현혹》의 마법이다.

"이런 곳이, 있었구나……."

"어린 너에게 이런 곳을 알려 줄 수는 없었지."

안 그래도 너는 마리 건으로 터무니없는 짓을 했으니까 말이야, 거스는 그렇게 말한다.

"의심하는 마음이 없으면 《현혹의 말》을 간파할 수는 없다. 너는 무언가 용무가 있을 때만 창고에 오니까 말이다. 용무만 생각하다가 바닥에 《말》이 새겨져 있을 것이라고는 일일이 의심하지도 않았겠지."

《현혹》의 마법을 사용하는 요령은 상대가 현혹되었다는 생각조차 하지 못하는 곳에 새겨 두는 게야, 거스는 그렇게 말하며 웃었다.

단순한 역량은 둘째 치고, 이런 식으로 《말》을 교묘하게 사용하는 방법에서는 아직 거스를 당해 낼 수 있을 것 같지가 않다.

경험이 다르기도 하고, 성격이 다르기 때문일 것이다.

"너는 너무 솔직하다."

내가 생각하고 있는 것을 간파했는지, 거스가 히죽 웃었다.

나는 쓴웃음 짓고 어깨를 움츠렸다.

"그것은 그렇고, 원래 이 신전은 술을 양조했던 곳인 모양인지, 원래는 술 창고였다. 브래드와 마리가 위쪽을 헛간 대용으로 써 버렸지만 말이다."

그런즉, 하고 말하며 거스가 염동력으로 문을 연다.

"지하가 있지."

거스가 밝힌 마법의 빛을 따라 평평한 돌로 포장된 계단을 내려가자, 그곳에는 넓은 공간이 있었다.

좌우에는 과거에 술통이 늘어서 있었을 선반이 있고——.

"……엄청나다."

"와아!"

메넬과 루가 저마다 감탄의 말을 중얼거렸고, 레이스토프 씨와 겔레이즈 씨도 눈을 휘둥그레 떴다.

거기에 있던 것은 수많은 무기와 방어구였다.

모든 것이, 어느 것 하나 빠지지 않는 명품이라는 것을 알 수 있다.

"어느 것이든, 마음에 드는 것을 갖고 가거라. ……주인 녀석들도 용서해 줄 게다."

거스가 미소 지으며 그렇게 말하자, 다들 가볍게 묵례를 하고 무기를 물색하기 시작했다.

레이스토프 씨나 겔레이즈 씨조차, 눈이 반짝이고 있다. ……남자라는 동물은 역시 몇 살이 되어도, 무기라든가 총이라든가 가죽이라든가, 그런 것을 좋아하는 법이다.

그리고 이런 것을 관리하고 있다는 말은,

"거스, 이거 혹시, 브래드의……?"

"으음. 녀석이 관리하던 무기고다. ……과거에 우리와 함께 《상왕》에게 도전했던 전사들의 무기지. 또는 도시에 남겨진, 주인을 알 수 없는 양질의 무기 등도 있다. 어쨌든 간에 먼지에 묻혀 녹슬게 놔두는 것은 차마 눈 뜨고 볼 수 없다고, 브래드가 가져와 정기적으로 정비했었지."

과연. 어렸을 때부터 해 왔던 단련 시간에 브래드가 어디에선가 가지고 온 다양한 타입의 무기도, 아마 출처는 이곳이었을 것이다.

그렇게 생각하고 다시 보니, 어쩐지 낯익은 무기도 많다.

……어라? 하지만.

"신전의 기슭에서 스타그네이트와 싸웠을 때, 땅속에서 일어난 뼈들이 녹슨 무기 같은 걸 들고 있었는데."

"아아. 그건 대부분 *부장을 위해 도시에서 주워 온 대량 생산품이지. 전사에게는 윤회로 가는 여정에도 최소한의 무기가 필요할 것이라고 브래드가 말하더군. 그 증거로, 방어구를 차

---

* 부장(副葬): 죽은 사람의 유물을 시체와 함께 묻는 것.

고 있는 자들은 적지 않더냐?"

네가 입고 있는 미스릴 체인 셔츠는 본인이 무덤에 함께 묻어 달라고 했던 것이라 그대로 남아 있었지만, 하고 거스가 말한다.

"아, 그럼 이건⋯⋯."

"괜찮다, 괜찮다. 가지고 가거라. 이제 와서 신경 쓰지 마라. 녀석의 시체가 준 위자료라고 생각해라."

"정말 무책임하기는!"

하지만 이제 와서 떼어 놓을 수도 없으니, 이 체인 셔츠는 받아 두겠습니다. 죄송해요, 하고 나는 언덕 기슭의 묘지 방향을 향해 기도했다.

"허허허! 뭐, 녀석도 브래드의 아들을 위해서라면 용서해 주겠지."

"⋯⋯어떤 사람이었어?"

"이름은 텔페리온. 《은색 활시위》의 텔페리온."

우아한 인상의 그 이름은, 내가 알기로 엘프어다.

"엘린의 숲 출신인데 말이지."

"빛나는 은색의 활시위가 활 소리를 켤 때, 쓰러지지 않는 적은 없도다."

중얼거리는 소리가 시원한 바람처럼 들려왔다. ⋯⋯메넬이었다.

메넬을 보니, 그는 반짝반짝 빛나는 은색의 활시위를 보며, 눈웃음 짓고 있었다.

"⋯⋯⋯⋯⋯동향이다."

"오오…… 자네, 엘린의 대삼림 출신인가?"

"일단은 말이야."

거스는 무뚝뚝하게 대답하는 메넬에게, 어딘가 그리운 것을 보는 듯한 눈을 했다.

"그 은색의 머리카락. 텔페리온과 혈연관계인 것은 아닌지?"

"촌수는 멀지만, 같은 《은월(銀月)의 가지》의, 아…….″

"인간 사회에서 말하는, 혈족을 말하는 겐가?"

"그래, 맞아. 그런데 잘도 알고 있군."

엘프 사회에서는 같은 신회를 공유하는 씨족이 《줄기》이고, 친족 관계까지 추적할 수 있는 혈족이 《가지》이다.

그리고 그 각각에, 자연의 경치에서 따온 이름을 붙이는 것이라고, 나도 거스에게 배웠다.

"텔페리온도 옛날에 자네와 같은 부분을 이야기하다가 말았지."

"호오."

"그 펠테리온 씨는 어떤 사람이었어?"

나는 메넬이 보고 있는 무기를 들여다보며 말했다.

그것은 가죽 장갑과 은색의 활시위가 감긴 활이었다. 거기에 특이한 형태를 한 몇 개의 미스릴 화살촉.

내가 그것을 보고 있는 사이에 거스는 잠시 생각하다가,

"……엄청 보수적이고 자존심이 센, 엘프다운 엘프였지. 브

래드와 처음 만났을 때는 자주 싸웠었어."

"아⋯⋯."

브래드는 그렇게 보여도 나름 상식적인 사람이지만, 꽤 호전적이기도 하니까⋯⋯.

이야기로 들은 전형적인 엘프와 조우하게 되면, 일단 싸우고 볼 것이다.

"텔페리온은 《은월의 가지》의 족장 혈통의 직계, 고위 혈족이었으니까 말이야. 그야 자부심도 상당했겠지."

직접 접한 쪽은 굉장히 짜증 났을 거야, 하고 말하며 메넬이 어깨를 움츠렸다.

"그런 사람이, 왜 바깥 세계에?"

"으음⋯⋯."

"이야기해 주는 것이 어떤가. 이름난 무구를 물려받을 때는 그 내력까지 계승하는 것이, 예로부터 내려오는 전사의 관례지."

거스가 웃으며 말했다. 무구의 내력을 이야기한다———. 《먹어치우는 자》를 물려받을 때, 브래드도 그렇게 말했었다.

메넬은 그 말을 듣고 살짝 복잡해 보이는 얼굴을 하고는, 맑은 목소리로 이야기하기 시작했다.

"《은색 활시위》의 텔페리온. 활 솜씨가 뛰어나고, 정령들과 친했으며, 들판을 달리는 것은 바람과 같도다. 그 피리 소리는 우아하고 영롱하며, 무수한 전승을 외워 지혜 있는 엘프 중에서도 가장 지혜가 있었노라."

메넬은 신중하게 낭송한다. 비만큼은 아니지만 꽤 익숙하다.

목소리에 끌려, 다른 사람들도 모이기 시작한다.

돈을 받을 수 있는 수준──이랄까, 다양한 일을 했었던 모양이니, 어쩌면 노래로 돈을 벌었던 시기도 있었을지 모른다.

"텔페리온에게는 친구가 있었다. 아이를 많이 낳지 않는 엘프로서는 드물게, 같은 해에 태어난 아이였다. 그들은 젖형제로서 함께 키워졌다. 그 젖형제는 텔페리온만큼 우수하지는 않았지만, 대신 열의가 있고 꿈이 있었다."

언젠가 바깥 세계로 가는 꿈.

"젖형제는 꿈을 이야기하지만, 텔페리온은 이해할 수 없었다. 모든 아름다운 것들은 숲에 있다. 어째서 더러운 바깥 세계로 가고 싶어 하는 것이냐며. 텔페리온과 젖형제는 사이가 좋았지만, 그 일로는 늘 언쟁을 벌였다고 한다."

메넬은 도도하게 이야기를 이어간다.

"하지만 젖형제는 죽었다. 숲에 침입한 마수를 몰아낼 때, 한 마리를 처리했지만 아무도 그 존재를 몰랐던 두 번째 마수의 습격을 받은 텔페리온을 감싸다가. 그렇게나 꿈꿨던, 숲을 나갈 날이 얼마 남지 않았음에도 불구하고."

한마디 말조차 남기지 못한, 갑작스러운 죽음.

메넬은 목소리의 톤을 조금 낮췄다.

"──텔페리온은 유해를 안고, 세 차례, 길고 슬픈 절규를 질렀다. 절규는 여운을 남기며 숲에 메아리쳤고, 정령들도 그 한탄스러운 울림에 눈물을 흘렸다고 한다."

마법의 불빛이 비치는 창고 속에서.

유서 깊은 무기에 둘러싸인 채 듣는 옛날이야기는 어쩐지 신기한 분위기로 가득 차 있었다.

"그리고 텔페리온은 친구를 애도하며, 일곱 달을 두문불출하고는, 여행에 나서기로 했다. 장로들의 반대를 뿌리치고, 친구의 체인 셔츠를 몸에 두르고, 은색 활시위의 활을 들고."

어째서 바깥 세계에 가고 싶었는지도 알지 못한 채.

"친구가 꿈꿨던 『무언가』를 찾으러."

◆

메넬은 거기까지 말하고 거스를 쳐다봤다.

"내가 알고 있는 건 여기까지다. 나머지는 《상왕》 토벌에 참가했다가 죽었다는 것 정도야. ——엘린의 숲에서는 장로들이 지금까지 텔페리온의 죽음을 슬퍼하고 있는 덕에, 나도 질리도록 들었지."

"으음……."

"마침 잘됐군. 물어보려고 했는데 말이야, 현자 거스 님."

"거스라고 하게."

"그럼 거스 할배."

메넬은 비취색의 눈동자로 거스를 똑바로 응시하며 묻는다.

"——텔페리온은 자기가 찾던 『무언가』를 발견했나?"

그 물음에 거스는 웃었다.

그리운 것을 떠올리는, 먼 곳을 보는 듯한 웃음으로.

"으음, 물론 발견했고말고. ……텔페리온은 물론 멋진 것을 발견했지!"

"그렇군."

메넬은 그다지 표정을 바꾸지 않았지만, 아주 조금 입가가 누그러져 있었다.

"그래, 그거참 다행이네."

메넬은 그 이상 아무것도 묻지 않았다.

텔페리온이 발견한 것에 대해서도, 또 그에 대해서도.

대신 그는 눈을 감고 묵도한 뒤, 장갑을 끼고 은색으로 빛나는 미스릴의 활시위를 손에 들었다.

"허허헛! ……그것은 그렇다 치고, 메넬도르라고 했던가? 다룰 수 있겠는가? 미스릴의 활시위는 정령과 상성이 좋지만, 평범한 사람이 사용하면 손가락이 떨어진다고 하는데."

"문제없어."

그는 그 활시위를 자신의 활에 새로 감고, 여러 차례 활을 당겨 보였다.

보름달처럼 당겨진 활. 활시위가 팽팽해져 아름다운 음색을 연주한다.

거스는 그리운 듯이, 활이 연주하는 싸움의 전주곡을 듣고 있었다.

"자, 봐."

"……왜 안 쏴?"

"바보, 화살 없이 헛쏘면 활이 망가진다고. 몰랐냐?"

"어? 진짜야?!"

활은 다루지 않기 때문에 몰랐다.

아, 하지만 그도 그렇군. 활을 쏘기 위해서 사용하는 에너지가 전부 활에 가중되어 버리니까, 확실히 좋지는 않을 것 같다.

"넌 진짜 뭐든 알고 있으면서, 가끔 멍청할 때가 있군……."

"교육의 성과야."

"나에게 책임을 떠넘기지 마라."

그런 식으로 아옹거리자, 루를 포함해 듣고 있던 모두가 웃음을 터뜨렸다.

"……이봐, 너희. 우리에게는 엘프처럼 우아하게 시간을 허비할 여유는 없다. 남들만 보고 있지 말고, 자기한테 쓸 만한 무기도 찾으라고, 자, 빨리."

메넬이 그렇게 재촉하자,

"나는 이미 정했다. 필요 없어."

레이스토프 씨가 태연하게 대답했다.

◆

"필요 없다니……. 다 상당히 좋은 무기들뿐이라고?"

"확실히 보는 것만으로도 그렇게 느껴졌다. ……하지만 아무리 성능이 좋다고 해도, 손에 익지 않은 무기는 신뢰할 수 없군."

놀란 메넬의 말에 레이스토프 씨가 단호하게 대답한다.

과연, 하고 거스와 젤레이즈 씨가 고개를 끄덕거렸다.

"원래 그런 건가?"

메넬은 의아해했다.

"저기……."

루가 고개를 갸웃거렸기에, 내가 입을 열었다.

"아아. 이런 건 방식이 갈리는 부분이야. 메넬은 전투 방식이 비교적 책략으로 이기는 스타일이랄까, 쓸 수 있는 건 뭐든 쓰는 주의니까 무기에 딱히 집착하지 않아. 요정의 힘도 빌릴 수 있고 말이야. 직접 뛰며 전장을 휘젓고, 중거리에서 원거리를 유지하며 계속 공격할 수 있다면 뭐든 좋을 거야."

설령 괴물이 어슬렁거리는 황야를 아무런 장비도 없이 가게 되어도, 메넬이라면 돌이라도 주우면서 요정에게 말을 걸어, 잘 헤쳐 나갈 것이다.

"그에 비해 레이스토프 씨는 근거리전 전문. 죽거나 혹은 죽이거나, 한순간에 명암이 갈리는 위험한 거리에서 싸우는 것이 자신의 본분이라면, 아무래도 자신만의 고집이 생길 수밖에 없어. 딱히 어떤 무기를 들더라도 싸울 수 없는 건 아니지만, 몸 자체가 현재 자신의 무기에 특화된 거야."

즉, 무기를 자신의 몸과 움직임에 최적화해 무슨 일이 생기면 순식간에 빼 들 수 있도록 하고, 그 무기와 자신을 일체화한다.

……개조된 칼집도, 만듦새가 견고한 손잡이도, 잘 다듬어진 손톱도 전부 그러기 위함이다.

"그러니까 막판에 와서 익숙하지 않은 무기로 바꿀 수는 없다, 이 말이지."

그렇게 정리하자, 레이스토프 씨는 "맞다." 라고 말하며 고개를 끄덕였다.

나도 그럭저럭 뭐든 다룰 줄은 안다. 하지만 역시 사고방식은 레이스토프 씨에 가깝기 때문에 그 심정은 잘 이해된다.

"아무리 흔해 빠진 것이라고 해도, 손에 익은 무구로 싸우고 싶다."

수없이 많은 훌륭한 무구를 앞에 두고도 그렇게 단언하는 레이스토프 씨를 보고, 루는 감탄 섞인 한숨을 쉬었다.

"멋진 생각이시네요……."

"하나, 레이스토프라고 했던가? 상대가 상대다. 정말로 괜찮겠는가?"

거스는 걱정스러운 듯이 물었다.

"상관없다. 단――."

"단?"

"현자 거스, 당신의 《표식》 실력을 빌리고 싶다."

"호오."

"현재의 무기나 방어구의 사용감을 훼손하지 않는 정도 내에서, 《말》을 새겨 줬으면 한다. 그 정도의 변화라면, 며칠 내에 익숙해질 테니까."

"과연. ……좋아, 잠깐 줘 봐라."

거스는 레이스토프 씨의 검과 가죽 방어구를 염동력으로 건네받고는, 순식간에 분해하여 다양한 각도에서 곰곰이 바라본다.

"흐음. ……무명이기는 하지만, 북파가 만든 것이군."

"그렇다."

북파. 북쪽의 대륙, 그래스 랜드 너머 아득히 먼 저편에 있는 《얼음의 산맥》의 기슭, 얼어붙는 바람이 흐르는 협곡에서 끊임없이 강철을 단련한다는, 무예를 숭상하는 민족의 대장장이 유파다.

남하해 오는 악신의 권속들과 싸우는 그들의 검은, 얼음처럼 맑은 칼날과 실용 위주의 강건한 만듦새를 으뜸으로 친다.

"브래드는 남쪽 스타일, 그러니까 칼날의 폭이 넓은 검을 좋아했었기 때문에……. 북쪽의 검은 오랜만에 보는구먼. …… 흐음, 좋은 검이야. 잘 관리하며 쓰고 있군. 다소 마모된 곳도 있지만……."

검은 무한하게 쓸 수 있는 것이 아니다.

본격적으로 갈면 작은 반지 하나 정도에 상당하는 양의 강철이 닳고, 그것을 반복하면 가늘어져서 휘든가 부러진다.

하지만,

"언젠가는 『무명의 검』이 아니라 『레이스토프의 검』으로 전승될 것이다."

경우에 따라, 검의 이름은 훨씬 오래 남는다.

브래드나 마리, 텔페리온, 그리고 고대의 영웅들이 그러하듯이.

"그래."

레이스토프 씨는 고개를 끄덕거렸다.

"그랬으면 좋겠군."

◆

그리고 나서 루와 젤레이즈 씨의 무기나 방어구도 새로 몇 가지 조달했다.

"흐음……."

젤레이즈 씨가 고른 것은 금속제 방어구와 커다란 방패. 거기에 한 손으로 드는 고풍스러운 전투 망치(메이스)였다.

방어구는 크고 둥글게 생긴 것으로, 공격을 흘려보내는 데에 특화된 인상이다. 방패도 크고 튼튼해서, 이름 있는 드워프 전사의 것이었다는 사실을 알 수 있다.

그리고 마름모꼴을 한 그 망치는 플랜지라고 불리는 돌기가 많이 있어서, 한눈에 봐도 타격력이 있을 것 같은 물건이었다.

"본인은, 이것들을."

"호오. 《검 파괴자》 바볼의 장비 세트군. 심오한 곳을 찔렀구면."

"날붙이를 사용하는 사람이 많으니 말이오."

데몬 중에서는, 딱딱하고 매끄러운 감각을 가진 것들도 있다.

그런 상대에게는 칼날이 그다지 유효하지 않다.

칼날이 미끄러져 허점이 드러나게 되기 때문이다.

물론 나도 그렇고 레이스토프 씨도 그렇고, 마음만 먹으면 검을 이용하여 타격을 가한다든가, 갑각의 이음매를 찌르는 정도의 곡예는 부릴 수 있다.

그럼에도 타격계 무기를 가진 사람이 한 명 있다는 것은 고마운 일이다.

"……바볼은 어느 씨족에도 속하지 않은 방랑하는 드워프 전사였다만, 장난기가 많았지. 온갖 검을 휘게 하고, 때려 부수는 달인이었는데, 소탈해서 말이네. 드워프를 싫어하는 나하고도 곧잘 담소를 나누는, 신기한 인정(人情)을 가지고 있었지."

"호오."

"《철의 나라》의 복수전이라고 해서 말이네. 《상왕》 토벌에 참가했었어."

겔레이즈 씨는 동족 영웅의 일화를 들으며, 상처가 난 얼굴에 살짝 미소를 지었다.

그런 대화를 나누던 중,

"야, 야, 아무리 그래도 이건 너무 무거운 거 아니냐?"

의아하다는 듯한 메넬의 목소리가 들려왔다.

"아니요. 이 정도라면……."

뒤를 돌아보니 메넬이 지켜보는 가운데, 루가 두꺼운 할버드를 들고, 시험해보듯이 살짝 끌어당겼다가 휘둘렀다가 하고 있었다.

상당히 두껍게 만들어진 그 무기는 손잡이까지도 전부 금속제다.

"……네, 괜찮아요. 아무 문제 없이 휘두를 수 있어요."

"호오! 그 녀석을 휘두르다니, 상당한 괴력이구먼."

거스가 눈을 끔뻑거리고 있었다.

"원래의 주인은 《금강력》의 유인이네."

어렸을 때, 브래드가 해주던 옛날이야기에서 들었던 적이 있는 이름이었다.

"기량은 둘째 치고, 힘에서는 브래드와 쌍벽을 이룰 정도의 괴력이었지. 체형은 동그스름하고 늘 싱글벙글 웃는 호인이었는데 말이지. ……싸움을 그다지 좋아하지 않았으니, 평화로운 세상이었다면 좋은 농부인 채로 지낼 수 있었을지도 모르겠구먼."

거스가 말하기로 그는 《상왕》과 싸우는 브래드의 뒤를 지키며, 마물들을 쓰러뜨리고, 또 쓰러뜨리다가, 결국에는 죽었다.

《금강력》의 유인뿐만이 아니다.

《검 파괴자》바볼도, 《은색 활시위》텔페리온도.

——거스가 지금 이야기하고, 브래드가 예전에 그리운 듯이 이야기했던 영웅들은 모두 《상왕》을 토벌하기 위해 그 생명을 내던졌다.

이 창고에 넘쳐나는 수백의 무기와 방어구.

그 모든 것에 이야기가 있고, 그 모든 것은 싸움과 죽음에 의해 종지부가 찍혔다.

그리고 지금은 그저 무구만이 침묵을 지킨 채 계속 잠들어 있다.

언젠가, 누군가에게는 소중했던 많은 이야기를 간직한 채.

무언가에 끌려 움직여지듯이. 저도 모르는 사이에, 나는 기도를 올리고 있었다.

꼭 그래야만 할 것 같은 기분이 들었다.

"…………."

신이시여.

등불의 신이시여.

부디 그들이 가는 길에——.

"인도와 안식이 있기를."

중얼거린다.

몰아의 기도에서 되돌아오자, 거스가 미소 짓고 있었다.

여느 때의 미소와는 다른, 그리운 고향을 생각하는 듯한 미소였다.

"있지, 거스."

"왜 그러느냐?"

"산의 데몬들과 용을 어떻게든 처리하고 돌아오게 되면 말이야. 여기에 시인 여자아이를 데리고 와도 될까? 소인족<sup>하플링</sup>이고, 조금 시끄러운 아이인데."

"으음, 좋을 대로 해라. ……무슨 이야기든 들려주마."

거스는 역시 현자였다. 이해가 무척이나 빠르다.

"고마워."

전해지지 않았던 수많은 이야기들.

비라면 분명 기뻐하며 사람들에게 전해 줄 것이다.

그런 생각이 들었다.

"그런데 말이다, 윌."

"응?"

"그 아가씨는 혹시……."

기대하는 기색이 역력한 거스.

"좋은 친구이기는 하지만, 기대하시는 관계는 아니랍니다."

거스는 어쩐지 심히 유감스럽다는 듯 어깨를 풀썩 떨궜다.

◆

그 뒤에는 루에게도 드워프용의 중후한 방어구를 적당히 골라 주었다.

이 도시는 원래 사람과 드워프가 사는 곳이었기 때문에, 드워프의 체격에 맞는 방어구는 풍부했다.

어째서 이종족인 드워프가 살고 있었을까?

지하 거리에서 수행했었을 당시에는 이상하다고 생각한 적이 있었지만, 지금이라면 알 수 있다.

이 호반의 도시는 《철의 나라》와의 교역 중계지였을 것이다. 그렇기 때문에 사람과 드워프가 함께 지낸 것이다.

당시에는 상당히 번영했었다는 것을 도시의 구조에서 엿볼 수 있다.

지금의 《등불의 하항》과는 비교조차 할 수 없을 만큼 크고, 풍족하고.

분명 이곳은 수많은 웃음으로 넘쳐나고 있었을 것이다.

"………."

언젠가.

언젠가 나는 이 도시에, 이 지역에, 그런 광경을 되돌려 놓을 수 있을까?

데몬들의 계략을 쳐부수고.

용의 화염에 불타지 않고.

평화로운 세상을 지키고, 키워나갈 수 있을까?

――그럴 수 있었으면 좋겠다, 하고 생각하면서 나는 수많은 무기와 방어구 중에서 몇몇 물품을 골라잡았다.

"거대 방패군."

"네, 용의 입김에 대한 대책으로."

레이스토프 씨의 물음에 고개를 끄덕인다.

눈에 보이는 것만 해도 튼튼하고, 몇 겹으로 《수호의 말》이 새겨진, 온몸을 덮어 숨길 수 있는 훌륭한 거대 방패였다.

지금까지 사용했던 원형 방패도 편리하기 때문에 앞으로도 계속 사용할 생각이지만, 그것은 휴대성을 중시했을 때의 이야기이다.

"상대를 생각한다면, 방패는 큰 편이 좋으니까요."

중량이 늘어 다루기가 힘들어지고, 이쪽에서 공격하기도 힘들어진다는 단점이 있지만.

지금의 나는, 그 정도쯤은 일고조차 하지 않아도 될 정도의 근력과 기량이 있다.

"여기에 방어구를 확충하고……."

몇몇 금속제 방어구를 추가한다.

일찍이 이 신전에서 여행에 나설 때에는 얼마나 오랜 여행이 될지도 몰랐기 때문에 도저히 몸에 착용할 수 없었지만.

결전지까지의 대략적인 거리를 알고 있는 지금이라면 아무런 문제도 없다.

"그리고, 이거."

그것은 직선형에 유난히 칼날이 두꺼운, 날 끝이 예리하게 갈린 단도였다.

"응? 이 단검은 뭐야? 혹이 역방향이잖아?"

"아, 진짜다. 특이한 구조군요."

"오른쪽으로 차는 <sup>스틸레토</sup>단검이야."

도검류는 대부분이 왼쪽에 건다. 왼손으로 칼집을 잡고, 오른손으로 칼자루를 쥐어 뽑는, 익숙한 동작을 하기 위해서이다.

단, 이 단검은 근접전을 할 때 편리하도록, 오른쪽에 걸게 만들어져 있다.

검을 뽑으려고 해도 좀처럼 뽑을 수 없는 근거리전이 되었을 경우.

평소에 쓰는 오른손만으로 손잡이를 쥐고 거꾸로 뽑아, 그대로 힘을 실어 휘두르는, 두 가지 동작으로 모든 것이 완결되도록 되어 있는 것이다.

"이건 루가 가지고 익숙해질 때까지 연습해 둬. 그 할버드는 도움이 될 거라 생각하지만, 좁은 곳에서는 불리하니까."

"아, 네! 으음, 이 단검의 주인은……?"

"나의 아버지."

루가 눈을 번쩍 떴다.

"그건……!"

"괜찮아, 갖고 있어."

브래드가 언젠가, 이 단검은 좋은 아이디어라고 웃으며 자랑했었다.

손에 익숙한 양손검을 쓸 수 없는 상황에서, 수많은 괴물이나 강한 적으로부터 승리를 거둬 왔다고.

……마지막 싸움에도 휴대하고 갔을 정도이니, 브래드가 좋아하는 검이 틀림없다.

"어쩐지, 루가 갖고 있는 편이 좋을 것 같은 느낌이 들었어."

단순한 감이었다.

하지만 브래드는 감을 믿는 쪽이었다.

그러니까 나도 그렇게 하려고 생각한다.

"유품, 인 거지요?"

"그래. ——하지만 너에게 줄게. 네가 갖고 있어야 해."

"…………."

"괜찮아."

짧은 검을 루에게 건넨다.


"——소중한 것은 이미, 잔뜩 받았으니까."


그렇지? 브래드, 마리?

나는 마음속으로 그렇게 중얼거렸다.


◆


그렇게 우리는 장비를 갖추고, 그날 밤은 망자의 도시에서 묵기로 했다.

당연하게도 이 도시에는 식품 종류가 없다.

마리가 했었던 것처럼, 나도 신에게 성체(聖體)를 받을 수 있다. 하지만 기본적으로 그것은 몸을 유지하는 최소한의 식량이다.

메넬은 어처구니없다는 얼굴로 '너, 이런 곳에서 잘도 10년 이상이나 살았구나.' 하고 말하며, 은색의 활시위도 시험할 겸 식량을 조달하러 숲으로 들어갔다.

아마도 어두워지기 전에 무언가를 사냥해서 돌아올 것이다.

메넬의 각종 기술은 원래부터 수준이 높았지만, 근 2년 동안 더욱 장족의 발전을 이루었다.

사냥감을 노리는 늑대의 등을 노리고 다가가, 등 뒤에서 쓰다듬어 놀라게 하는 장난까지 칠 수 있을 정도이니 정말로 대단하다. 그것은 나도 흉내 낼 수 없다.

레이스토프 씨와 젤레이즈 씨 또한 마찬가지로 식량을 조달하기 위해 호수로 낚시를 하러 갔다.

그 둘은 만난 지 얼마 지나지는 않았지만, 어쩐지 과묵한 전사끼리 서로 통하는 것이 있는 모양이다.

아마도 무언가 대화를 나누고 있거나, 어쩌면 아무 말 없이 낚싯줄을 드리우고 있을 것이라 생각한다.

……아마 내일 이후로는, 식량 조달도 충분하지 못한 상황이 몇 번이고 발생할 것이다.

한 번도 발을 들이지 않은 암흑 영역을 여행하는 것이다. 험난하고 어려운 여정이 될 것이다.

모두의 장비에 《표식》을 새기기 위해 방에 틀어박힌 거스. 지금 그가 지키고 있는 이곳이 마지막 안식의 땅이 될지도 모른다는 걸 다들 알고 있었다.

"하아…… 끝났다."

그런 이유로 지금 나는 그들이 돌아오는 것을 기다리며, 루와 함께 조리장 청소를 끝낸 참이었다.

근 2년 동안 이곳에는 더위나 추위 같은 감각도, 식욕이나 수면욕도 존재하지 않는 거스 혼자 지냈다. 그 때문에 조리장은 먼지를 흠뻑 뒤집어썼던 것이다.

입가에 천을 두르고, 익숙하게 후다닥 청소를 끝냈다.

예전에는 마리를 도와 청소 같은 것도 자주 했었다. 넓은 신전이기 때문에, 청소해야 할 부분이 꽤 많았다.

"저에게 맡겨 주셔도 됐을 텐데요……."

루는 조금 복잡한 표정을 짓고 있다.

뭐랄까, 주군인 『성기사님[팔라딘]』이 가사를 한다는 행위가 의외였던 모양이다.

"같이 하는 쪽이 빠르니까. 무엇보다, 루도 왕족이잖아."

"그건 이름뿐이에요."

루는 한 손을 가볍게 올려, 손을 빙글 돌린다.

드워프의 가벼운 부정의 동작이다.

"씨족분들은 저를 소중히 대했지만, 그래도 가난했으니까요. 수선이나 세공, 그 밖에 여러 가지…… 왜 평범한 공방의 아들로 태어나지 않은 것일까 하고 수도 없이 생각했었어요."

"그렇게 공방의 아들로 태어났다면, 이렇게 상상했을 거야."

나는 연기조의 동작으로 턱에 손을 대고, 과장스러운 말투로——.

"내가 실은 멸망한 나라의 후예에 해당하는 왕자이고, 나에게는 왕국 부흥의 사명이 있는 것은 아닐까……?"

심각하게 그렇게 말하자, 루는 큰 소리로 웃었다.

"실제로는 그렇게 좋은 게 아니라고, 그 자신에게 말해 주고 싶네요. 정말이지."

"그래, 정말로."

용 퇴치라는 것을 막상 실제로 해야 할 상황이 오면 그렇게 탐탁지는 않다.

"……그래도 너는 할 거지?"

"네, 할 겁니다."

루의 눈동자는 맑았다.

여전히 온순해 보이는 외모이지만.

그러나 비굴한 인상은 완전히 사라져 있다.

◆

"다들, 사실은 고향이 그리운 거예요. 고향에 돌아가고 싶으니까, 고향을 되찾고 싶은 거죠. ──하지만 너무 많은 일들이 생겨서, 더 이상 그것을 솔직하게 바랄 수조차 없게 되어 버렸어요. ……저는 분명, 그 사실을 그 누구보다 잘 알고 있어요."

여태까지 만났던 수많은 드워프들의 표정을 떠올린다.

그리고 고향으로 되돌아온 자신의 기쁨을.

"그렇기 때문에, 저는 가고 싶은 거예요. 고향을 되찾을 수 있다고, 되찾으려고 해도 된다고, 모두에게 보이고 싶습니다. 그렇게 제가 목숨을 거는 것으로, 모두의 마음에 불을 지필 수 있다면……. 그건 무척 멋진 일이라고 생각하니까요."

나는 그 말에 조용히 고개를 끄덕였다.

진심으로 이렇게 말할 수 있는 그는 상냥하고, 용기가 있다.

──의외로 이런 사람이야말로 왕의 그릇일지도 모른다는 생각이 들었다.

"하지만 그 일에 윌 님을 휘말리게 해 버린 것 같아서……."

"아니야."

면목 없다는 듯이 이야기하는 루의 말을 그 자리에서 부정한다. 그것은 아니다.

"나도 반드시 싸워야 한다는 것은 알고 있었어. ……이 상황에서 모든 걸 내팽개치고 내 몸 하나만 부지하려고 한다면, 나는 부모에게도, 거스에게도 얼굴을 들 수 없게 돼."

왜냐하면 세 명은 도전했기 때문이다.

무시무시한 힘을 자랑하는 《상왕》에게. 얼마 없는 승산에 모든 것을 걸고.

"그리고 신에게도 뵐 낯이 없게 되지."

신은 나의 혼이 품은 후회를 불쌍히 여겨, 단 한 번의 기회를 주었다.

그런데 만약, 또다시 언젠가 올 파멸을 알면서도 위험을 피해 발을 내디디는 것을 두려워하고, 움츠러들고.

그러고 있는 사이에 어디로도 발을 내디딜 수 없게 되고, 또다시 끝나는 것을 반복하게 된다면.

——나는 어떤 낯으로 신을 만나야 할까?

"나에게는 언젠가 하고 싶은 일이 있어."

"하고 싶은 일, 이요?"

"응."

명예는 필요 없다. 재산도 필요 없다. 뭣하면 행복까지도 내던질 수 있다.

단.

"가슴을 펴고 싶어."

언젠가——.

"언젠가 등불의 신 곁으로 돌아가게 될 때, 살짝 폼을 재면서, 가슴을 펴고 말이야."

그 무표정한 신에게.

무엇 하나 기죽을 일 없이, 당당한 태도로——.

"끝까지 열심히 살았습니다, 당신 덕분입니다, 라고."

똑바로 보고, 감사의 말을 전하고 싶다.

"…………."

루는 그 말을 조용히 듣고 있었다.

"그러니까 용에게서는 도망칠 수 없어. 싸울 거야. ——그리고 그렇게 결심할 수 있었던 건, 네 덕분이야."

그때, 루의 결의와 외침을 듣지 않았다면 어떻게 되었을까?

어쩌면 나는 길을 잘못 들었을지도 모른다.

그러니까——.

"고마워."

그렇게 감사 인사를 하자, 루는 미소를 지었다.

"저야말로 감사합니다. 저를 종사로 써 주시고, 자신감과 용기를 주신 건 당신입니다. ——저에게 주신 검에 맹세코, 어떤 결과가 되더라도 후회는 하지 않겠습니다."

나는 조금 멋쩍게 생각하면서 고개를 끄덕였다.

앞으로의 싸움에서는 누군가를 지키거나 배려하면서 싸울 수 있는 상황만 있지는 않을 것이다.

각오가 되어 있다면, 그것만으로도 충분하다.

"응, 뒤는 맡길게. 잘 부탁해."

"네!"

새삼스레 악수를 나눈다.

그때 창문 밖 멀리서 우리를 부르는 목소리가 들렸다.

아무래도 메넬이 돌아온 모양이다.

창문으로 달려가 밖을 엿본 루가 우와, 하고 소리를 질렀다.

"사슴이에요, 사슴!"

"사슴?!"

이 짧은 시간에 대체 어떻게 그런 걸 잡은 거야?

"해체 준비, 서둘러 갖추자!"

"네!"

순식간에 분주해졌다.

◆

불에 구운 사슴의 다리 살에서 떨어지는 기름이 불에 떨어져 치이익, 하는 소리를 냈다.

고소한 냄새가 피어오른다.

곁들일 산나물은 깨끗이 씻어, 이미 냄비에 가볍게 볶아 놓았다.

"와아……."

루가 눈을 반짝인다.

메넬은 약간 득의양양해 있다.

그리고 레이스토프 씨와 겔레이즈 씨는 약간 침묵하고 있었다.

"하핫, 신경 쓰지 말라고."

메넬이 농담조로 심기를 건드리듯이 둘의 어깨를 툭툭 때렸다.

둘은 동시에 시무룩한 분위기로 메넬의 손을 떨쳐 내고, 거스는 그 모습을 보며 큰 웃음을 터뜨렸다.

……둘이 낚은 물고기 수는 제로였다.

"가끔은 이런 법이다."

"으음."

그렇게 말하는 것치고는 둘 다 기분이 언짢아 보인다.

참고로 겔레이즈 씨에 대해서는 모르지만, 레이스토프 씨의 취미는 낚시다.

한가할 때는 낚싯줄을 내리고 있는 모습을 보기는 하지만, 낚은 물고기를 나눠 준 적은 거의 없으니, 뭐, 실력은 짐작이 간다.

"강한 전사라고 해도 낚시를 잘한다고는……."

"가끔은 이런 법이다."

"…………."

"가끔은 이런 법이다. 알았나?"

"아, 네, 그, 렇, 군, 요."

나는 국어책을 읽듯이 그렇게 대답했다.

그런 걸로 해 두죠.

하지만 텅 빈 어롱(魚籠)에 제철 꽃을 몇 송이 꽂아서, 신들에게 바치는 헌화라고 말하며 안나 씨에게 건넨 것은 상당히 운치가 있어서 멋지다고 생각해요.

그러니까 한 마리도 낚지 못했어도 그건 그것대로 좋다고 생각하지만, 본인은 좀 더 능숙해지고 싶겠지…….

"좋아, 슬슬 먹어도 될 것 같다."

이렇게 통째로 구운 고기는 탄 부분을 나이프로 잘라 낸 뒤 먹는다.

성체가 있으니, 오늘 저녁 식사는 잘라 낸 사슴고기 구이와 볶은 산나물을 사이에 끼워 넣은 유사 샌드위치다.

남은 고기는 내일 이후를 대비하여 훈제기에 걸어 놓았다.

"자, 그럼 먹을까?"

여느 때처럼 선한 신들에게 기도를 올리고 식사를 시작한다.

"그런데 메넬도르 님, 이 사슴은 대체 어디서 어떻게?"

"그게 기척을 숨기고 짐승들이 다니는 길을 걷고 있다가, 마주치자마자 잡아 버렸어."

"마주치자마자라고요?!"

"그래. 뭔가를 생각할 여유도 없어서, 반사적으로 쐈는데 빨려 들어가듯이 급소에 명중했어."

"그것 참 운이 좋았구먼……."

"정령신의 은총이군요."

"우리는 운이 좋지 않았군."

"으음."

"적당히 하고, 낚시가 서툴다는 걸 인정하는 게 어때?"

"…………."

"인정하면 편해진다고."

"우, 우연일 뿐이다."

"솔직하지 못하기는!"

"아하하……."

잘라 낸 고기와 볶은 산나물을 듬뿍 넣은 성체에, 암염을 나이프로 갉아 넣어 덥석 문다.

뜨거운 육즙이 흘러나오는 것이 무척이나 맛있어서. 시끌벅적한 것이 즐거워서.

……어쩐지 브래드와 마리가 있었던 시절이 생각나서.

아주 조금, 어찌할 수 없는 그리움에 가슴이 꽉 조였다.

식사가 끝나고, 다들 방으로 돌아간 후.

나는 혼자서 훌쩍 밖으로 나왔다.

밤하늘 아래에서 마리와 브래드의 무덤을 앞에 두고, 마음속으로 많은 것을 이야기했다.


──다시 돌아왔어.

──둘이 없는 건 불안하지만, 어떻게든 해 나가고 있어.

──친구도, 동료도 생겼어.


여태까지의 일.

만난 사람들.

얻어 온 것들.

다양한 일들을 보고했다.

그리고…….


──둘이 해 줬던 마지막 말, 지금도 기억하고 있어.

──반드시 계속 해 나갈 거야.

──그러니까, 다녀올게.

마음속으로 그렇게 고하고 뒤로 돌자, 거스가 그곳에 있었다.

거스는 둥실둥실 허공에 머문 채, 잠시 신중하게 말을 고르듯 망설이다가──.

"따라가서 도움이라도 줄 수 있다면 하고, 얼마나 많이 생각했는지. 나는 중요할 때에 힘이 되어 주지 못하는구먼……."

고뇌가 밴 목소리를, 토해 낸다.

나는 고개를 좌우로 흔들고, 미소 짓는다.

"그렇게 말해 주는 것만으로도 충분해. ……괜찮아, 거스는 기다리고 있어 줘. 브래드, 마리와 함께."

"……으음. 기다리고 있으마."

"응."

"그리고 다음 귀향 때는, 며느리를 데리고 오거라."

"시, 시끄러워!"

그렇게 나의 짧은 귀성은 끝을 고했다.

……용을 토벌하기 위한 여행이 시작된다.

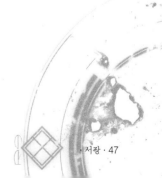

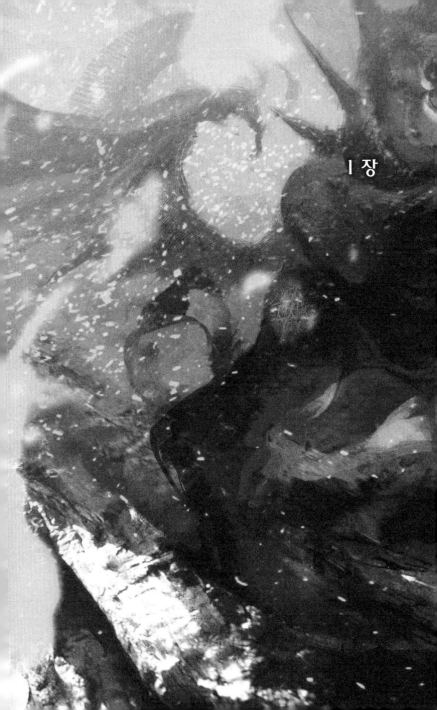

1 장

가을도 깊어져, 서서히 추위를 더해 가는 계절.

흐린 하늘 아래, 배가 순풍을 받아 흔들흔들 파도치는 호수 위를 미끄러지듯이 나아간다.

북쪽으로, 구름이 걸린 웅대한 산맥이 보였다.

《러스트 마운틴즈》다.

"이 서쪽의 지류로 들어가면 되는 거지?"

"지도대로라면. 지형이 변동된 낌새가 느껴지면 일단 배를 되돌리자."

뱃머리 쪽에서 뒤를 돌아보는 메넬에게 고개를 끄덕이자, 그는 다시 요정에게 명령을 재개했다.

우리는 현재 《러스트 마운틴즈》 서쪽으로 돌아들어 가기 위해 배를 타고 호수를 나아가고 있다.

메넬은 요정들에게 호소하여 바람을 불러 익숙하게 배를 조타

한다.

바람을 읽기도 하고, 조종할 수도 있는 영역에 도달한 요정사나 마법사는 배가 오가는 물가에서 늘 필요하기 때문에, 먹을 것과 잘 곳에는 걱정이 없다.

메넬도 아마 그런 일로 먹고산 경험이 있을 것이다.

"이 밧줄을, 이렇게 해."

"네!"

한편, 선미 쪽에서는 레이스토프 씨가 루에게 돛을 조종하는 방법이나 로프 워크의 절차에 대해 알려 주고 있다.

레이스토프 씨는 모험자로서의 경험이 긴데다 기억력까지 좋고 잔기술이 많은 타입이다. 이런 여행에서는 메넬과 함께 여러 면에서 의지가 된다.

루는 그런 쪽의 경험은 없다. 하지만 나와 메넬과의 단련이나 이 여행을 통해 거칠기는 하지만 빠른 속도로 모험자로서의 자질을 갖춰 가고 있었다.

"저, 문제는 여기서부터인데요……. 겔레이즈 씨도 상황이 어떻게 됐는지는 예상이 가지 않나요?"

"…………."

안면에 상처가 있는 과묵한 드워프에게 말을 걸자, 고개를 끄덕거린다.

"그《대붕괴》이후의 일은, 전혀."

거스도 도시에 묶여 있었기 때문에 행동 범위 외의 일에 대해서는 아무것도 모른다.

여기서부터는 완전히 지도에도 실려 있지도 않고, 사람이 발을 들인 적조차 없는 암흑의 영역이다.

"단."

겔레이즈 씨는 조용히 말한다.

"《대붕괴》이전, 《철의 나라》의 서쪽에는 엘프의 숲이 있었습니다. 이름은 로스도르라고."

"로스도르…… 《꽃의 나라》군요."

"엘프어를 아십니까?"

"거스에게 배워서, 대충은."

거인어처럼 너무 마이너한 언어는 거스도 잘 모르기 때문에 일정하지는 않지만, 그래도 사용할 수 있는 언어는 많은 편이다.

엘프어 같은 것은 특히 화자들의 수명이 긴 탓에 어형 변화가 적다.

지금도 거스가 알고 있던 200년 전의 엘프어에서 큰 변화가 없기 때문에 특히 잘하는 편에 속한다.

"《꽃의 나라》라…… 들어 본 적이 있군."

뱃머리에서 숲이 우거진 강가를 건너다보고 있던 메넬이 말한다.

"움막에서 지내는 드워프의 《철의 나라》를 지나고, 빛나는 《무지개의 다리》를 건너 다다를 수 있는 곳, 《꽃의 나라》. 은빛 하프, 금빛 피리, 연주하며 부르는 노래, 《묘성의 가지》."

엘프어로 중얼거리는 화려한 노래.

"그건."

"……고향에 전해 내려오는 여행의 노래다."

"그리운 노래군. 그래, 맞다."

나무들은 백악(白堊)의 집집마다 꽃을 흩뿌리고, 강을 흐르는 물소리와 엘프의 음악 소리가 조화를 이루는 《무지개의 다리》 끝의 호화로운 동산이었지.

젤레이즈 씨가 중얼거렸다.

"《꽃의 나라》의 엘프들과 《철의 나라》는 그다지 좋은 사이는 아니었지만."

"아…… 벌목량 같은 거 때문에?"

"잘 알고 있군."

"아니, 알고 있었던 건 아니야. 우리 고향에서도 비슷한 문제가 있었거든."

드워프와 엘프 사이에서 흔히 있는 분쟁이라고 메넬은 말했다.

숲에 사는 엘프는 수렵과 채집, 임간 농사로 생계를 꾸리고, 정령과 조화를 이뤄 수많은 혜택을 얻는다.

산에 사는 드워프는 수목을 벌채하여 불로 목탄을 만들고, 철을 제련하여 수많은 도구를 만든다.

엘프는 빛이 비치는 숲의 광장이나 나무 위를 좋아하고, 드워프는 깊은 동굴이나 암흑을 좋아한다.

"……생활 양식과 문화가 너무 달라서, 기본적으로 분쟁이 끊이질 않는단 말이지."

"으음……."

하프 엘프와 드워프에게는 많은 생각이 들게 하는 문제일 것이다.

"메넬도르 님의 말대로, 때로는 여러 격심한 분쟁도 있었다. 서로 증오했던 적도 있었고 말이지. 서로를 욕하고 비아냥대는 말 따위는 너무 많아서 하나하나 셀 수조차 없었고. ……하지만 그래도 이웃이었다. 우리는 엘프의 숲에서 생산되는 곡물이나 가죽, 소금을 사들이고 미스릴이나 철의 도구, 세공품을 팔았지."

배는 호수에서 넓은 지류로 들어간다.

좌우에는 깊은 숲.

강의 흐름을 따라 천천히 내려간다.

"《묘성의 가지》 녀석들은 노래와 요정을 부리는 기술이 뛰어났고, 성격이 까다로웠으며, 긍지 높은 녀석들이었다."

우리와 마찬가지로 말이야, 젤레이즈 씨는 그렇게 말한다.

그는 평소와 달리 말이 많았다.

"……우리는 그들에게 경의를 품었고, 그들도 그랬을 것이야."

나는 200년 전을 상상한다.

브래드와 마리가 살았던 시대의 엘프나 드워프의 이야기를.

그리고…….

"그들은, 《대붕괴》 때에……."

"숲에 틀어박혀 완강하게 저항했다는 것까지는 알고 있다. 녀석들은 결코 포기하지 않았지. ……그리고 데몬들의 공세가 본격화되어, 《서쪽의 문》은 닫히고, 《무지개의 다리》는 봉쇄되었다."

어쩌면, 하고 평소와 달리 말이 많은 젤레이즈 씨가 중얼거렸다.

"어쩌면 살아남았을지도 모르겠군."

그것은 기도하는 듯한 말이었다.

"엘프들의 수명은 길다. 어쩌면——."

그런 겔레이즈 씨의 말이 끊겼다.

우리는 겔레이즈 씨의 시선을 따라갔다. 그리고 우리 역시 아무 말도 할 수 없었다.

"…………."

겔레이즈 씨의 입에서 신음이 흘러나왔다.

나무들은 백악의 집집마다 꽃을 흩뿌리고, 강을 흐르는 물소리와 엘프의 음악 소리가 조화를 이루는 《무지개의 다리》 끝의 호화로운 동산은, 더 이상 그곳에 없었다.

——배가 향하는 곳. 물은 고여 검고 탁했으며, 무참하게 말라죽은 나무들이 늘어서 있었다.

◆

잠시 동안, 아무도 말을 꺼내지 않았다.

"누구, 없는가……? 다들……."

겔레이즈 씨의 입에서 가냘픈 말이 새어 나왔다.

그런 뒤 그는 무언가를 외치려는 듯이 입을 열었다가, 다시 입을 꾹 닫고——.

그리고 천천히 숨을 쉬었다.

"미련이군요."

무언가를 떨쳐 내려 하는 목소리였다.

"겔레이즈……."

루가 걱정스럽게 말을 건다.

"도련님, 걱정하지 마십시오."

겔레이즈 씨가 고개를 가로젓는다.

잠시 배 위에 침묵이 찾아왔다.

어색한 분위기에,

"…………흐음, 200년 사이에 흐름이 바뀐 모양이군."

레이스토프 씨가 화제를 바꾸려는 듯 그렇게 말했다.

말라죽은 거목들, 예전에는 숲이었던 그곳에 강이 흐르고 있다.

"그보다……."

메넬은 얼굴을 찡그리고 있었다.

"본 적이 있어, 이 광경."

그 말을 듣고 나도 생각이 났다.

말라비틀어진 나무들. 흐르지 않는 물.

"──《금기의 말》."

"그래."

메넬이 불쾌한 듯이 말한다.

"《가지》의 이름을 쓰는 엘프의 혈족이 마음먹고 자신들이 상주하는 숲에 틀어박히면, 수가 우세하든 장비가 강력하든, 손쓸 도리가 없어. 현혹되어 분단되고, 포위당해 각개 격파 되는 것의 반복이다."

숲속에서 엘프와의 싸움을 피하라는 것은 브래드도 했던 말이다.

그렇기 때문에,

"《금기의 말》을 끄집어내, 고위의 《말》을 사용하는 자들을 모아 의식을 치르고──. 숲 전체를 썩어 문드러지게 한 거군, 도의도 모르는 빌어먹을 데몬 자식들."

"…………."

사람들은 흔히 「수단과 방법을 가리지 않고 싸우는 사람이나 집단」은 강하다고 생각한다.

혹은 「뭐든지 할 각오로 싸우면, 이길 수 없는 상대는 거의 없다」라고 주장하는 사람도 있다.

……그 말은 일부는 맞지만, 일부는 틀리다.

수단과 방법을 가리지 않고 싸우는 것은 단기적으로 보면 매우 강하지만, 장기적으로는 약하다.

한번 금단의 수법을 사용하면 상대편도 금기를 풀고, 아차스럽게 반격해 온다.

주위에서 '상대는 목적을 위해서라면 도의도 신의도 무시한다'고 인식하면, 다른 세력과 동맹을 맺는 것조차 불가능하다.

오히려 주위가 연대를 이루는 구실이 되어 버린다.

짧은 승리와 영광, 피할 수 없는 멸망.

──사용할 곳을 분별하지 못하고 수단과 방법을 가리지 못하는 자들은 약하다.

악신의 권속이라고 해도 포학을 관장하는 이르트리트의 권속 중 고위 요귀나, 불사신 스타그네이트의 권속 중 고위 언데드가 상대라면 그런 논리가 통하기도 하니 어느 정도의 명분도 있다.

이러니저러니 해도 같은 세계에 사는 자들이기 때문이다.

단, 차원신 디아리그마의 권속인 데몬들에게는 이 논리가 통하지 않는다.

애초에 정신 구조가 다른 것인지 목적이 다른 것인지, 데몬들은 이러한 명분을 지키는 것에 의의를 두지 않는다.

그저 단순히 침식과 제압을 목적으로 하는 이계의 괴물들.

"──……."

말라죽은 엘프의 숲을 보며 생각한다.

이건, 아니다.

이런 짓을 아무렇지도 않게 자행하는 존재를 더 이상 날뛰게 놔둬서는 안 된다.

"──없애야겠어."

"오, 뭐야, 의욕적인데?"

"그러는 메넬도 전의가 솟았다는 얼굴을 하고 있다고."

"그래, 녀석들을 살려 둘 수는 없지."

메넬은 사나운 짐승처럼 웃는다.

그 웃음에 답하듯이 루는 주먹을 불끈 쥐었고, 레이스토프 씨와 젤레이즈 씨도 입꼬리를 살짝 올렸다.

"하지만 그보다 먼저──."

"그래."

내가 그렇게 말하자, 메넬이 대답하고, 레이스토프 씨와 젤레이즈 씨도 고개를 끄덕거렸다.

"……?"

루가 고개를 갸웃거리며, 주위를 둘러본다.

배는 고인 물 위, 말라죽은 나무들 사이를 나아가고 있다.

언뜻 보면 딱히 이상한 점이 없어 보인다. 하지만 나는 애창 《으스름달》을 손에 들고——.

"저기다!"

수면을 향해 찔러 넣었다.

동시에 수면이 파열하듯이 부풀어 오른다.

——빛나는 창날이 수면 위로 튀어나온 거대한 뱀의 머리를 꿰뚫었다.

◆

"큰 바다뱀?!"

"멍하니 있지 마! 아직 남아 있다!"

놀라는 루에게 메넬이 소리침과 동시에, 좌현 쪽의 수면에서 또 한 마리의 서펜트가 튀어나왔다. 그리고 그와 거의 동시에 레이스토프 씨가 번개와 같은 속도로 검을 휘둘렀다.

하지만 요란스럽게 수면이 파도치며, 배가 흔들린다.

그 유명한 《관통》의 레이스토프의 일격이 아슬아슬하게 빗나가, 급소 관통에는 이르지 못했고——.

"후욧!"

겔레이즈 씨가 휘두른 메이스의 일격이 서펜트의 뼈를 분쇄했다.

"……큰일이다."

메넬이 주변을 둘러보며 중얼거렸다.

루가 무슨 일인가 하고 메넬을 따라 주변을 둘러보다가——.

"히익!" 하고 놀라서 숨이 멎는 것이 보인다.

주변의 탁한 수면에는 흔들흔들, 수 마리의——. 아니, 수십 마리의 굵고 긴 그림자가 모이기 시작하고 있었다.

"메넬! 전속력!"

"알고 있어!"

지시를 내리자마자 메넬이 요정에게 명령하고, 강력한 순풍과 수류를 일으켜 배를 움직이려고 한다.

하지만——.

"제길, 반응이 안 좋아! 요정이 약해졌다!"

토지 전체가 《금기의 말》에 의해 저주받은 결과일 것이다.

아무래도 요정들의 반응이 둔한 모양이다.

이 상황이라면 《수상 보행》이나 《수중 호흡》 등의 수중 활동용 주문도 효과가 좋지 않을 가능성이 있다.

——배가 가라앉거나, 격침당하면 위험하다.

"계속해서 주문에 집중해! 레이스토프 씨와 겔레이즈 씨는 좌현으로! 루는 메넬을 지원해 줘!"

나는 소리치면서 《페일문》을 휘둘러, 우현 쪽에서 튀어나온 다른 바다뱀의 머리를 베어 버린다.

이 상황은 조금 위험하다. 서펜트의 피 냄새를 맡고, 더 많은 서펜트나 다른 수생 괴물들이 모여들 가능성도 있다.

……망설이고 있을 수 있는 시간은 없다. 위험은 있지만, 공격형의 《말》에 의지하자. 충격을 수중에 작렬시켜, 폭파 낚시를 하는 요령으로 일망타진해야 한다.

그렇게 결단을 내리고, 쓸 수 있는 마법 중 짧고 강력한 공격형

《말》을 선택한 뒤…….

"《파괴여 있─.》"

그 순간 배가 들썩, 하고 강렬하게 흔들렸다.

《말》이 흐트러진다.

"─!!"

큰일이다, 하며 폭발할 것 같은 《말》의 제어에 의식을 빼앗긴 순간.

……물에서 튀어나온, 유달리 덩치가 큰 서펜트에게 옆구리를 물리고 말았다.

"크흑?!"

이리저리 흔들리는 배.

발이 공중으로 뜬다.

버틸 수 없다.

끌려 들어간다.

탁한 수면이 급격히 다가오고,

"월─!!"

첨벙, 하는 물소리가 나며, 나는 고인 물속으로 끌려 들어갔다.

◆

"─!!"

물에 떨어지는 순간, 나는 숨을 빨아들여 폐에 모아 두었다.

이 세계에서는 헤엄칠 수 없는 사람도 많지만, 다행히 나는 지난 생에서도 이번 생에서도 어느 정도 수영에 관한 교육을 받았다.

……옆구리를 문 서펜트가 곤혹스러운 듯이 몸을 비틀었다.

그 활 모양으로 굽은 송곳니에는 미스릴의 체인 셔츠를 꿰뚫을 위력이 없고, 그 턱에는 나의 복직근이나 복사근을 우그리고 내장을 으깰 정도의 악력 또한 없다. 역시 근육은 정의다.

그렇다고는 하나 물론 이대로 물린 채 물밑으로 끌려 들어가게 되면 익사할 것이 확실하다.

"…………."

뽀글뽀글, 거품이 수면으로 올라간다.

고인 물속에서는 눈을 뜬다고 해도 탁한 물이 펼쳐질 뿐 아무것도 보이지 않는다.

물론 《말》을 발설할 수도 없다.

그래서 나는 서펜트의 송곳니에 물려 으깨지지 않도록 배에 힘을 주면서 기도했다.

마음속에 떠올리는 것은 빛과 청징(清澄).

그 순간 빛이 사방으로 퍼지고, 사방으로 100미터 정도의 물이 정화되며 맑은 물로 변했다.

──《정화의 기도》다.

그렇게 시야를 확보야 눈을 뜨자, 물속을 움실움실 헤엄치는 서펜트들의 모습이 선명하게 보였다.

수많은 서펜트들이 물속에 떨어진 나를 노리고 몰려든다.

"……!"

발끝을 노리고 헤엄쳐 온 서펜트를 다리를 구부려 피하고, 팔을 흔들어 가슴 쪽에 달라붙으려는 다른 한 마리를 내쫓는다.

움직이기 어렵다. 물이 엉겨 붙는 것 같다.

이대로 계속 물속에서의 격투를 이어 가다가는, 나는 머지않아 패배할 것이다.

……하지만 이미 이 상황을 타개할 방법이 보인다.

나는 목청을 노리고 정면에서 돌진해 온 서펜트의 턱을 잡아 그것을 찢어 버렸다.

말 그대로, 위턱과 아래턱을 잡고 살점과 가죽을 통째로 힘껏 잡아 찢은 것이다.

"――~~!!"

나의 손 안에서 서펜트가 미친 듯이 날뛰고, 정화된 물에 피가 흘러 나간다.

이어서 체인 셔츠를 물고 있던 서펜트를 한 손으로 잡아 누르고, 벨트에 찬 단검을 뽑아 목 근처를 단숨에 벤다.

그 피가 정화된 물에 번지며 계속해서 흘러 나간다.

――다른 서펜트들이 피를 흘리는 두 마리에게 달려들기 시작했다.

그들은 마수가 아니라, 단순히 커다란 바다뱀이다――. 다시 말해, 마수를 포함한 괴물 특유의 과도한 공격성 때문이 아니라, 포식(飽食)을 위해 습격해 온 것이다.

……그렇다면 끝장을 볼 때까지 싸울 필요 없이, 보다 약한 사냥감, 공격하기 쉬운 사냥감을 준비해 주면 되는 것이다.

습격해 온 다른 서펜트 몇 마리를 추가로 처리한다. 무호흡으로 난투를 반복했더니 숨이 막힌다.

하지만 꾹 참고 서펜트들의 주의가 나에게서 약해진 동족에게 향할 때까지 버틴 뒤, 나는 수면을 향해 헤엄쳐 갔다.

물을 흡수하여 달라붙는 옷이 심히 무겁다.

필사적으로 물을 가르며, 배 옆으로 얼굴을 뺀다.

"푸학——!"

몇 분 동안 물속에서 싸우고 있었을까? 공기가 맛있었다.

"윌 님!"

루가 재빨리 나에게 로프를 던져 준다.

나는 그 로프를 붙잡고, 간신히 배 위로 되돌아왔다.

온몸에서 물이 뚝뚝 떨어진다.

"헉…… 헉……."

갑판에 손을 짚고, 거친 호흡을 되풀이한다. 온몸이 산소를
요구한다.

"윌!"

"괜찮나?"

말을 거는 모두에게 고개를 끄덕인다.

물속에 떨어지기 직전에 손에서 놓은 《페일문》이 보였다. 아
아, 물에 빠뜨리지 않아서 다행이다. 그렇게 생각하면서, 나는
숨을 가다듬고——.

"《파괴여 있으라》."

수면을 향해 힘껏 공격 마법을 쏟아부었다.

이번에는 정확하게 겨냥하여 성공했다. 물속에 파괴의 소용
돌이가 발생하였고, 전도율이 높은 물속에서 질주하는 충격은
서펜트들에게 타격을 입혀, 살점을 으깨고 뼈를 분쇄했다.

배가 심하게 흔들린다.

"후우."

나는, 이 정도면 됐다, 하고 생각하며 숨을 돌렸다.

곧이어 수많은 서펜트의 사체가 물 위로 떠올랐다.

"정도라는 게 없군……."

메넬이 어처구니없다는 듯이 그렇게 중얼거렸다.

그야 적극적으로 배를 노리는 상대를 방치할 수도 없으니까.

"메넬, 이동하자. 그리고 대충 정리는 된 것 같지만, 다들 경계를."

"알았다."

"알겠습니다."

"아, 저기…… 방금 갑자기 물이 깨끗해졌잖아요?"

"어? 단순한 《정회의 기도》야."

"네?"

루는 영문을 알 수 없다는 듯한 분위기였지만, 나도 영문을 알 수 없었다.

"으음, 《정화의 기도》라고 하면 보통 병 하나라든가, 기껏해야 조그마한 연못 하나라든가……."

"아아……."

출력의 문제였습니까?

당황하는 루의 어깨를, 메넬이 툭툭 쳤다.

"단순한 밀어붙이기다, 익숙해져라."

"네?"

"이 녀석은 말이지, 점잖은 척은 혼자 다 하면서, 기본 전법은 야만족 수준의 밀어붙이기라고. 익숙해져라."

"…………."

"나는 이미 익숙해졌다."

당황하는 루에게, 메넬은 무언가를 득도한 듯한 얼굴로 그렇게 말했다.

"야만족 수준의 밀어붙이기라니……. 너무하네, 정말."

"그럼 대체 뭔데?"

"나는 야만족보다 공격이 빠르고 출력도 있으니까, 야만족 이상으로 밀어붙이는 거라고."

의기양양한 얼굴로 그렇게 말하자 메넬은 아무 말 없이 고개를 좌우로 흔들었고, 루는 메넬에게 복잡해 보이는 얼굴로 고개를 끄덕거렸다.

"크윽, 뭐야, 그 얼굴은……?!"

"어이가 없다는 얼굴이다, 초(超)야만족 나리."

그런 식의 농담조로 아웅거리고 있었을 때──.

"……이 지형의 변동은 심상치 않은 문제군."

레이스토프 씨가 중얼거린 말이, 즐거운 분위기를 얼어붙게 만들었다.

◆

확실히 주변은 이미 200년 전의 지도나 정보와는 많이 달라졌다.

정체된 강은 흐름을 바꿔, 예전의 숲을 완전히 집어삼킨 상태이다.

강변은 질퍽질퍽한 습지대로 변해서, 쉽게 배를 댈 수 있을 것 같은 장소도 보이지 않는다.

덤으로 그 서펜트 같이 위험한 생물이 잔뜩 서식하고 있다.

……근 200년간, 인류가 발을 들인 적이 없는 암흑의 영역이라는 표현이 괜한 말이 아니라는 것을 실감한다.

"……젤레이즈, 뭔가 낯익은 것은 있나요?"

"없습니다."

젤레이즈 씨가 고개를 좌우로 흔든다.

"이래서는 아무것도……."

"아!"

그때, 루가 소리를 질렀다.

"저건 뭘까, 젤레이즈?"

루가 가리키는 곳으로, 뭐야? 하며 모두의 시선이 향한다.

그의 손가락은 수면을 가리키고 있었다.

자세히 보니, 《정화의 기도》에 의해 맑아진 물밑, 출렁이는 물 너머로 건물의 유적이 나란히 보인다.

"음……."

젤레이즈 씨는 그 유적을 보고, 잠시 생각에 빠졌다.

"…………."

"저건 뭘까?"

"저 건축 양식은…… 틀림없이 엘프가 지은 건물이라고 생각합니다."

"오~. 한 건 했군!"

"잘 발견했다."

"응, 루의 공적이야."

"아니요. 무슨……."

모두가 그렇게 말하자, 루는 수줍은 듯이 웃었다.

"그러면 지도에서는 어디에 해당하지?"

"아마도 이쪽인 것으로……."

그렇게 서펜트들의 사체 속에서 배를 움직이며, 지도를 펴고
다 같이 검토한다.

그리고 대충 그 위치를 가늠한 뒤, 우리는 다시 이동을 개시
했다.

단, 주변 일대가 《금기의 말》에 의해 더럽혀진 탓에, 《순풍》<sup>태일 원드</sup>
의 주문으로 범주(帆柱)를 하는 것이 미덥지 않다.

주변의 바람과 물을 《정화의 기도》로 맑게 해도, 그것만으로
정령들의 약체화가 당장 어떻게 되는 것도 아니다.

요정사로서의 메넬의 실력과 미래의 《숲의 왕》으로서의 힘
을 합치면, 상황의 개선도 기대할 수 있을 것 같지만——.

"갑작스러운 대규모 변화는 데몬들이 알아챌 가능성도 있다."

라는 레이스토프 씨의 지당한 지적이 있었기에, 우리는 조금
더 원시적인 수단에 기대기로 했다.

바람에만 의지하는 것은 여기까지로 하고, 노를 내려서 저어
가기로 한 것이다.

메넬이 선미에서 키를 잡고 구호를 넣는다.

그 목소리에 맞춰 장단을 맞추고는, 우현과 좌현으로 나뉘어
노를 저어 간다.

새까맣게 고인 물.

하얗게 말라비틀어진 채로 주변에 늘어선 나무들은 수령이 수백 년을 가볍게 넘는 거목들뿐이라, 마치 고대 신전의 기둥이 줄지어 늘어선 회랑(回廊)을 보는 것 같다.

"…………."

가끔씩 수생 생물들의 섬뜩한 울음소리가 울리는 것 외에는 아무 소리도 없는 절멸한 숲.

어느샌가 희미한 흰 안개가 주변을 뒤덮어, 《러스트 마운틴즈》의 산들도 흐릿한 형태밖에 보이지 않는다.

노가 삐걱거리는 소리, 물을 가르는 소리와 함께 배는 앞으로 나아간다.

처음에는 한동안 대화도 나눴지만, 그도 점점 줄어들어 간다.

주위의 음울한 분위기에 영향을 받은 듯이 결국 다들 아무 말이 없어졌을 때쯤——.

"……?"

우현 쪽의 수면에서 무언가 기척이 느껴졌다.

기척이 나는 방향을 쳐다보니, 그곳에서 보글보글 거품이 올라오고——. 수많은 손이 수면 위로 모습을 드러냈다.

"윽!"

고인 물속에서 내밀어지는, 심하게 창백한 팔.

썩은 것도 있고, 뼈만 남은 것도 있다.

그들의 손은 발버둥 치듯이, 의지하듯이 배를 붙잡기 시작했다.

배에서, 삐걱거리는 소리가 나기 시작했다.

"으음."

"…………"

덜컹덜컹 배가 흔들리는 가운데, 레이스트포스 씨와 겔레이즈 씨도 각자 무기를 들어 대비한다.

망자의 도시에서 새롭게 조달한 그들의 무기는 마법의 무구다. 언데드에게도 잘 통할 것이다.

"……적이야?"

메넬은 특히 냉정했다.

무기를 뽑을 수 있도록 자세를 취하면서도, 태연히 나에게 묻는다.

"아니."

나는 고개를 가로저었다.

"그냥 괴로워하고 있는 것뿐이야."

나는 배를 붙잡는 많은 팔 중 하나에 손을 뻗었다.

물에 의해 퉁퉁 부푼 팔은, 비린내를 사방으로 흩뿌리고 있다.

그 손을 잡았다.

"……으."

루가 숨을 죽이는 기척이 난다.

"괜찮아."

전해지라고 생각하면서 말을 건다.

"이제 괜찮아요."

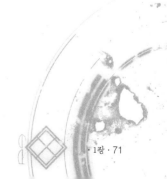

이제 더 이상 괴로워하지 않아도 돼요.

미워하지 않아도 돼요.

애쓰지 않아도 돼요.

"이제 아무도 당신들을 저주하지 않아요. 위해를 가하지 않아요, 괴롭힐 수 없어요."

붙잡은 팔에서.

그리고 주위의 팔에서도, 힘이 빠져 간다.

"──뒷일은 어떻게든 할게요."

이제 애쓰지 않아도 괜찮아요.

지키려고 하지 않아도 괜찮아요.

싸우지 않아도 괜찮아요.

짊어지지 않아도 괜찮아요.

짐을 내려놓아도 돼요. 그러니까──.

"편히 쉬세요."

한마디 한마디, 천천히 그렇게 고하고.

나는 기도했다.

"등불의 신 그레이스필이여. ……안식과, 인도를."

흐린 하늘에, 《성스러운 등불의 인도<sup>디 바 인 토 치</sup>》가 켜졌다.

떠오른 기적의 등불이, 방황하는 영혼을 윤회로 인도해 간다.

푸르스름한 영체들이 희미하게 모습을 드러냈다.

땋아서 올린 아름다운 머리카락, 댓잎을 연상시키는 뾰족한 귀에 수려한 얼굴.

"──────."

그들은 아무 말 없이 우리를 향해, 고상하고 우아하게 인사했다.

"오오……."

겔레이즈 씨가 떨리는 목소리로 말한다.

그것은 분명 지난날의, 《묘성의 가지》의 엘프들의 모습 그대로였기 때문일 것이다.

"―――――."

그들은 하고 싶은 말이 있는 것인지, 무언가를 말하려고 하지만――.

그것은 이루어지지 않는다.

"…………."

그들이 잠든 곳의 물이, 그들의 목에서 말을 빼앗아 버렸기 때문일까?

안쓰러운 일이긴 하지만, 그럼에도 그들은 우아했다.

아름답게 어깨를 움츠리고는, 부드러운 손가락으로 한 방향을 가리킨다.

빙글빙글 손가락을 돌리는 것은 가능한 한 빨리, 라는 의미일까?

"저쪽으로 가라는 말이군요? 가능한 한 신속하게."

그들이 고개를 끄덕인다.

그러고 나서 선두에 선 한 명이 손가락 두 개를 모아 세웠다. 그런 뒤 주먹을 쥐고 왼쪽 가슴에 올렸다.

물이 흐르는 듯 자연스러운 동작이었다.

"윌, 저건……."

"괜찮아, 의미는 알고 있어."

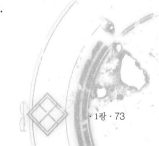

같은 동작으로 화답한다.

──친밀감을 담은, 작별의 인사 동작이다.

"부디, 등불의 축복을."

그러고 난 뒤.

《묘성의 가지》의 옛 엘프들은 부드러운 미소와 함께, 희미해지다가 사라졌다.

"…………."

"…………."

"…………."

루도, 겔레이즈 씨도, 레이스토프 씨도 아무 말이 없는 가운데.

"가자."

갑자기 메넬이 그렇게 말했다.

"저 방향으로 전속력이다. 당장, 빨리!"

"어?"

"엘프의 시간 감각을 신뢰하지 마라!"

메넬은 초조한 기색으로 그렇게 말하고는, 요정들에게 상당히 강한 어조로 말을 걸어, 다시 《테일 윈드》의 주문을 사용한다.

그는 거기에서 멈추지 않고 자신에게 정성껏 《워터 워크》의 술법을 추가하며 소리쳤다.

"엘프의 '잠시 기다려라' 는 '1년 후쯤에 또 보자' 라는 말이라는 일담, 그건 사실이라고!"

배가 무서운 기세로 움직이기 시작한다.

고인 물을 가르며, 희미한 안개 속을 나아간다.

"그 정도로 무책임한 시간 감각을 가진 그 녀석들이 '되도록 빨리'라고 말하고 있다! 그러니까 그건!"

안개 너머에서 비명 소리가 들려왔다.

"——역시나군, 빌어먹을!"

메넬은 욕설을 내뱉고, 마치 물수제비 놀이를 할 때 던지는 돌처럼 민첩하게 물 위를 달려 나갔다.

◆

"윽, 우오오오——!!"

소리를 지르며 안개 너머로 달려가는 메넬.

평소 메넬은 전투 시에 소리를 지르는 일이 그다지 없다.

함성을 지르면 힘도 나고 공포심도 없앨 수 있지만, 그것은 전사가 싸우는 방식이지, 사냥꾼이 싸우는 방식은 아니기 때문이다.

그는 아무 말 없이 움직이고 아무 말 없이 찌른다.

그런 메넬이 지금, 굳이 소리를 지르고 있는 것은 비명 소리의 주인에게 자신의 존재를 알리고, 동시에 뒤에서 쫓아가는 우리가 메넬의 위치를 잃지 않게 하기 위해서일 것이다.

메넬은 목소리를 이정표로 남기며 쭉쭉 앞으로 나간다.

"노를 저어, 서둘러!"

비명이 워낙 급박하게 들려왔기 때문에, 《워터 워크》의 주문은 메넬 이외에는 걸려 있지 않다.

요정의 가호가 희박한 이곳에서, 한 번의 주문으로 전원에게 술법을 걸 여유도 없었을 것이다.

이미 긴박한 상황인 이상, 가장 정확하게 상황을 파악하고 있던 메넬이 먼저 가는 것은 당연한 일이다.

힘을 담아 노를 젓자 물가가 점점 가까워져 간다. 드문드문 연약하고 미덥지 못한 식물이 자라 있는, 물가와 구분도 되지 않는 애매한 진흙탕 습지다.

"노를 올려! 진흙탕에 박히겠어!"

소리를 지르고, 노를 끌어 올린다.

무엇을 해야 할지는 다들 알고 있었다. 재빨리 배에서 뛰어내려, 허벅지까지 고인 물에 잠긴 채 배를 물가까지 밀어 올린다.

"——!"

곧바로 무장을 움켜쥐고, 쉴 새 없이 달려 나간다.

발이 진창에 묻힌다. 그것을 억지로 박찬다.

발을 내디디기가 불편하다. 막상 싸움에 들어가면, 움직임이 상당히 제한될지도 모른다.

큰일이군. 그렇게 생각하면서, 다 같이 뭉쳐 앞으로 나아가고 있을 때——.

"이야압——!"

살점과 뼈를 끊는, 둔탁한 소리가 났다.

안개 속 저편. 메넬이 늪지대 안에서 덤벼들어 오는 눈 없는 뱀의 목을 장검으로 날려 버리고 있었다. 깨끗한 일섬이다.

뱀의 머리가 빙글빙글 회전하여, 늪지대에 낙하한다.

한쪽에는 낯선 사람이 쓰러져 있다.

묶여 있던 것이 풀린 것인지, 흐트러져 펼쳐진 금색의 긴 머리카락. 대나무의 잎처럼 기다란 귀.

엘프족──생존자?!

"메넬, 그 사람은 무사……."

"아직 끝이 아니야!"

메넬의 외마디 외침.

다음 순간, 메넬의 좌우 늪지대에서 튀어 올라오는 눈 없는 뱀. 메넬은 묶여 있는 은색의 머리카락을 휘날리며, 두 마리의 공격을 피한다.

그 동작과 연동해, 그중 한 마리를 향해 검을 휘두르지만 그 검은 뱀의 몸통을 채 자르지 못했다.

뱀의 몸통에 칼날이 박히고──. 다음 순간, 놀라운 일이 일어났다.

목을 날려 버렸던 맨 처음 뱀이, 메넬의 발에 엉겨 붙으려고 돌진해 온 것이다. 그것도 목이 없는 상태로.

"쳇!"

메넬은 어쩔 수 없이 검을 버리고, 엉겨 붙으려고 하는 목 없는 뱀을 걷어찬 뒤 크게 도약하여 거리를 벌린다.

《워터 워크》의 술법이 걸린 그의 동작은 늪지대에서도 경쾌하다.

"온다, 대비해라!"

메넬은 그대로 늪지대에 쓰러진 금발의 엘프를 부축하여 일으킨 뒤 이쪽으로 후퇴해 온다.

바싹 뒤따라오는 뱀들의 움직임에──. 겨우 전모가 보이기 시작했다.

뱀들이 아니었다.

늪지대 속.

눈 없는 뱀의 수많은 목, 남자의 몸통 정도로 두꺼운 그것들은, 더욱 거대한 뱀의 동체에 이어져 있었다.

누런 이빨을 드러내고 빨간 혓바닥을 쉴 새 없이 낼름거리며, 수많은 머리가 달린 이무기가 우리를 위협한다.

"이건?!"

"늪지대의 제왕……."

"다두사군.<sup>히 드 라</sup>"

모두가 상대를 파악하고, 그 이형의 거구에 경계를 드러낸다.

그때, 메넬에게 잘린 목이 부글부글 거품을 내면서, 친친히 새로운 목이 자라나려 하고 있었다.

"《화염의 화살》!<sup>사기탁 프라네움</sup>"

재빨리 《말》을 발화했다.

《말》에 의해 창조되고, 마나로부터 발생한 화염의 화살은 재생하려고 하는 목에 정확하게 착탄한다.

작열하는 소리. 히드라는 괴로운 듯 몸을 비틀고——. 주변을 찌릿찌릿 떨리게 하는, 강렬한 포효.<sup>하울링</sup>

"우…… 윽!"

"큭!"

메넬과 구출된 엘프, 뛰어난 청각을 가진 두 사람이 귀를 막는다.

그것을 신경 쓸 여유도 없이, 나는 재빨리 시선을 돌려, 목을 관찰한다.

불타고 그을린 조직은 재생을 멈춘 상태였다.

"화염 유효! 루, 겔레이즈 씨, 레이스토프 씨! 전위를 부탁해요!"

격노한 히드라가 다가온다.

모두가 무기를 뽑고, 방패를 들어 전진했다.

"메넬, 그 사람을 데리고 후퇴!"

"알았어!"

메넬이 그대로 전위와 엇갈려 뒤로 물러선다.

나는 전위로 나갈 수 없다.

전후좌우에 퍼진 뱀의 목을 둘러보고, 그것들의 재생을 하나하나 저지하기 위해서는 멀리 내다보이는 후방에 있어야 한다.

그러니,

"……나는 후위에 있어야겠군."

줄곧 와! 하고 외치며 앞으로 나가는 쪽이었고, 늘 그렇게 해결해 왔다.

이런 위치에서 싸우는 일은 흔하지 않았다. 감개에 잠길 때는 아니지만, 의외로 신선했다.

"목을 내치는 족족 불태울게요! 앞쪽은 맡기겠습니다!"

"네!"

"네."

"맡겨 둬라."

저마다 대답이 돌아온다. 그렇게 전투가 시작되었다.

◆

　날카로우면서도 엄청난 힘이 담긴 일섬이 히드라의 목을 떨어뜨린다.

　레이스토프 씨의 참격이다.

　자신의 몸통만큼이나 두껍고, 거기다 이리저리 움직이기까지 하는 살점과 뼈의 덩어리를 절단한다. 일반적인 단련과 기량으로 실현할 수 있는 것이 아니다.

　실제로 기량이 상당한 수준에 달했을 메넬조차 한 차례 실패하여 검을 빼앗겼다.

　하지만 그는 당연하다는 듯이 하나, 또 하나, 차례차례 목을 떨어뜨려 간다.

　나는 거기에 맞춰, 《화염의 화살<sup>사기타 프라네움</sup>》을 잇달아 쐈다.

　소름이 끼칠 듯이 깔끔한 그 기술에 쇠한 기색은 없는 듯하다.

　더불어서——.

　"흡!"

　예리한 기합 소리와 함께, 검이 닿지 않는 높은 곳에서 고개를 쳐든 히드라의 목이 쩍하고 세로로 찢어졌다.

　거스가 레이스토프 씨의 애검에 새롭게 새긴 《표식》의 효과다.

　그 효과를 보니 아마도 《칼날 연장<sup>익스텐션</sup>》과 《예리<sup>샤프니스</sup>》 쪽을 기초로 한, 독자적인 《표식》일 것이다.

　마나에 의해 순간적으로 형성된 날카로운 칼날이 검의 사정거리 너머까지 베고 있는 것이라고, 나의 마법사로서의 감각이 고하고 있었다.

거스는 역시 보는 눈이 있다. 레이스토프 씨에게 있어 상성이 좋은 개량이다.

사용자의 레벨이 높은 차원에 도달해 있다면, 섣불리 사용자의 힘을 늘리거나 불이나 번개를 분출하는 것보다, 단순히 『멀리까지 닿는 날카로운 검』으로 개량하는 쪽이 더 좋다.

검의 외관 때문에 사정거리를 추측하기 어려워져 적군에게는 골치 아프고, 아군에게는 매우 든든하다.

"《화염의 화살》!"

떨어진 목을 향해 곧바로 불의 화살을 발사한다.

……이번 전투는 특별한 상황 변화가 없는 한 이 공격 하나로만 갈 생각이다.

다양한 《말》을 적의 세세한 상황에 맞춰 사용하는 것이 언뜻 보기에는 현명한 방법이고, 좋은 후방 지원처럼 보일지도 모른다.

하지만 실제로는, 일일이 「보고, 생각하고, 판단하고, 사용한다」라는 네 가지 단계를 밟으면 일이 지연되고 만다.

차라리 그럭저럭 효과가 있는 짧은 마법 하나로, 「보고, 사용한다」의 두 가지 단계로 연타하는 편이 좋다. 전열에서도 뒤에서 어떤 공격이 날아올지 알고 있는 편이 안심될 것이다.

서투른 생각은 안 하느니만 못하다.

——적어도 전투처럼 변화가 격심한 상황에서는, 어쨌든 심플하고 우직한 편이 불상사도 생기지 않고 좋은 것이다.

연거푸 《화염의 화살》을 쏜다.

오른손으로는 거스가 가르쳐 준 이중 마법 투척으로 《표식》을 그려 마법을 유도하여 실수로라도 전위를 향해 쏘지 않도록 지원한다.

같은 말, 같은 글자. 루틴 워크로 연타하니 지체도 망설임도 없다. 오히려 반복하면 반복할수록 속도가 빨라진다.

연속으로 착탄.

히드라의 남은 목들이 분노에 차 큰 소리로 울부짖는다.

가장자리의 목이 마치 채찍처럼 전위의 세 명을 옆으로 쓸어 넘기려고 한다.

"우오오오!"

그 공격에 방패를 들어 방어 태세에 들어간 사람은 겔레이즈 씨였다. 드워프 특유의 낮지만 다부진 술통 같은 몸으로. 비스듬히 방패를 든다. 옆에서 보면 방패와 몸으로 사람 인(人)자를 그리는 형태다.

히드라의 단단하고 예리한 비늘이 금속으로 만들어진 거대한 방패 위에 불꽃을 뿌리며 미끄러져 간다.

막아 내는 것이 아닌, 위로 비스듬히 흘려보내는 움직임. 다른 두 사람이 겔레이즈 씨의 그늘로 몸을 숨기고, 히드라의 공격은 허공을 가른다.

"오오오오옷!!"

텅 빈 동체에, 강렬한 메이스의 일격이 들어갔다.

히드라의 재생력은 높다고 하지만, 내장에 강렬한 충격이 들어가면 견딜 재간이 없다.

히드라가 겁을 먹은 듯 몸을 비틀며 남은 몇몇 개의 목으로 저항을 시도하지만 겔레이즈 씨는 지면에 뿌리를 내린 것처럼 꿈쩍도 하지 않는다.

드워프 특유의 체격에 더해, 그가 가진 《검 파괴자》의 방어구 세트에도 그 자리를 굳건히 지키기 위한 어떠한 마법이 작용하고 있을 것이다.

"지금입니다, 도련님!"

"그래!"

그리고 겔레이즈 씨에게 주의가 끌려 있는 상황에서 루가 돌진했다.

《금강력》의 할버드를 뒤로 빼고, 아래에서부터 비스듬히 퍼올리듯 공격을 가한다.

"……우와."

뼈와 살점이 분쇄되어 사방으로 튀는, 엄청난 소리가 났다.

'벤다' 같은 것이 아니라 '터뜨린다' 는 표현이 어울리는, 작렬(炸裂)과도 같은 결과.

히드라의 목 중 하나가 반쯤 찢어져 성대하게 젖혀지고——.

"하아아아압!"

긴 손잡이를 잡아당겼다가 그 반동으로 또다시 일격. 이번에는 목이 찢어져 날아간다.

레이스토프 씨의 깔끔한 절단면과는 다른, 거인이 힘으로 잡아당겨 찢은 듯한 무참한 단면.

이것은 이것대로 무섭다고 생각하면서, 나는 계속해서 화염의 화살을 쐈다.

"아~. 이래서는 내가 나설 자리가 없잖아……."

화살을 낭비하고 싶지는 않으니 뭐 상관없지만, 하고 메넬이 뒤에서 투덜거렸다.

싸움의 판세는 이미 정해져 있었다.

◆

 겔레이즈 씨가 히드라의 공격으로부터 루를 지키면서, 견실한 타격으로 충격을 가중시켜 약화시킨다.

 루는 겔레이즈 씨가 감싸 줄 수 있는 적격의 위치에 대기하면서 큰 한 방을 날릴 여유를 확보하고, 히드라의 목을 날려 버린다.

 그리고 그 사이사이에 신출귀몰한 레이스토프 씨의 깔끔한 일섬. 간격을 재고 들어갈 때 참고하고 싶어질 정도로 능숙하다.

 ……그런 이유로 내가 할 일이라고는 그들을 보면서 유도를 건 《화염의 화살》을 연사하는 것 정도였다.

 "이봐, 정신 똑바로 차리라고."

 "으……."

 메넬로 말할 것 같으면, 상처를 입은 듯한 엘프를 격려하면서 주변의 경계를 맡고 있었다.

 편한 것처럼 보이지만 일부러 싸움에 참여하지 않은 채 망만 보고 있는 것도 그것 나름대로 필요한 일이다.

 싸움과 같은 긴급한 상황에서 싸울 수 있는 기술과 능력이 있으면 무의식중에 참전하고 싶어지는 것이 사람의 특성이지만──. 너무 많은 수가 한 번에 덤벼들어도, 오인 사격이나 팀 킬의 위험성이 늘어나는 법이다.

 늘어나는 적의 난입을 신경 쓰지 않고, 아군이 눈앞의 싸움에 집중할 수 있도록 대기한다는 것도 중요한 선택이다.

아무리 그래도 히드라의 싸움에 끼어들 만한 존재는 없을 거라 생각하지만, 여기는 인류가 발을 들인 적이 없는 암흑의 영역. 어떤 것이 숨어 있을지 아무도 알 수 없다.

"《화염의 화살》!"

그렇게 전열의 세 명은 계속해서 히드라에게 통격을 가했고, 그때마다 나는 거침없이 《화염의 화살》을 쏘아부었다———.

히드라가 모든 목이 잘린 채 단말마의 절규조차 지르지 못하고 늪지대에 쓰러진 것은, 그 뒤로 얼마 지나지 않았을 때의 일이었다.

"이, 이긴 건가······?"

"방심하지 마십시오. 히드라의 독은 평범한 기적으로는 해독도 할 수 없는 맹독이니까 말입니다."

"그래. 이런 쪽의 뱀 종류는 모든 목이 잘려도 날뛰는 경우가 있다."

"모, 모든 목이 잘려도요?"

"그렇다. 발버둥 치는 것에 휩쓸려서 쓸데없이 다칠 필요는 없지."

전위 세 명에게 방심이 없는 것을 확인하고, 나는 시선을 뒤로 돌린다.

"메넬."

"윌, 빨리 와! 이 녀석 물렸다!"

"윽!"

나는 황급히 진흙탕을 박차고 달려갔다.

메넬의 팔에 안겨 있는 엘프를 확인한다.

진흙이 묻은 채 흐트러져 있는 금색 머리카락과 멍하니 초점이 맞지 않는 보라색의 눈동자.

진흙투성이의 촌스러운 여행복을 입고 있지만, 반듯한 콧날로 보나 갸름한 턱으로 보나, 자못 엘프다운 가련한 여성이다.

평상시에 만났다면 넋을 잃고 봤을지도 모른다.

"으으, 아……."

지금처럼 맹독에 걸려 침을 흘리면서 경련을 일으키고 있지 않다면!

"정신 차려!"

이러니 메넬이 품 안에서 떼어 놓지도 않고, 참전도 하지 않지!

그렇게 납득하며 허둥지둥 《해독의 기적》을 기도하려고 하지만,

"윽……. 무, 리…… 야……."

엘프가 떨리는 손을 뻗어 나를 제지하려 한다.

"히드라…… 맹, 독……."

"으……."

큰일이다.

이 《해독의 기적》뿐 아니라 치유의 힘을 갖는 모든 기도는 상대가 거절하면 효과가 발휘되지 않는 경우가 있다.

선한 신들이 원하지 않는 연명이나 고문에 대한 치유의 사용——상처 치유나 해독 등, 못된 꾀를 사용하면 얼마든지 그런 방향으로 악용할 수 있다——을 바라지 않기 때문이다.

……이제 말하는 것조차 괴로울 텐데도 쓸데없는 치료를 거부하고 죽으려고 하는 점을 보면, 정말로 엘프라는 종족은 고

상하다.

어떻게 설득할까, 하고 생각했을 때,

"더 이상 말하지 마."

메넬이 엘프의 손을 잡고 밑으로 내렸다.

"아니…… 북쪽으로…… 동료, 의…… 마을……."

"아…… 빌어먹을! 됐으니까 순순히 치료를 받아라, 동포!"

"동, 포……?"

엘프는 초점이 흔들리기 시작한 눈을 크게 뜨고 메넬을 봤다.

올곧은 비취색의 눈동자를.

"이 녀석은 평범한 신관이 아니야. 숲의 친구여, 너는 살 수 있다. 그러니까 기적을 받아들여라."

"아……."

메넬은 강압적인 어조로 말했다.

손을 잡고,

"기도해라."

그가 거는 그 말에.

이미 의식까지 희미해진 엘프가 고개를 살짝 끄덕거리는 것을, 확실하게 봤다.

그래서 나는 신에게 기도를 올렸다.

——신이시여, 부디 이 긍지 높은 엘프에게, 치유를.

기도는 기적이 되고, 기적은 아련한 빛이 되어 그녀의 몸에 쏟아진다.

의식을 잃은 여성 엘프가 천천히 정상적인 호흡을 되찾기 시작한 것은, 그 뒤로 얼마 지나지 않아서였다.

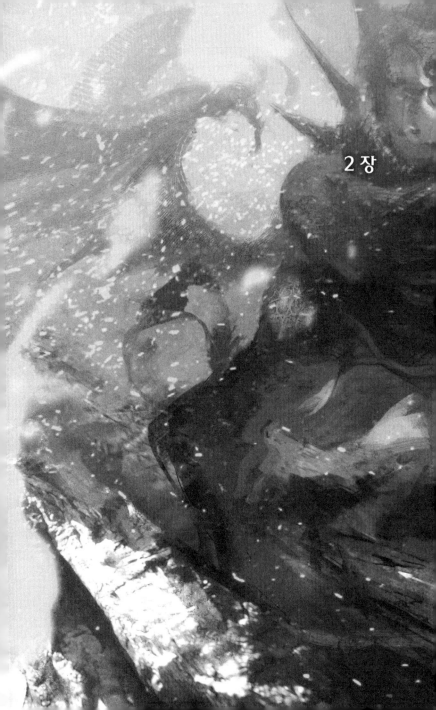

2장

히드라의 확실한 죽음과 여성 엘프가 치유된 것을 확인한다.

그러고 나서 나는 루에게 무구를 맡기고, 그녀의 팔을 끌어 올린 뒤 몸을 웅크려──.

"영차."

어깨에 메어 올린다.

지난 생에서 소방관이나 라이프세이버가 구조를 요하는 사람의 운송에 사용하던, 파이어맨즈 캐리……. 유도의 어깨로 메어치기 같은 형태다. 가볍게 들어 올려, 빠르게 이동할 수 있다.

곧바로 이동시켜야 한다.

무엇보다 성대하게 싸워 피를 사방에 흩뿌리고 말았다.

이미 까악까악, 하고 울음소리를 내는 괴이한 새들이 시체의 고기를 노리며 구름 낀 하늘을 선회하고 있다.

가능한 한 빨리 이 장소를 벗어나지 않으면 피 냄새에 이끌려

온 새로운 적과의 조우는 피할 수 없다.

"잠깐 기다려 줘!"

그런 가운데, 전투 중 빼앗겼던 장검을 히드라의 시체에서 회수한 메넬이 그렇게 목소리를 높였다.

"시간은 그렇게 많지 않다."

"금방 끝나."

메넬은 의아해하는 레이스토프 씨에게 그렇게 대답하고, 손에 천을 휘감아 히드라의 시체 옆에서 단검을 뽑아 무언가 작업을 시작했다.

위턱의 송곳니가 붙어 있는 부분, 인간으로 치자면 뺨에서부터 귀가 달린 부분 근처에 신중하게 칼을 넣고 있다.

"좋아."

휴대하고 있던 작은 병에, 히드라의 새까만 체액을 부어 넣는다.

이것은——.

"독샘에서, 독을?"

"앞으로 쓸 데가 있을 거 같아서 말이지."

"조심해."

나도 브래드나 거스에게 어느 정도는 배웠지만, 독이라는 것은 다루기가 어렵다.

제대로 독성을 유지한 채로 보관하여 중요한 상황에서 잘 활용하는 것은 의외로 어려운 일이기 때문에 지식이 필요하다.

"걱정하지 마라, 알고 있으니까."

그렇다고는 하나, 메넬은 뛰어난 사냥꾼이자 숲의 전사다.

동식물이나 마수에게서 얻은 독을 다루는 일에는 나보다도 익숙할 테니 쓸데없는 걱정일지도 모른다.

"미안, 시간을 지체시켰군. 가자."

그 한마디 말과 함께, 우리는 늪지대를 지나며 배를 향해 걸어갔다.

체형과 장비로 볼 때 루와 젤레이즈 씨가 걷기 힘들어 보이지만, 그 이상으로 나 역시 짊어진 엘프의 체중만큼 발이 진흙에 잠겨서 걷기가 힘들다.

그럼에도 억지로 힘껏 진흙을 헤치며 나간다. 근력은 이런 상황에서도 도움이 된다. 단련해 두길 잘했다!

"히드라……. 엄청난 상대였어요."

배로 걸어가며, 루가 불쑥 중얼거렸다.

희미하게 손이 떨리고 있다. 생각해 보니, 루는 이 정도의 거물과 상대한 것은 처음일 것이다.

"맞습니다. 모두가 함께 덤비지 않았다면 위험한 상대였습니다."

"과거의 용사 버클리는 히드라를 거의 혼자서 쓰러뜨렸다고 한다만."

버클리 영웅전. 비도 가끔씩 노래하는 고풍스러운 무용전이다.

때는 아직 세계에 신화의 여운이 많이 남아 있고, 많은 악신의 권속들이 날뛰고 있었을 무렵.

고대의 왕국에 그 이름이 널리 알려진 용사, 방랑 전사 버클리.

심판과 번개의 신 볼트를 섬기는 그는 용감하고 고상하며, 무고한 백성들을 위해 그 힘을 떨쳐 수많은 괴물을 토벌했다.

단지 여자를 대단히 밝혀, 어느 날 운명의 장난과 악녀의 질투로 인해 신세를 망치고 만다——. 다양한 의미로, 영웅의 대명사와 같은 인물이다.

"히드라의 실물을 보니, 의심하고 싶어지는군. 그놈 단독으로라니 무리…… 아니."

메넬의 시선이 이쪽으로 향했다.

"왜?"

"아니, 너라면 히드라 단독 토벌도 가능하지 않을까…… 해서."

"…………."

다른 모두도 흥미가 있다는 듯한 시선으로 이쪽을 보기 시작했기에, 진지하게 생각해 본다.

강력한 《말》로 히드라의 시정기리 밖에서 물리치면 편하겠지만, 안개에 싸인 늪지대에 서식하는 히드라를 일방적으로 포착하여 공격하는 것은 비현실적이다.

그렇다면 늪지대 안에서의 조우.

히드라와 싸운다는 가정하에, 가령 화염계의 《표식》을 새겨 둔 무기 등으로 확실하게 채비를 갖췄다 치고——.

좋은 마법의 방패로 몸을 지키며, 어쨌든 초반에 가능한 한 많은 목을 베어 버리면.

또는 버클리처럼 가장자리 쪽의 목 하나를 옆구리에 끼워 방패로 삼고, 히드라를 이리저리 흔들며 싸우면, 어떻게든 되지 않을까?

신체 능력 증강<sup>피지컬 인챈트</sup>의 마법이나 축도를 여러 겹으로 걸어 두면 해 볼 수 있을 것이다.

물론 늪에서 히드라를 단독으로 상대한다면 언제든 빈사 상태가 될 위험이 있다.

그럼에도 《오버 이터》를 뽑아 이전투구를 시작한다는, 금단의 수법을 제외한다고 해도,

"아마도 불리하지는 않을 것 같은데."

메넬이 호들갑스러운 동작으로 하늘을 올려다보며, 용사의 위업을 의심했던 것을 볼트에게 사죄했다.

◆

그대로 진흙투성이가 되어, 다 함께 배가 있는 곳까지 되돌아온다.

배 안에 무구를 넣어놓고 시트와 담요를 꺼내, 아직 이름도 모르는 기절한 상태의 엘프를 몸이 식지 않게 감싼다.

그런 뒤 다시 허벅지까지 잠기는 진흙에 들어가 배를 강으로 되돌렸다. 물의 흐름을 따라 천천히 배가 움직이기 시작한다.

"으음……."

"와, 이제 보니 다들 진흙투성이네."

"으악, 거머리?!"

"태워서 벗겨 내라."

"물이든 뭐든 준비할게!"

다들 늪지대에서 진흙의 세례를 받았기에, 축도술, 요정의 가호, 마법 등을 사용하여 진흙을 씻어 내고 철저하게 몸을 정돈한다.

이런 곳에서 병에 걸리면 단순히 귀찮은 정도로 끝나는 일이 아니기 때문에 주의가 필요하다.

축도술로 치료할 수 있다고 해도 다 나을 때까지 소모한 체력은 회복할 수 없고, 자각 증상이 없이 잠복해 있다가 시간을 두고 갑자기 증상이 나타나는 성가신 병도 있다.

"이제야 끝났네."

대충 몸이 깨끗해진 상황에서 전투의 뒤처리 등도 전부 끝났다.

레이스토프 씨가 아무 말 없이 솔선하여 배의 키를 잡은 채 주변을 경계하고 있다.

"그건 그렇고, 이 엘프 말인데……."

다시 한번, 모포에 감싸인 그녀를 본다.

요정들이 좋아할 것 같은 풍성한 금색 머리카락. 단정한 얼굴은 창백해져 초췌함이 엿보인다. 보라색의 눈동자는 여전히 감긴 상태지만, 숨은 확실하게 쉬고 있다.

……이제야 겨우 한숨을 돌리고, 이 사람에 대해 이야기할 수 있게 되었다.

바다뱀의 예를 생각해 보면, 배 위도 안전권이라고 말하기 어렵기는 하지만, 그래도 비교적 나은 장소이기는 하다.

완전하게 안전한 곳 따위, 이 암흑의 영역에서는 기대할 수 없다.

"엘프의 생존자, 일까요?"

"그렇겠지요."

"뭐, 우리끼리 무슨 말을 하든 아무 소용없겠지."

메넬에게는 배려라는 것이 없었다.

이봐, 일어나, 하며 예술품 같은 엘프의 뺨을 찰싹찰싹하는 소리가 날 정도로 때린다.

그리고 그럼에도 일어나지 않는 것을 본 메넬은 소지하고 있던 작은 병을 그녀의 도톰한 입술에 대더니, 정신이 번쩍 들 정도로 강렬한 증류주를 주저 없이 입안으로 흘려 넣었다.

효과는 곧바로 나타났다.

"……윽?! 콜록, 콜록!"

강렬한 자극에 금발의 엘프는 숨이 막힌 듯 눈을 크게 뜬 채 벌떡 일어났다.

뭐가 뭔지 모르겠다는 듯한 표정으로 좌우를 보는 그녀에게 ——.

"오, 일어났다, 일어났어."

메넬은 개구쟁이처럼 웃으며 그렇게 말했다.

우리로 말할 것 같으면, 해도 너무 한 메넬의 조치에 살짝 얼어붙어 있었다.

"으우…… 무, 무슨 짓이야?!"

"자극적인 키스로 깨어나게 해 준 거다. 기분은 어때, 숲의 동포? 구역질이 난다든가 머리가 깨질 거 같다든가 하지 않아?"

"어떻게 그런 천박한 말을! 귀가 더럽혀져서 머리가 아플 지경이야!"

축도술로 치료했다고는 하나, 빈사 상태에서 회복한 것이다.

체력도 상당히 소모했을 텐데도, 이 엘프, 앙칼지다.

"오, 그 정도까지 말할 수 있다면 건강에는 문제없겠군."

"그, 그런데 당신 방금…… 키, 키스라고……. 서, 설마……?!"

"안심해라, 술병이랑 한 거다."

"으~!!"

그 여성 엘프는 귀 끝까지 새빨개져서, 메넬에게 빠른 엘프어로 잇달아 떠들어 댄다.

나의 언어 능력으로는 충분히 알아듣지 못했지만, 강렬한 비아냥과 빈정거림을 연타하고 있다는 것은 알 수 있었다.

메넬은 버들가지에 바람이 스치듯이 그것을 흘려듣고 있다.

루와 겔레이즈 씨는 엘프어에 능숙하지 않은지 이야기에 따라가지 못하고 있으며, 레이스토프 씨는 배의 키를 잡고 모르는 체하고 있다.

슬슬 이야기를 진행시키기 위해서라도 둘에게 뭔가 말을 해야겠다고 생각했지만, 메넬도 그 점은 분별하고 있었다.

여성 엘프가 잠시 숨을 돌린 순간, 손을 자신의 왼쪽 가슴에 대고,

"『우리가 만날 때, 별들이 빛날 것이니』."

세련된 동작으로, 옛날식 엘프어 인사를 말했다.

"……으."

여성 엘프는 얼굴을 찡그리더니 날카롭게 쏘아붙이던 말을 거두고, 메넬과 마찬가지로 세련된 동작으로 형식에 따라 인사한다.

그 인사를 받고 메넬은 어깨를 움츠렸다.

"놀라게 해서 미안하다. 자란 환경이 좋지 않아서 말이지——《은월의 가지》 출신의 메넬도르다."

"……《묘성의 가지》의 디네린드야. 은빛 달의, 민첩한 날개를 가진 하늘의 매여."

"이 만남에 축복이 있기를. 빛나는 별들의 그물의, 감미로운 침묵 소리의 소녀여."

아름답고 음악적인 말로 나누는, 형식에 따른 운문시와 같은 대화.

"…………평범하게 말할 줄도 알면서."

기가 차다는 듯이 디네린드 씨가 말하자,

"엘프의 예의는 내 성격에 맞지 않는다고. 이 이상은 사양하겠다."

"어쩔 수 없는 녀석이네."

메넬이 어깨를 으쓱했고, 디네린드 씨는 보라색의 눈을 가늘게 뜨며 쓴웃음 지었다.

그러고 나서 이야기의 흐름에서 완전히 동떨어진 나를 보고, 그녀는 조금 고풍스러운 서방 공통어로 말을 바꿨다.

나에게 있어서는 친숙함이 있는, 브래드나 마리의 시대에 쓰던 말이다.

"실례했습니다. 당신이 이 일단의 두령인가요? 처음 뵙겠습니다. 디네린드라고 합니다."

"윌리엄 G. 마리브래드입니다."

"덕분에 목숨을 부지했습니다. ──당신들께 진심 어린 감사를."

그녀는 그렇게 말하며, 아름다운 동작으로 인사했다.

◆

　어둡고 흐린 탁류가 한들한들 흘러간다.

　들판에 방치된 백골을 연상시키는 말라비틀어진 나무들 사이로, 배는 강의 흐름을 따라 북쪽으로 전진하고 있었다.

　그 돛은 아련하게 바람을 머금고 있다.

　메넬이 요정의 힘이 약간 강해졌다며, 《테일 윈드》의 주문을 다시 행사했기 때문이다.

　"그런 이유로——."

　통성명을 끝내고.

　사룡 바라키아카와 산맥에 있는 데몬들을 토벌하기 위해 여행하고 있다고 말하자, 디네린드 씨는 상당히 놀라워했다.

　"겨우 다섯 명이서? 진심이야?"

　"장난으로 이런 외진 곳까지 올 거라고 생각해?"

　"……당신이라면 할지도 모르지만, 저쪽에 있는 윌리엄 씨는 하지 않을 것 같네. 진지하고 성실해 보이는걸."

　"나는 진지하지도 성실하지도 않다는 말인가?"

　"자신의 가슴에 손을 얹고 물어봐. ……아무리 그래도, 정말로 무모해."

　"무모하다는 건 알고 있습니다. 그럼에도, 그렇게 해야만 해요."

　"…………그래. 용감하네."

　디네린드 씨는 서방 공통어도 그럭저럭 능숙한 모양이지만, 역시 엘프어가 모어다. 나와 메넬이 주된 대화 상대가 된다.

"그건 그렇고 디네린드 씨는 어째서 그런 곳에서 히드라에게?"

"그건. 이야기하자면 조금 길어지는데……."

"그럼 식사부터 먼저 하자. 엘프의 「조금」은 믿을 수 없으니까 말이야."

하고 메넬이 말을 꺼냈다.

확실히 이런 위험 지역에 있으니, 먹을 수 있을 때 먹어 두는 것이 좋다.

만에 하나, 배가 뒤집히기라도 하면 식량도 다 허사가 되기 때문이다.

"루, 그쪽에 훈제 사슴 고기 있지?"

"있기는 한데요……. 먹어도 괜찮은가요?"

"문제없습니다. 먹을 수 있어요."

루가 의문시하는 것만 봐도, 역시 엘프족은 채식을 한다는 이미지가 강한 듯하다.

"엘프 중에 고기를 먹지 않는 자는 각별히 수행을 쌓아 정령의 성질이 짙어진 자 정도거든요."

그 이외의 엘프들은 평범하게 사냥도 하고, 고기도 생선도 섭취한다고 그녀는 이야기한다.

"사냥이나 어로를 하여 동식물의 균형을 유지하는 것 또한, 숲의 관장자인 엘프의 임무이니까요."

생태계의 균형을 유지하기 위해 적당한 위력을 가한다.

엘프다운 사고방식이다.

……그런 이유로 성체와 망자의 도시에서 훈제한 사슴 고기

를 배 위에서 먹었다.

불을 쓸 수도 없는 노릇이라 차가운 상태로 먹어야 했지만, 차가운 사슴 고기는 절묘하게 훈연되어 있어, 이 상태로도 그럭저럭 맛있었다.

"…………."

디네린드 씨는 신기해하며 성체를 먹었고, 소금을 친 훈제 사슴 고기에 눈을 휘둥그레 뜨기도 했다.

"……잠깐, 너희는 평소에 뭘 먹고 있지?"

먹는 것을 대하는 그 반응에, 메넬이 얼굴을 찡그렸다.

디네린드 씨는 비꼬는 듯이 어깨를 으쓱한다.

"……상상되잖아?"

죽음과 불결한 기색이 농후한, 탁한 하천과 늪지대.

지금까지 봐 온 생물이라고 하면 뱀 정도……. 상상할 수 없는 것은 아니지만, 너무 적극적으로 상상하고 싶지는 않다.

"왜 내가 거기에 있었는지도, 당신이라면 상상이 갈 텐데? 그러니까 식사부터 먼저 하자는 말을 꺼내서 나에게도 먹을 것을 대접했지."

"…………."

그 말을 들은 메넬이 언짢은 듯 입을 다문다. 이 반응은 정곡을 찔렀다는 말이다.

디네린드 씨는 태연하게 말을 잇는다.

"예상하고 있는 대로. ……식구 줄이기야."

메넬이 더욱 얼굴을 찡그렸다.

◆

식구 줄이기라는 말은———.

"어딘가, 안 좋은 곳이라도 있나요?"

지난 생의 고려장의 이야기가 그렇듯이, 보통 식구 줄이기라고 하면 노동력에 도움이 되지 않는 사람부터 내다 버리는 것이다.

그렇게 함으로써 식량 공급과 식량 소비의 균형을 잡고, 전체를 살아남게 한다.

지난 생의 역사에서도 이번 생의 이 세계에서도, 기근이 닥치면 노인이나 병자부터 줄이고, 건강한 사람이나 가축 같은 것을 살아남게 한다. ……하지만.

앞에 있는 디네린드 씨는 다소 안색이 나쁘기는 하지만 무척 건강해 보인다.

"아니야."

"네?"

"뭘, 그건 엘프의 사고방식이 아니다."

메넬이 미간을 찌푸리면서 그렇게 말하자, 디네린드 씨가 고개를 끄덕거렸다.

"그래. 맞아."

"……그게 무슨 말이야?"

무슨 말이긴, 단순한 이야기다, 라고 메넬은 복잡해 보이는 얼굴로 말했다.

"품위 있는 엘프는 약자를 내버리지 않는다."

확신을 동반한 목소리였다.

"아무리 살아갈 수 없다고 해도, 엘프가 노인이나 병자를 버릴 리가 없어. 보아하니 주변은 위험투성이인, 완전히 고립된 촌락이다."

주변에는 탁한 강과 습지대만이 끝없이 이어지고 있다.

"식량이 줄어들 때마다, 움직일 수 있고 싸울 수 있는 녀석들이 지원해서 자발적으로 밖으로 나가고 있겠지. ……어느 방향으로든 탈출해서 사람들이 사는 마을에 도착하여 구호를 요청할 수 있다면 최상. 그게 아니더라도 먹을 입은 줄어든다."

내 말이 틀려? 하고 메넬이 말했다.

"그래, 전부 맞아. ──그보다, 약한 사람을 내쫓는다니, 바보 아니야?"

디네린드 씨는 진지한 얼굴로 그렇게 말했다.

약한 자는 보호받아야 하는 법, 강한 자는 앞장서서 살을 깎아야 하는 법.

그것이 당연한 일이라고, 지극히 자연스럽게 말했다. 광신이나 맹신의 기색도 없이, 정말로 어디까지나 자연스러운 느낌으로.

"뼛속까지 엘프군……."

"그게 무슨 말이야? 칭찬하는 거야? 헐뜯는 거야?"

"칭찬하는 거라고, 어휴."

메넬의 시선은 마치 눈부신 무언가를 바라보는 듯했다.

"…………."

엘프는 긍지가 높다.

몇 번이고 그런 말을 들었었다. 모두가 입을 모아 그렇게 말했었다.

과연, 이런 것이었구나.

"……엘프는 변하지를 않는군."

젤레이즈 씨가 나직이 중얼거렸다.

그의 얼굴에 난 오랜 상처가, 올라가는 입꼬리를 따라 일그러졌다.

그 뒤로 몇 가지 소소한 이야기를 나누고 나서, 나는 다시 이야기를 꺼냈다.

"디네린드 씨, 당신의 촌락으로 안내해 주시겠습니까? 산으로 가는 코스를 알려 주신다면, 이쪽도 할 수 있는 일을 하겠습니다."

"디네라고 불러도 돼."

그녀는 히드라의 공격에 당해 풀린 채였던 금색의 머리카락을 빗어 올려 목 언저리에서 고쳐 묶고는,

"오히려 부탁하고 싶었던 일이야. 고마워."

그렇게 대답하며 고개를 끄덕거렸다.

◆

그 뒤로 한동안 배를 움직여 습지대 속의 좁은 지류를 가다 보니…… 해가 저물 때쯤이 되어 숲이 보이기 시작했다.

하지만 그곳은 젤레이즈 씨의 이야기에 나왔던 것처럼 아름다운 숲이 아니었다.

중병에 걸린 말기 환자와 같은, 짙은 죽음의 기색.

숲에 있는 나무들의 줄기는 곳곳이 기이하게 변색되었고, 힘없

이 시든 가지에서는 반쯤 갈색으로 변한 마른 잎이 쳐져 있다.

물의 흐름을 따라 배를 저으며 숲속으로 들어간다.

"…………."

아주 희미하기는 하지만, 독기가 느껴지는 안개.

여기저기에서 살기와도 같은 흉맹한 생명의 낌새.

모두가 눈살을 찌푸렸다.

예상은 했지만, 명백하게 정상적인 상태가 아니었다.

"정말 심하군."

"그래, 실제로도 심해."

키를 잡은 레이스토프 씨의 솔직한 중얼거림에, 디네 씨는 담담하게 대답했다.

"숲은 완전히 더럽혀져서 해마다 괴시히듯이 퇴회되어 가고, 짐승이라고는 사나운 기질의 기괴한 것들뿐. 안개와 늪에 둘러싸여, 어디로 가야 다른 온전한 세력과 접촉할 수 있는지도 알 수 없어. ……덤으로 유일하게 표식으로 삼을 수 있는 산은, 데몬들과 용의 소굴이야."

그녀가 그렇게 중얼거린 순간.

또다시 서쪽에서 용의 신음 소리가 울린다.

괴조가 까악까악 울면서 날아다니고, 숲속의 기괴한 짐승들이 겁을 먹고 움츠러드는 듯한 기척이 느껴졌다.

"……거기다 최근에는 저 모양이야. 이제 끝이 아닌가 하고 말하는 사람도 있었어."

"이건 《금기의 말》의 영향——만은 아니군."

"그래. 사룡의 독기야."

"······사룡의?"

용은 산속에 있을 터. 어째서 여기에——.

"드워프들이 지하에 파 놓은 굴 때문이야."

그 대답에, 루와 겔레이즈 씨가 얼굴을 찡그렸다.

"우리 《꽃의 나라》의 엘프와 《철의 나라》의 드워프는 좋지도 나쁘지도 않은 이웃이었어. 지상에도 지하에도 많은 길들이 있었어. 그래서 《철의 나라》를 멸망시키고, 그 유적에 잠든 용의 독기는 굴을 따라 숲의 각처에서 흘러나왔고——. 지금도 계속 흘러나오고 있어."

"그건······."

"············."

"······신경 쓰지 마. 딱히 드워프인 당신들을 원망하는 건 아니야. 단순히 현재 상황을 설명한 것뿐이니까."

디네 씨는 아무렇지도 않다는 듯이 손을 흔들고 계속 이야기한다.

"이 일대는 요정의 힘도 약해져 있고, 물에도 공기에도 먹을 것에도 독기가 섞여 있어. ······오랫동안 살아남은 사람일수록, 그 독기가 축적되어 죽어 가는 거야. 앓아누운 채로 더 이상 움직일 수 없게 된 자도 많아. 아름다운 《꽃의 나라》라는 말도 멋 옛날의 일. 멸망을 받아들일 생각도, 긍지를 잃을 생각도 없지만······. 그래도 지금은 어차피 곧 죽을 운명이야."

배가 나아간다.

몇몇 울타리가 보이고, 집들이 보이기 시작했다.

더럽고, 낡아빠지고, 칙칙한 백악의 집들.

낯선 배를 보고 비틀비틀, 몇 명의 엘프들이 모습을 드러낸다.

"——그렇기 때문에, 사룡을 토벌하려는 용사가 외부에서 올 줄은 생각지도 못했어."

꿈만 같아.

디네 씨가 중얼거린 그 말에는 수많은 감정이 배어 있는 것처럼 들렸다.

지금까지, 우리가 오기 전까지.

얼마나 많은 사람들이 병에 걸려 죽었을까?

퇴화하는 숲, 감소하는 식량.

바깥 세계와의 접촉을 바라며, 얼마나 많은 사람들이 돌아오지 못할 여행에 나선 것일까?

——틀림없이 그녀가 알고 있는 사람들도, 그 안에 있었을 것이다.

사룡의 문제가 표면화되기 전에 조금 더 탐험을 추진했더라면 그중에 한 명이라도 구할 수 있지 않았을까?

내가 그런 쓸데없는 것을 생각한 순간——. 디네 씨는 체중이 느껴지지 않는 동작으로 사뿐하게 뱃머리로 걸어간 뒤, 우리를 향해 빙글 돌았다.

"《꽃의 나라》에 잘 오셨습니다."

오른쪽 손바닥을 왼쪽 가슴에 대고.

살며시 발을 뒤로 빼, 머리를 숙이는 옛날식 인사.

"——환영해요, 용사님들."

그녀가 지은 미소는 마치 활짝 핀 꽃 같았다.

◆

그러고 나서 한동안은 분주해졌다.

디네 씨의 사정 설명도 듣는 둥 마는 둥, 나는 빨리 중증의 환자를 치료하고 싶다고 청원했다.

——난데없이 찾아온 낯선 인간에게 쇠약해진 동포들을 보여줘도 괜찮을까.

엘프들의 촌락의 주인이었던 사람들도 고민하는 분위기였지만, 간절하게 머리를 숙여 부디 치료를 하게 해 달라고 거듭 부탁하자——.

"콜록……. 이 정도의 무구를 가진 전사가, 콜록, 콜록, 이렇게까지 말하고 있다. 창피를 당하게 하지 마라."

오래된 상처가 있는 새하얀 머리카락의 장로 엘프가 우리의 무구를 보더니 치료 활동을 허락해 주었다.

몇 번이고 몇 번이고, 심하게 콜록거리면서.

"그 기침. 고쳐드릴까요?"

"콜록. 기다려라. 나보다도, 우선 치료가 필요한 자가——."

"모두 치료하겠습니다."

먼저냐 나중이냐의 문제다.

원래부터 눈에 띈 엘프를 모조리 치료할 생각이었다.

"바보 같은 소리 말거라. 축도술에 의한 치료는 기력, 집중력을 심하게 소모한다. 그렇게 몇 명이고——."

"100명, 200명 정도라면 문제없습니다."

"100명……?!"

디네 씨를 포함한, 이 자리에 모여 있던 엘프의 마을 사람들이 깜짝 놀라 눈을 크게 떴다.

"모두 고칠 수 있고, 고칠 겁니다."

그렇게 말하며 기도한다.

가볍게 눈을 감고 깊이 집중하여, 등불의 신에게 조력을 청한다.

기도를 하자마자 희미한 빛이 떠오르고, 장로의 기침은 어느새 사라져 있었다.

대략 몇 초밖에 걸리지 않은 그 상황에 엘프들은 술렁거렸고, 몇몇은 말을 잃었다.

한 번 호흡을 하는 사이에 깊은 기도에 도달한다. 마리의 가르침을 받고, 매일매일 기도를 반복하여 자연스럽게 도달한 경지다.

아무리 기적을 부여받은 신관이라고 해도, 단련을 반복하여 그것을 능숙하게 실현할 수 있도록 하지 않으면, 전장의 한복판에서는 살아남을 수 없다.

"──증상이 무거운 사람을 모아 주세요. 모일 수 없는 사람은 제가 순서대로 가겠습니다."

주변을 둘러보며 말한다.

"걱정하지 마세요. 모두 치료하겠습니다. ──그레이스필의, 등불에 맹세코."

가슴에 손을 얹고 그렇게 말하자, 엘프들은 서로서로 고개를 끄덕거리고 움직이기 시작한다.

각자 분담을 정하고, 촌락의 곳곳으로 달려간다.

……그렇게 내가 촌락의 모두를 치유했을 때쯤에는 완전히 날이 저물어 있었다.

"하……."

그리고 지금 나는 촌락의 변두리, 탁한 물의 흐름 앞에서 한숨을 돌리고 있었다.

마을 쪽에서는 어렴풋이 음악 소리가 들려온다.

쇠약해진 몸으로 병석에 누워, 손발까지 마비되어 있던 중증 환자가 차례차례 일어난 것이다.

다들 손발이 다시 움직인다는 것에 눈물을 흘리며 기뻐하고, 친구며 지인이며 할 것 없이 서로 부둥켜안으며 환성을 지르고, 그대로 먹을 것과 마실 것, 악기를 가져와 연회를 시작하는 것도 어찌 보면 자연스러운 흐름이다.

나도 주빈으로 대접받으며, 많은 사람들에게 둘러싸여 몇 번이고 과실주를 마시게 되었다.

엘프들은 겔레이즈 씨나 루에게도 무언가 열심히 말을 걸었고, 레이스토프 씨도 엘프들의 술자리에 조용히 참여하고 있었다.

메넬은 흠씬 취한 디네 씨에게 끌려다니다가, 모닥불 앞에서 익숙하지 않은 춤을 추고 있었다.

흐릿한 하늘에 으스름한 달이 뜬, 좋은 밤이었다.

"…………."

이렇게 알딸딸한 상태로 있고 싶은 마음도 들지만——. 스스로에게 《해독의 기도》를 걸어 핏속에서 알코올을 없애 놓는다.

언제 전투가 벌어질지 알 수 없다.

아직 완전히 주정에 몸을 맡길 수는 없다.

……그때, 문득 날갯짓 소리가 났다.

푸드득푸드득, 날개를 펄럭이며, 내 옆에 있는 비틀린 나무에 한 마리의 큰 까마귀가 내려앉는다.

윤기 나는 검은색의 깃털에, 어딘가 불길한 빨간색의 눈동자.

【――여행은 순조로운가?】

불사신 스타그네이트의 해럴드이다.

"네, 일단은……. 윽, 아야야……."

등불의 신의 경고가 뇌리에 두통처럼 울려 퍼진다.

죄송해요, 진정하세요, 괜찮아요.

【하하하. 너는 정말로 그레이스필에게 사랑을 받고 있군.】

큰 까마귀는 부리를 울리며 웃는다.

그런 뒤 한 박자 쉬고, 고개를 갸웃거리며,

【……나에게도 사랑받아 보지 않을 텐가?】

"농담도. 그래서."

용건은? 하고 말하며 진홍의 눈동자를 응시한다.

……칠흑의 까마귀는, 별것 아니다, 경고하러 왔다, 하며 말을 꺼내더니 이렇게 말했다.

【되돌아갈 것이라면 아마도 여기가, 마지막 기회다.】

그 말과 동시에 대지가 흔들렸다.

땅속 깊은 곳에서 울리는 것 같은 신음이 들린다.

――오오오오오오오오오오오오오오오오…….

서쪽의 산맥에서 신음 소리가 들린다.

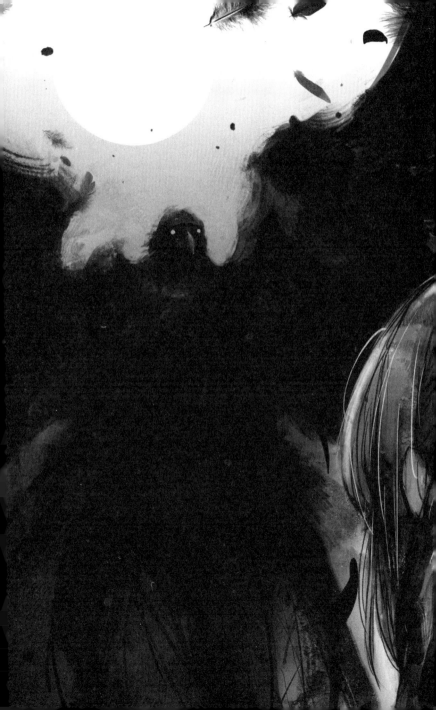

영혼을 죄는 듯한, 무시무시한 울림.

신음이 끝난 것과 동시에 침묵이 찾아온다.

엘프의 마을에서 들리던 즐거운 음악 소리도, 그 소리에 겁을 먹은 듯 멈춰 있었다.

【한 번만 더 말하지. ──도전하면, 죽을 것이다.】

빨간색의 눈이, 꿰뚫듯이 나를 바라봤다.

◆

【용에게 도전하면, 너는 도망치지도 못하고 죽는다.】

불사신은 담담하게 말한다.

【힘을 길러라.】

"그렇게 하면 루와 모두는 죽겠죠. ……그들은 용으로 인한 피해에 대해, 먼저 드워프가 피를 흘려야 한다고 생각해요."

【확실히 그렇다. 드워프들은 죽겠지. 그리고 잠에서 깬 사룡에 의해, 인간, 엘프, 드워프 할 것 없이, 기백, 기천이 죽을 것이다. ……하지만 그 사룡의 피해로 인해 너와, 네가 믿는 그레이스필에게 신앙이 모인다.】

신들의 힘은 신앙에 의거한다.

확실히 사룡의 의한 피해가 늘어날수록 사람들은 신에게 매달리려 하기 때문에 신앙이 모일 것이다.

용을 없애 달라는 소원과 기도.

그것들에 의해 발생하는 힘은 나의 전력과도 직결된다.

신앙을 얻어 힘을 늘린 신이, 그 힘을 내게 가호로 내려 준다면.

그것은 확실히 용을 토벌하는 데에 커다란 힘이 될 것이다.

【용이 해를 끼치면 그것을 토벌하여 이름을 떨치겠다는 야심을 품은 실력 있는 전사나 술자도 각지에서 모인다. 선한 신들의 사명을 띤 신의 사도들도 말이지. 힘을 되찾은 그레이스필의 가호를 얻어 네가 그 영웅들을 통솔하면, 사룡의 목에 칼을 들이밀 수도 있을 것이다.】

새삼스럽지만, 그것은 설득력 있는 말이었다.

【나라고 원해서 이런 제안을 하는 것은 아니지만…… 희생을 허용해야 한다. 겁을 먹어서가 아니라, 용기 있는 행위로서.】

설득력 있는 정론이다. 하지만——.

"따를 수 없어요."

【왜지? 그렇게나 모두를 구하고 싶은 것인가?】

불사신의 전달자인 까마귀가 짜증이 난 듯 가지 위에서 살짝 몸서리쳤다.

【……확실히 지금, 네가 하나도 버리지 않고 이대로 간다고 치자. 어쩌면 모든 것을 구할 가능성이 어렴풋이 있을지도 모른다. 하지만 실패했을 때 잃게 될 생명은 1만이나 2만 정도가 아니다. 그리고 너에게 필적할 만한 영웅이 금방은 나타나지 않는다. 너는 그래도 천이나 만의 생명을 지키기 위해서, 그 열 배, 백 배나 되는 생명을 위기에 빠트리겠다는 것인가? 무모하기 짝이 없군.】

맞는 말이라고 생각한다.

"……불사신 스타그네이트. 당신이 말씀하시는 것은 정론이겠죠."

실제로 흠 잡을 곳이 없다.

최적의 해답을 찾는다면 그것이 맞는 말일 것이다.

【그렇게 생각한다면…….】

"하지만 그렇게 한 순간, 저의 기반이 되는 맹세와 신앙은 꺾입니다."

불사신이 눈을 휘둥그레 떴다.

──그렇다. 단 하나의 문제점이 그것이다.

"당신은 그것을 알고 정론을 입에 담고 있어요."

【…………..】

나의 마음을 꺾기 위해서.

자신의 진영에 집어넣기 위해서.

──마치 제단에 산 재물을 바쳐 힘을 얻는, 사교(邪敎)의 의식처럼.

포기하고, 못 본 체하고, 피와 살점을 대가로 힘을 얻으라고. 그것이 최적의 행동이라고 권하고 있다.

"틀린가요?"

【…………..】

불사신의 대답은, 침묵이었다.

"……불사신 스타그네이트."

【뭐지?】

"……저는 약한 인간입니다. 스스로가 쉽게 휩쓸리고, 꺾이고, 포기하고, 변덕스러운 마음을 가진 평범한 인간이라는 것을 알고 있습니다."

다시 태어나서 나는 변했다, 라고 말할 생각은 없다.

나의 마음에 있는 혼의 본질은 분명 지난 생으로부터 변한 것이 없을 거라 생각한다.

그렇기 때문에 무언가를 못 본 체하고, 무언가를 포기하면 나는 곧바로 꺾일 것이다.

어쩔 수 없었다고, 또다시 변명을 늘어놓으며.

계기가 없었다고. 더 이상은 무리라고. 포기할 이유만 쌓아 올리고.

자신에게 몇 번이고 변명을 늘어놓고, 그렇게 타락해 가리라는 것은 알고 있다.

"그럼에도 다시 시작해도 된다고, 신은 알려 주셨어요. 다시 한번, 일어나서 걷는 것을 허락해 주셨어요."

불사신의 빨간색 눈동자를 바라보며.

나는 등불의 여신을 향한 마음을 이야기한다.

"소중한 가족과 만날 수 있었어요. 소중한 친구, 동료도 생겼어요. 해야 할 일도, 하고 싶은 일도 생겼어요. 잃어버렸던 것에, 포기했던 것에, 그녀는 다시 한번 손을 뻗을 기회를 주셨어요."

얼마나 감사해야 할지 모르겠다.

후드를 뒤집어 쓴 그 과묵한 신에게, 나는 정말로 소중한 것들을 받았다.

그렇기 때문에——.

"저는 그것을 관철하겠습니다. 맹세를 지키고, 신앙을 품은 채. 죽어서 쓰러지는 그 순간까지 계속 그녀의 손이 되고 검이 되겠습니다."

설령 최적의 행동이 아니라고 해도.

비뚤어지고, 꼴사나운 방식이라고 해도.

나에게는 그것밖에 없다고, 그렇게 생각하고 있다.

그것이 그녀의 등불에 인도를 받는 나의, 단 하나의 길이라고.

"——그레이스필의, 등불에 맹세코."

【…………。】

불사신은 계속 침묵하고 있었다.

침묵한 채로 나를 바라보고——. 깊이 숨을 내쉬었다.

【……이런 이런. 농락은 또 실패로 끝났군.】

◆

저 멀리, 엘프의 마을에서 다시 음악 소리가 들린다.

용의 신음 소리에 중단되었던 연회를, 다시 기분을 돋우어 재개했을 것이다.

맑은 하프 소리가 통통 튀듯이, 즐겁게 울린다.

【그래. ……처음 만났을 때부터 살피고 있었다. 너의 혼은 그렇게 강하지 않다. 너는 포기하면 꺾이고, 타락한다. 그 정도밖에 안 되는 혼이다. 그것을 알아채고 있었다.】

처음 만났을 때의 절망을 떠올린다.

나를 강렬하게 뒤흔들었던 것은, 역시 그런 나를 꿰뚫어 보고 있었기 때문이었다.

【영웅이 될 수 있을 것이라고는 생각해 보지도 않았다. 삼영걸의 덤, 단련에 의해 기량이 늘어났을 뿐인 나약한 영혼. 그렇게 생각했었다.】

실제로도 그랬을 것이다.

마리의 질타가 없었다면.

신의 은총이 없었다면.

나는 불사신 앞에서 꺾이고, 무너졌을 것이다.

【하지만 너는 나의 예상을 뒤집었다. ──포기하지 않았다. 꺾이지 않았다. 그러기는커녕 일어서서, 나에게 도전하고, 멋지게 쓰러뜨렸다.】

불사신의 전달자인 까마귀가 웃었다.

낄낄거리며, 즐겁게.

【역설적이지만…… 그렇기 때문에 영웅이 될 수 있었겠지, 나약한 영혼이여.】

"영웅이 되려고 생각했던 건 아닙니다."

【하하하. 자신의 나약함을 알고, 그렇기 때문에 포기하지 않고, 꺾이지 않고, 믿고 있는 것을 위해 죽음도 마다치 않는다.】

저 멀리 들려오는 엘프의 음악 소리.

불사신은 그 음악에 맞추듯이, 부드럽게 말을 늘어놓는다.

【──사람은 그것을 영웅이라고 부른다, 윌리엄 G. 마리브래드. 일찍이 내가 원했던 세 명의 모든 것을 잇는 자여.】

나는 뭐라고 대답해야 할지 알 수 없었다.

단, 어쩐지 이상하게도 마음이 온화했다.

한번은 절망을 맛보고, 다시 일어나 적대하고, 생사를 걸고 싸웠던 적수인 악신과 이야기하고 있는데도.

기도를 올릴 때처럼, 마음은 잔잔했다.

【한 번만 더 말하지. ……나의 진영으로 와라.】

그것은 분명.

【나의 오른쪽 자리를 준비해 두지. 영원한 가호도 불사의 군세도, 전부 내려 주겠다. 용을 죽이고, 영웅을 토벌하고, 모든 신들을 쓰러뜨리고 이 세계를 정복하자. ──너와 나 둘이서.】

그 사상, 음모, 자비, 그 밖의 모든 것을 포함하여──. 불사신 스타그네이트라는 신격이, 정말로 존경할 만한 존재이기 때문일 것이다.

하지만 그렇기 때문에라도.

"거절하겠습니다, 불사신 스타그네이트여."

왼쪽 가슴에 손을 대고, 사절했다.

진심에서 우러나오는 경의를 담아.

【……역시, 무리인가?】

알고 있었다, 하고 말하며 까마귀는 웃는다.

"네."

고개를 끄덕였다.


"──왜냐하면 당신은, 타락하는 영웅을 보고 싶지 않잖아요?"


그렇게 말한 순간, 전달자인 까마귀가 움직임을 멈췄다.

신기하게도, 많은 것들이 떠올랐다.

"제가 그레이스필을 향한 신앙을 잃고 당신의 것이 된다면. ──분명 저는, 당신이 원했던 존재로는 있을 수 없을 테니까요."

【…………윽.】

예전에 불사신 스타그네이트는 말했었다.

영원히 상냥한 세계를 만들고 싶다고.

범인(凡人)에 의해 끌려 내려오고, 구렁텅이에 빠져 고뇌와 후회 속에서 빛을 잃는 영혼을 차마 눈 뜨고 볼 수 없다고.

"불사신 스타그네이트. 당신은 존경할 만한 적수이자, 위대한 신입니다."

진심으로 그렇게 생각하니까. 그러니까,

"저는 당신의 유혹에 복종하지 않겠습니다. 계속 당신의 적으로 있겠습니다. ——당신을, 존경하고 있으니까."

저는 당신에게 공감할 수 없지만.

처음 만났을 때부터 적이었지만.

당신이 위대하다는 것은 알고 있습니다.

당신 나름대로 자비심이 깊다는 것도 알고 있습니다.

그렇기 때문에라도, 최대한의 경의를 표하고 싶습니다.

——당신의 것이 되지 않음으로써. 계속 당신의 적으로 있음으로써.

【…………난처하게 됐군.】

불사신은 잠시 동안 침묵한 뒤, 나직이 그렇게 말했다.

【인간의 아이에게 여기까지 간파당하는 것은 처음이다. ……꾸밈이 없는 것처럼 보이면서 의외로 영리하군, 너는. 신의 뜻을 간파했으니 현자를 자처할 수도 있다.】

"황송합니다."

솔직한 칭찬에, 뭐라고 대답해야 할지 몰라 그렇게 되돌렸다.

【하지만 아깝군. 너는 죽는다. 용에게 찢겨 죽는다.】

불사신의 전달자인 까마귀는 빈정거리며 웃었다.

【마음이 바뀌면 언제든 나를 불러도 된다. 알았나? 눈 깜짝할 사이에 최고위 언데드로 만들어 주지. 죽는 순간이라도, 목이 날아간 뒤라도 상관없다. 그렇군——. 목이 날아간 뒤라면, 목 없는 기사왕<sup>듀 라 한 로 드</sup>쯤에서 매듭을 짓지 않겠나?】

그것이 아니면 역시, 불사의 왕<sup>노 라이프 킹</sup>이 취향인가? 하고 말하며 불사신은 즐거운 듯이 웃었다.

나는 어깨를 움츠린다.

"상대는 용이라고요. 지게 되면 온몸이 갈기갈기 찢겨 없어질 거예요."

【하하하, 그도 그렇군!】

그리고 서로기 서로를 보며 웃은 뒤——.

【그럼 이만 가겠다. 슬슬 그레이스필도 화가 나겠지.】

확실히 뇌리에 울리던 경고의 계시는 그쳤지만, 어쩐지 부글부글하고 스트레스가 잔뜩 쌓여 있는 듯한 낌새가 느껴진다.

등불의 신은 기본적으로 무척이나 신답지만, 불사신이 엮이면 이상하게 치기가 느껴진다고나 할까, 인간다운 면모가 있다.

【그럼 작별이다. ——어리석고 현명한 나의 적이여, 등불의 팔라딘이여!】

그렇게 말을 남기고, 불사신의 전달자인 까마귀는 밤의 어둠을 틈타 어딘가로 날아갔다.

그 떠나는 모습을 보고, 문득 잠시 미소를 지은 순간——.

"응, 아야야야!!"

꼬집는 듯한 통증의 이미지가 머릿속으로 보내져 왔다.

……너, 너무해요, 그레이스필 님!

◆

불사신과의 예기치 못한 해후와 대화를 한 다음 날.

연회가 끝난 엘프의 촌락에, 꼭두새벽부터 다투는 목소리가 울려 퍼지고 있었다.

어젯밤, 축도술을 꽤나 많이 사용한 데다, 불사신과 대화까지 하여 조금 피로했던 나는 잠이 덜 깬 눈을 비비며 어제 배정받은 오두막집에서 바깥의 상황을 엿본다.

"됐으니까 가게 해 달라잖아!"

"그러니까 보내 줄 수 있을 리 없잖아!"

메넬과 디네가 말다툼을 벌이고 있었다.

멍한 머리로 생각하다가——.

"뭐야? 사랑싸움이었군."

그렇게 결론을 내리고 방으로 돌아가 조금 더 수면을 취하려던 차에, 누군가가 나의 양어깨를 덥석 붙잡았다.

"야, 잠깐."

"지금 뭐라고 말했어?"

꽤나 위협적인 목소리였다.

그 목소리에 겨우 잠이 깼고, 동시에 식은땀이 줄줄 뿜어져 나왔다.

"……아, 아하하."

그레이스필 님, 나는 지금 뭐라고 대답해야 할까요?

얼버무리듯이 웃음 짓자 디네 씨는 하아, 하고 한숨을 쉬었다.

"……이런 시기에, 연애 따위에 빠져 있을 리가 없잖아."

뭐, 그건 그렇다.

지금은 촌락의 존망이 걸린 때다. 무엇을 어떻게 생각한다고 해도 그것보다 우선시해야 할 사항이 있다.

"그래, 맞는 말이다."

메넬도 디네 씨의 의견에 동의하듯 고개를 끄덕거리고,

"이런 시기가 아니었다면 좋았을 텐데 말이지. 정말 아쉽군."

어깨를 움츠리며 그렇게 말한 순간, 디네 씨가 흠칫하고 어깨를 떨며 동요한 것을 나는 놓치지 않았다.

"이런 시기가 아니었다면 뭔가 말했을 거라는 소리군."

"앙? 그야 당연히 말했겠지, 예쁘니까."

"……으."

뜻하지 않게 그 화제에 혹하여 달라붙자, 디네 씨는 수려한 미간에 깊게 주름살을 짓고——.

얼굴을 다른 쪽으로 휙 돌린 뒤 메넬에게 무언가 말하려고 하다가,

"인사를 대신해서 재치 있는 칭찬의 말 한두 마디쯤은 늘어놨겠지."

이어지는 메넬의 말에 경직. 그리고 바들바들 떨고 있다.

메넬…….

"나는 그 감각을 이해할 수 없다고……."

"그보다, 너는 너무 여자한테 익숙하지 않아서 오히려 불안한데 말이지."

여성에게 하는 달콤한 말의 수준에 있어, 나와 메넬 사이에는 상당한 거리가 있다.

아마도 지난 생의 일본인과 이탈리아인 정도는 되지 않을까?

……하지만 그런 것치고는 메넬도 때때로 둔감하다.

"《은월의 가지》의 엘프들 사이에서는 여자 앞에서 사랑의 노래 한 곡 정도는 부를 수 있어야 어른인데 말이지……."

"그러니까 《은월의 가지》의 사람들은 칠칠치 못하다는 소리를 듣는 거야!"

디네 씨가 보라색의 눈동자로 메넬을 매섭게 쏘아보자, 메넬은 가볍게 어깨를 움츠렸다.

"그러는 《묘성의 가지》 녀석들은 난폭한 말괄량이밖에 없다지?"

"말 다했어?!"

느닷없이 말다툼이 재발했다.

둘 다 격렬한 설전을 벌여 엘프어가 점점 빨라졌고, 결국 내가 알아들을 수 없게 된다.

이런 쪽의 언쟁이 벌어지면, 엘프들은 비아냥이나 은유를 많이 쓴다. 그 때문에 말을 파악하기가 더 어렵다.

하지만 어쩐지, 디네 씨는 즐거워 보인다.

……문득, 이 촌락에 막 도착했을 때 봤던, 그 엘프들의 생기 없는 얼굴이 떠오른다.

《대붕괴》의 전란으로 우수한 전사나 요정사들을 잔뜩 잃고.

문명과의 접촉이 끊어진 채.

숲은 저주와 독에 걸려 고립되고, 병들고, 쇠퇴하고.

외부와 접촉하기 위해 여행에 나선 용사들은 누구 하나 돌아오지 않은 채로 200년——.

그것은 분명, 이런 시시한 말싸움조차 잊을 정도로 괴로운 세월이었을 것이다.

"당신은 정말 ■■구나!"

"그러는 너야말로 ■■■잖아."

"~~으!"

그것은 그렇다 치고 저 매도하는 말은 어떤 의미일까요?

······거스에게도 배운 기억이 없는 말이라니, 상당히 심한 말 아닐까?

◆

그런 뒤 말싸움이 진정되었을 때쯤, 사이에 끼어들어 이야기를 되돌렸다.

"그런데 가겠다느니 못 간다느니 하던 거, 무슨 이야기였어?"

"《숲의 주인》 말이야."

메넬이 언짢은 듯 그렇게 말한다.

"이 주변의 《숲의 주인》. 나라면 조금은 치유할 수 있을 거다."

확실히.

어제는 환자들을 치유하느라 정신이 없었지만, 나도 일어나면 그것을 상담하려고 생각했었다.

메넬이라면 이 숲의 현재 상태를 조금은 개선할 수 있지 않을까, 하고.

하지만——.

"보내 줄 수 있을 리 없잖아."

디네 씨의 대응은 쌀쌀맞았다.

"절대 안 돼."

"너 말이야……."

메넬이 얼굴을 찡그리지만, 디네 씨는 팔짱을 끼고, 단호하게 응해 줄 수 없다는 자세다.

확실히 《숲의 주인》은 숲의 중추, 최대의 급소인 존재다.

바로 얼마 전, 케르눈노스에게 《마수의 숲》이 오염당할 뻔했던 것처럼, 악의와 힘을 가진 자가 접촉하면 큰일이 날지도 모른다.

아무리 다소 빚을 졌다고는 하나, 숲의 백성인 엘프가 외부자를 그렇게 간단히 《숲의 주인》과 접촉시키지는 않을 것이다.

"저기, 하지만 메넬은 신뢰할 수 있는 녀석이에요. 맹세할게요. 만약 뭔가 보증이 필요하다면, 내가 인질이 돼서……."

나의 생각을 말하자, 디네 씨는 고개를 좌우로 흔들었다.

그런 게 아니야, 하고 말하듯이.

"……당신들에 대해서는 신뢰하고 있어."

"네?"

"신뢰하고 있고, 감사하고 있어. 어제 하룻밤 동안, 대체 몇 명이 도움을 받았는지도 모르겠어. 원하는 것이 있다면 가능한 한 전부 보답해 주고 싶어. 전력을 제공하라고 하면 전사를 내줄 수 있고, 길 안내가 필요하다면 안내해 줄 수도 있어."

"그런데 왜?"

"……안내하라고 해서, 우리가 《숲의 주인》이 있는 곳까지 안전하게 안내할 수 있다면 좋을 테지만 말이야."

디네 씨는 시선을 떨궜다.

"《숲의 주인》이 있는 곳 주변은 이미 마수의 세력권에 들어가 있어. 우리의 영역이 아니야."

안내는 해 줄 수 없어, 디네 씨는 그렇게 말한다.

하지만,

"그러면, 더더욱——."

"더더욱, 당신들에게 의지하라고?"

고개를 갸웃거리는 디네 씨.

미소를 지으며,

"목숨을 구해 주고, 희망을 되찾아 준 은인에게, 그야말로 지금부터 전장으로 향하려는 당신들에게, 상대의 사정도 생각하지 않고 이 이상으로 싸움을 강요하라고? 곤란한 상황에 처해 있으니까, 우리만으로는 어떻게 할 수 없으니까 부디 부탁드립니다, 용사님, 저희를 도와주세요. ……당신의 용무를 뒷전으로 미루고?!"

어깨를 움츠리고,

"절대로 싫어. 그런 염치없는 부탁을 할 수 있을 것 같아?"

타인에게 도움을 받고 말고의 문제가 아니다.

은인에게 매달려, 더 많은 부담을 주고 싶지 않은 것이라고 그녀는 말했다.

나는 뭐라고 말해야 할지 몰라서, 엉겁결에 도움을 요청하듯이 메넬을 본다.

으음, 뭐지? 이건……. 응?

메넬은 엄청 복잡해 보이는 얼굴로 말했다.

"이거 봐, 엘프지?"

수긍하지 않을 수 없었다.

엄청 고상하고, 엄청 귀찮은 기질이다. 모두가 말했던 것이 잘 이해된다.

……이 기질은 불로장수의 종족이기 때문일지도, 라는 생각이 든다.

거의 늙지 않는다는 특징상, 촌락에는 지켜야 할 어린아이나 노인의 수가 적고, 신체적으로 젊은이가 많기 때문에 이런 기질이 나타나는 것이다.

순식간에 늙어 가는 인간은 도저히 따라할 수 없는 일이다.

"그러니까 우리를 구하는 일에 쓸데없이 힘을 쓸 필요는 없어."

이걸 어떻게 한다──. 하고 생각했을 때, 겔레이즈 씨가 어슬렁어슬렁 모습을 드러냈다.

상처가 있는 얼굴의 딱딱한 표정이, 지금은 새벽이기 때문인지 졸려 보인다. 눈꺼풀이 반쯤 내려가 있다.

"무슨 일입니까?"

"아니, 그게……."

내가 사정을 설명하자, 겔레이즈 씨는 진지한 표정을 짓는다.

"……정말로, 엘프란 종족은 변하지를 않는군."

"어떻게 해야 할까요?"

그는 으음, 하고 고개를 끄덕거리고 이렇게 말했다.

"멋대로 하면 되겠지요."

과연, 역시 베테랑. 지당한 말이다.

"그럼 멋대로 하자. 메넬, 《숲의 주인》의 위치는 알아?"

"미약하기는 하지만, 뭐 어떻게든 탐지는 할 수 있다."

"겔레이즈 씨, 루와 레이스토프 씨를 모아 주세요. 완전 장비로."

"네."

"집합하는 대로, 아침밥을 먹고 출발하는 걸로."

디네 씨는 '어? 어?' 하며 당황하고 있다.

"자, 잠깐…… 기다려. 소화도 시킬 겸 산책이라도 하자, 같은 식으로 무슨 말을 하는 거야?"

"무슨 말이긴요, 마수 퇴치에 대한 이야기입니다만."

"하, 하지만 우리는……!"

"딱히 그쪽한테 부탁받아야만 갈 수 있는 것도 아니잖아? 우리가 뭘 하든 참견하지 말라고."

메넬은 그렇게 시원스럽게 말하고, 애초에 말이야, 하며 나의 가슴을 쿡 찌른다.

"나나 이 녀석이 이제 와서 평범한 마수 정도에 당할 리가 없잖아."

식사 후의 산책과 크게 다를 것도 없고, 오히려 못 본 체하고 가는 것이 더 곤란하다.

나는 신의 손이 되어 슬퍼하는 자들을 구하겠다고 맹세했다.

……신이 실제로 존재하는 세계에서 엄숙하고 강한 맹세는, 그 의미가 무겁다.

지난 생의 아일랜드 신화에 나오던 서약[기아스] 같은 것에 가깝기까지 하다.

의도적으로 어긴다면 그다지 좋지 않은 결과를 초래할 것이라는 것 정도는 쉽게 상상이 간다. '용과의 싸움을 끝내고 되돌아와 봤더니 이 촌락이 멸망해 있더라' 같은 상황이 되면, 단순히 기분이 개운치 않을 것이다 정도의 문제가 아니다.

겔레이즈 씨가 말한 대로. 우리의 사정으로 인해, 멋대로, 쓸데없이 도와줘야겠다.

"그래서, 긍지 높은 엘프 씨는 은인이 멋대로 위험한 곳으로 간다면 어떻게 할 거지?"

"~~으! 아아, 정말!!"

막으려고 해도 그들의 이치에는 맞지 않을 테고, 애초에 물리적으로도 막을 수 없다.

"잠깐 기다려 줘. 바로 움직일 수 있는 실력자들을 불러올 테니까! 멋대로 가면 안 돼, 알았지?!"

디네 씨는 그렇게 말하고, 허둥지둥 뛰어갔다.

나와 메넬, 겔레이즈 씨는 얼굴을 마주 보고, 목소리를 높여 서로 웃었다.

◆

엘프들이 사는 숲은, 각지에서 침범해서는 안 될 영역으로 알려져 있다.

이유는 다양하게 들 수 있지만, 가장 단순하고 강력한 이유는 숲을 수호하는 엘프들 대부분이 뛰어난 사냥꾼 전사이자 요정사이기 때문이다.

숲속에서의 엘프족과 적대한다는 것은 곧 무참한 죽음을 의미한다.

구체적으로 말하자면, 사냥감처럼 이리저리 쫓겨 다니다가 제대로 잠도 자지 못하고, 요정에게 현혹된 끝에 짐승의 먹이가 된다.

그런 이유로 엘프의 숲은 불가침의 영역이자, 모든 종족들이 두려워하며 경외하는 성역이다.

하지만 이 《꽃의 나라》의 엘프 촌락에는 강한 전사나 요정사가 많지 않다.

그도 그럴 것이, 그들 중 중요한 사냥꾼 전사나 요정사는 그 《대연방 시대》가 붕괴할 때, 과감히 데몬들과 싸우다가 전사하고 말았다고 한다.

수명이 길고 자식을 많이 낳지 않는 엘프 사회에서는 심각한 손실이다.

또한 그 후에도 《금기의 말》로 인해 숲 전체가 저주에 걸렸고, 《철의 나라》까지 함락되어 고립된 뒤부터는 상황이 더 심각해졌다.

숲을 배회하는 괴물들과 독 때문에 식량도 만족스럽게 얻지 못하고, 요정의 힘도 약해진 상황에서 전사나 요정사를 키워낼 수 있을 리 만무하다.

그나마 남아 있던 소수의 실력자들도 외부와의 접촉을 시도하다 실패하여 그대로 돌아오지 않았다고 한다.

……그러고 보니 그 고인 강물 속의 익사체 중에는 썩다가 만 것도 있었다.

200년 전의 유해라면 아무래도 전부 뼈만 남아 있을 것이다. ……결국 그렇게 나섰던 이들의 시체인 것이다.

덧붙여 《철의 나라》가 함락당한 후로 무기 또한 만족스럽게 공급할 수 없게 되었기 때문에 금속 제품도 귀중한 상황이다. 석기 시대처럼, 돌로 만든 화살촉이나 돌로 만든 창을 사용하고 있는 사람까지 있다.

이래서는 확실히 《숲의 주인》이 있는 거처가 마수들의 세력권이 되었다는 걸 알아도 쉽게 탈환할 수 있을 리가 없다.

아니, 그보다 여기까지 궁지에 몰려 있으면서도 통제를 유지하고, 외부와의 접촉을 포기하지 않으며 사람을 보내고 있었다는 것만 해도 대단하다고 생각한다.

인간의 촌락이었다면 이미 붕괴의 한계선을 어느 정도 넘어갔을 것 같은 느낌이다.

"……그래서 거처를 자신들의 세력권으로 만들고 있는 것은 곤충 계열의 마수…… 마충(魔蟲)? 인데 말이야."

흐릿한 하늘 아래. 우리는 마른 나무들이 대부분인 숲을 걷고 있었다.

디네 씨는 결국 네 명 정도의 엘프 사냥꾼과 함께 동행해 주었다.

"일단은 갑각으로 뒤덮인, 큰 집게벌레의 방어력이 성가시고……."

"아, 이거군요! 열심히 해 볼게요!"

"으음, 좋은 훈련이 되겠군요, 도련님."

출현하자마자 루가 《금강력》의 할버드로 때려 으깼다.

더불어 젤레이즈 씨의 《검 파괴자》의 메이스가 도망치는 나머지를 때려 부순다.

"하늘에서는 보라색 독나방이……."

"그래."

메넬의 손에서 텔페리온의 《은색 활시위》가 팽팽하게 아름다운 소리를 내며 당겨지고, 이어서 나는 활 소리.

접근하는 거대 독나방의 급소에 멋지게 관통하여 땅에 떨어뜨린다.

"아, 인분에는 독이 있으니까 주의……."

"그래, 그래."

메넬은 영창조차 없이 그의 뜻대로 바람을 부려 인분을 멀리 흩뜨렸다.

"…………."

식은 죽 먹기다.

거대한 마충들을 쫓아내 가는 세 명을 보며, 디네 씨는 말을 잇지 못한다.

다른 엘프들도 마찬가지로 놀라고 있다.

하지만 특별히 놀랄 일도 아니다.

약해진 엘프의 촌락조차 멸망시키지 못할 정도의 위협에 고전할 정도로 어설프게 단련하지는 않았기 때문이다.

"우리는 할 일이 없네요."

"대기도 중요한 일이다."

쓴웃음 지으며 말하자, 레이스토프 씨에게 가볍게 꾸중을 들었다.

확실히 등 뒤에서 경계하며 서 있는 우리가 있기 때문에, 루도메넬도 젤레이즈 씨도 전방에 집중하며 날뛸 수 있는 것이다.

이것도 나름대로 중요한 역할이기는 하다.

하지만 그 역할을 유지한 채 《숲의 주인》이 있는 거처까지 돌입하여, 고치와 유충으로 가득한, 살짝 '우웩' 하는 소리가 날 듯한 광경을 메넬이 일소하고.

《숲의 주인》에게 어느 정도 힘을 쏟아부은 뒤, 독기가 누그러지고 숲에 힘이 되돌아오자 엘프들이 환성을 질렀다——.

그런 단계까지 아무것도 할 일이 없으니, 뭐랄까, 몸이 근질근질했다.

"나도 날뛸 걸 그랬나……?"

"너, 얌전한 것처럼 보이는데 가끔씩 성격이 거칠어 보일 때가 있어."

그 말에 나는 눈을 딴 데로 돌렸다.

◆

끔찍한 벌레들에게 뒤엉켜 말라비틀어져 가던 큰 나무가 아주 조금 생기를 되찾은 뒤.

기쁨을 감추지 못하던 엘프들이었지만, 그 희색은 점점 사라져 간다.

그리고 어느샌가, 그들은 매우 부끄러워하는 듯한 얼굴을 했다.

"……윌리엄, 정말로 이래도 괜찮아?"

디네 씨가 그들을 대표하듯이 나에게 묻는다.

"뭐가 말이에요?"

"이런 짓을 해서, 용이나 데몬들에게 들키기라도 한다면——."

"큰일이겠죠."

고개를 끄덕인다. 확실히 큰일이다.

우리는 지금 산맥의 동쪽 기슭에 있다. 여기까지 온 이상, 서쪽에 포진시킨 전력을 단숨에 동쪽으로 옮길 수는 없겠지만, 그럼에도 위험도는 높다.

"그렇다면……."

"하지만."

무언가를 더 말하려 하는 디네 씨에게, 손바닥을 펼치며 가로막는다.

"지금 이 촌락을 못 본 체한다는 건 더욱 있을 수 없어요. 우리가 돌아올 때까지 얼마나 많은 사망자가 나올지 알 수 없으니까요."

독, 괴물, 식량, 물자. 이곳에서 사람들을 죽음으로 몰고 갈 요인을 열거하자면 끝이 없다.

덧붙여 말하자면, 우리가 되돌아올 수 없을 가능성도 있다.

싸우는 이상은 이길 생각으로 임하겠지만, 그렇다고 해서 패배한 이후의 일을 전혀 생각하지 않는 것은 어리석은 자들이나 하는 행위다.

"그러니까, 잘한 거예요."

불사신에게 선언했던 것처럼, 나는 희생될 수도 있는 누군가를 못 본 체하고 이길 생각은 없다.

그렇게 맹세했었고, 그 맹세를 계속 지켜 나갈 생각이다.

그리고 그렇기 때문에 신은 나에게 월등한 가호를 내려 주는 것이다.

맹세를 깰 것인가 깨지 않을 것인가 따위의 생각은 새삼스럽다.

"……정말?"

"여신의 등불에 맹세코, 후회는 하지 않아요."

그렇다, 후회는 하지 않는다.

아마도 목덜미에 찌릿찌릿한 감각이 느껴지는 것이, 그다지 좋지 않은 상황이 된 것일 테지만, 그도 이미 각오한 바다.

그야말로, 이 삶의 방식을 선택한 그날부터.

단지…….

"──루, 레이스토프 씨, 겔레이즈 씨까지, 저의 사정에 휩쓸리게 해서 죄송해요."

메넬은 그렇다 쳐도, 다른 세 명에게는 그다지 상관없는 이야기다.

내심 그다지 유쾌하지 않게 생각하고 있었을지도 모른다는 생각이 들어 머리를 숙인다.

"그렇게 하실 것이라고 알고 있었으니 신경 쓰지 마시길. ……윌 님이 없었다면, 어차피 저는 여기까지 오지도 못했을 테니까요."

분명 도중에 죽었겠죠.

그렇게 말하고 루는 웃었다.

"도련님 말씀대로입니다."

젤레이즈 씨는 여느 때의 매서운 얼굴로 천천히 고개를 끄덕거린다.

"그래, 새삼스럽군. ……그보다 어차피 이대로 직행할 생각이겠지."

그럴 생각으로 준비해 왔다, 하고 말하는 레이스토프 씨는 나의 행동 패턴을 알고 있다.

그런 점이 고맙다.

"어? 이대로 직행이라니……."

"네. 가장 가까운 지하도로 안내해 주시겠어요? ……아아, 배는 버리고 가니까, 가지고 가지 못하는 짐이나 식량은 마음대로 써 주세요. 간이 지도도 남겨 놨어요."

양도한다고 말해도 받아 주지 않을 가능성이 있기 때문에, 억지로 떠맡기듯이 버리고 간다.

……엘프들 중 누군가가 우리의 배를 사용하여, 일단 호수까지 거슬러 올라가 호반의 도시에 도착한다면 나머지는 거스가 알아서 처리해 줄 것이다.

나의 할아버지는 엘프어도 능숙하고, 우리의 도시가 강 하류에 있다는 것도 알고 있다.

"…………."

"만약 적에게 들켰다고 한다면, 나머지는 속도가 모든 걸 결정합니다. 그러니까 되도록 빨리 움직이죠."

"알았어."

디네 씨는 고개를 끄덕거리고, 뒤에 있는 엘프들과 무언가를 확인하듯이 시선을 마주쳤다.

그리고 뒤로 돌아,

"마을에는 한 명을 보내서 알릴게. ……그러니까 우리도 데리고 가 줘. 미끼나 방패 정도는 될 거야."

하나같이 각오를 다진 표정을 짓고, 그렇게 말했다.

메넬이 그런 디네에게 무언가를 말하려고 하지만, 나는 그것을 제지하고——.

"필요 없습니다. 역부족이에요."

그 각오를, 일언지하에 잘라 버렸다.

"…………으."

아무리 그들이 회복되었다고 해도, 그저 체내의 독소나 독기를 제거한 것뿐이다.

줄곧 독에 걸려 쇠약해진 체력은 축도술로 회복할 수 없다.

그나마 가장 상태가 괜찮아 선발된 그들조차, 표정이 별로 좋지 않다.

"짐짝을 데리고 걸을 여유는 없어요."

그렇게 단언하자, 디네 씨는 얼굴을 찡그렸다.

"이렇게나 많은 은혜를 입고도…… 그냥 사지로 가게 두라고?"

"네."

"굴욕이야……."

미간을 찌푸리며 그렇게 중얼거리는 디네 씨는, 마치 매우 쓴 것을 마시는 듯한 얼굴을 하고 있었다.

"하지만 알았어. ……너희의 판단에, 따르도록 할게."

"하지만 디네린드."

"이건 너무나도……."

"──자신의 무력함을 애써 외면하고, 더욱 수치를 당할 셈이야?"

뒤에 있는 엘프들이 저마다 항의의 말을 꺼내 보려 하지만,

다시 뒤를 돌아본 디네 씨가 그들의 입을 다물게 했다.

"지금의 우리는 아무리 발버둥 쳐 봤자 병든 약자일 뿐이야. 약자라고……."

자신에게 타이르는 듯한 말이었다.

"──이쪽이야. 따라와."

그녀는 걷기 시작했다.

언뜻 보인 보라색의 눈동자에는 분통함의 눈물이 맺혀 있었다.

메넬이 소곤소곤 말을 걸어온다.

"이봐, 윌. 그런 이야기는 내가……."

"아니, 내가 해야 했던 말이야."

메넬은 미움받는 역할을 떠맡을 생각이었을 테지만.

그래도 분명, 그것은 너무나도 잔혹한 일이니까.

◆

그것은 돌로 만들어진 거대한 아치에 설치된 신기한 금속 문이었다.

드워프 스타일의 만듦새와 엘프 스타일의 장식이 뒤섞인 그 문에는 고풍스러운 서체로 적힌 《표식》이 여러 겹으로 새겨져

있다.

그 틈새로는 진한 독기가 흘러나오고 있었다.

"《서쪽의 문》……. 설마 또다시 이곳에 오는 날이 올 줄이야."

겔레이즈 씨가 깊은 감회에 잠긴 듯이 중얼거렸다.

"여기가 《철의 나라》로 들어가는 입구……."

루도 문을 바라보고, 잠시 입술을 꾹 다문 채 침묵하고 있었다.

다들 잠시 동안 아무 말도 하지 않았다.

겔레이즈 씨에게 있어서는 200년 만에 오는, 그리고 루에게 있어서는 처음으로 오는 고향이다.

"……정말로, 여기를 지나는 거지?"

"네."

각자에게 내독 계통의 마법과 축도를 중복적으로 걸어 둔다.

거기서 그치지 않고 메넬은 바람의 요정을 불러, 주위에 신선하고 청정한 공기를 모은다.

레이스토프 씨는 빈틈없이 주위를 경계하고 있으며, 겔레이즈 씨와 루도 무구를 최종 점검하는 작업에 여념이 없다.

그 작업 사이사이에, 나는 문으로 시선을 돌렸다.

꽃을 형상화한 금속제의 커다란 문고리, 그리고 그 부근에 크게 새겨진 《표식》. 상당 부분 마모된 그것을 신중하게 읽는다.

"《두드려라》, 《그리하면 열릴 것이다》…… 《너희에게》."

자세히 관찰해 보니, 문은 현재로서는 이미 제련 방법이 소실된 악마를 쫓는 금속으로 만들어져 있는 데다, 여러 겹으로 축복이 입혀져 있었다.

악신의 권속 같은 부류는 두드리기는커녕 섣불리 다가오는 것만으로도 위독한 대미지를 입게 되는 문이다.

《유니온 에이지》의 고도의 기술로 만들어진, 현재의 기술 레벨로는 아직 재현할 수조차 없는 문이었다.

"루. ……문을 두드려, 그게 신호야."

검은 머리의 상냥한 친구에게, 그렇게 말을 걸었다.

"윌 님. ……저기, 제가, 말인가요?"

"루가 적임자야."

잊혀진 《철의 나라》의, 원래의 계승자는 그이다.

그렇기에 이 문을 열 권리를 갖는 자는——. 루밖에 없다.

"네가 해야 해."

"…………네."

루는 잠시 동안 망설이듯이 침묵하고는, 마침내 입술을 꾹 다문 채 문과 마주하고 섰다.

그는 드워프로서는 장신이지만, 역시 거대한 문 앞에 정면으로 서니 작아 보인다.

그는 숨을 크게 들이마시고——.

"——……."

문고리를 사용해 엄숙한 동작으로 두 번, 문을 두드렸다.

쿵, 쿵, 하고 잘 울리는 소리가 두 번.

그러자 문에 새겨진 《말》이 빛을 내며, 문 주위가 미세하게 응응 흔들린다.

마치 양팔을 벌리고 우리를 맞이해 주는 것처럼, 천천히, 침중하게 문이 열리고——. 그 순간, 강렬한 오한이 느껴졌다.

"……윽?!"

온몸이 경직되고, 목덜미에 오싹, 하고 소름이 돋는다.

머리에 몰아치는 단 하나의 이미지.


──우리를 응시하는, 파충류 같은 금색의 외눈.


그 안광에 위축되어, 마치 천천히 조여드는 것처럼 심장이 답답해진다.

다리가 떨린다. 털썩 주저앉아 버릴 것 같다.

"헉…… 헉…… 헉…………."

호흡이 흐트러지고, 거칠어진다.

본능이 전력으로 이성의 멱살을 움켜잡고, 절규하고 있었다.

──도망쳐라. 도망쳐라, 도망쳐라, 도망쳐라! 모든 것을 버리고 지금 당장 도망쳐라! 이길 수 없다!

"……으, 으윽……."

정신을 차려보니 동료들은 모두 가슴을 누른 채 무릎을 꿇고 있다.

엘프들 중에는 아예 실신한 사람도 여럿 있는 듯하다.

뇌리의 이미지 속에서, 금색의 외눈이 살기를 뿜어내는 것과 동시에 웃음을 짓는다.

더욱 중압감이 더해진다.

불안과 공포가 마음속을 엉망으로 휘젓는다.

나도 모르게, 무릎을 꿇을 것 같아져──.

"……이익!"

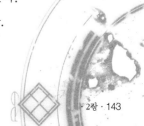

이를 악문다.

온몸의 근육에 힘을 넣고, 눈을 크게 뜨고, 두 발로 지면을 벋디딘다.

파도치는 마음을 진정시키고, 흐트러진 호흡을 강제로 억제하고는——.

"《용기여》!!"

용기와 힘을 의미하는 《말》을 큰 소리로 발화했다.

그 《말》의 위세가 파도처럼 주위의 공간에 퍼지는 것과 동시에——. 튕겨 나가듯이, 중압감과 황금 눈동자의 이미지가 사라졌다.

"……헉, ……헉."

단지, 히죽 하고 웃는 듯한 기척을 남기고.

◆

"……역시, 들켰었군……."

그것은 데몬의 소행이 아니다.

장군, 아니, 왕의 지위에 있는 데몬이라고 해도, 이런 재주를 부릴 수는 없을 것이다.

불사신의 《에코》 이후, 느껴 본 적조차 없는 절망과 중압감.

그것을 겨우 시선 하나로 부여했다.

——틀림없이, 용의 소행이다.

신들조차도 경외하고, 불사신이 나에게 죽음을 예언하는, 신들의 시대의 사룡.

"《재앙의 낫》, 사룡 바라키아카……."

데몬들은 그렇다 쳐도, 이쪽을 잔꾀로 속일 수 있을 것이라고는 처음부터 생각하지 않았다.

《숲의 주인》을 정화한 즈음부터 이미 목덜미에 찌릿찌릿한 감각이 느껴졌기 때문에, 발각되었다는 것도 넌지시 알고 있었다.

알고는 있었지만——. 그래도 이 정도까지 규격 외일 줄이야.

"……컥, 허억! 빌어먹을……!"

메넬이 크게 숨을 내쉬며 몇 번이고 몇 번이고 떨리는 다리를 때리고 있다.

"후우…… 후우……."

레이스토프 씨가 천천히 호흡을 가다듬고 있다.

그 손은 검의 손잡이를 굳게 꽉 쥐고 있었다.

겔레이즈 씨와 루는 문에 기대 겨우 쓰러지는 것을 막고 있다.

——뒤를 돌아보니 엘프들은 디네 씨를 제외한 전원이 실신해 있었다.

"아, 아……."

무사한 디네 씨조차 지면에 주저앉아, 덜덜 떨며 눈물을 흘리고 있다.

땅속 깊은 곳에서 보낸 시선과 살기만으로도 이 정도라니, 막대하다고 할 수 있는 피해였다.

"……으."

이것이 용이고, 이것이 용과 적대한다는 것인가?

……예상은 했었지만, 너무나도 큰 그 격차에 전율을 금할 수 없다.

아롱과는 차원이 다르다. 그 불사신의 《에코》와 비교해 봐도 전투력이라는 부분만 고려한다면 그보다 더 상회할 것이다.

"이런…… 이런 존재에게, 도전하려는 거야……?"

디네 씨가 멍하니 중얼거렸다.

"네, 도전하러 왔어요."

멀지 않은 곳에 있는 불그스름한 산들을 올려다본다.

……《흰 돛의 수도》의, 《등불의 하항》의 평화로운 정경을 생각했다.

강과 바다를 오가는 하얀 돛과 쾌활한 뱃노래를.

매일 자신의 일에 정진하는 사람들의 웅성거림을.

앞으로도 계속되어야 할, 매일의 생활을.

"산들을 되찾으러, 평온을 되찾으러 왔어요."

다시 한번, 《페일문》의 손잡이를 고쳐 잡는다.

이미 오랫동안 사용해 온 창은 처음 손에 들었을 때와 마찬가지로 손에 달라붙듯 익숙한 감각을 전해 주었다.

《말》 한마디를 영창하여 창날 끝에 빛을 밝힌다.

……내가 무슨 말을 꺼내기도 전에 이미 다들 자세를 갖추고 있었다.

무기를 들고, 마음을 다시 가다듬고, 올곧게 서 있다.

다들 좋은 얼굴을 하고 있군, 하고 생각했다.

각오를 다진, 전사의 표정이다.

"그러니까 다녀올게요."

"뭐, 어떻게든 살아서 돌아올 거다."

"그래. 하는 일은 평소와 다를 것 없다."

"……열심히 해 볼게요."

"으음."

저마다 그렇게 말하고, 문과 마주 보고 선다.

열린 문 너머에는, 으스스하게 뻥 뚫린 입처럼, 새까만 굴이 우리를 기다리고 있었다.

"……잠깐."

디네 씨의 목소리가 들렸다.

뒤를 돌아보자, 그녀는 떨리는 다리로 일어서서 똑바로 우리를 봤다.

창백한 얼굴로, 그럼에도 우아하게 왼쪽 가슴에 손바닥을 대고——.

"——우리, 《꽃의 나라》의 엘프는, 이 은혜를 잊지 않겠습니다. 저는 이 자리에서 시조신인 레아시르위아에게 맹세합니다. 언젠가 반드시, 당신들의 후의에 보답하겠다고."

축복하듯이, 웃는다.

"당신들이 가는 길에, 부디 선한 신들과, 용기의 정령의 가호가 있기를."

다들 하나같이, 미소를 지으며 고개를 끄덕거렸다.

그리하여 우리는 걸어간다.

돌로 만들어진, 드워프들의 굴로.

《러스트 마운틴즈》의 뿌리, 일찍이 번영했던 《철의 나라》의 유적, 암흑의 내리막길로——.

뒤도 돌아보지 않고 걸어간다.

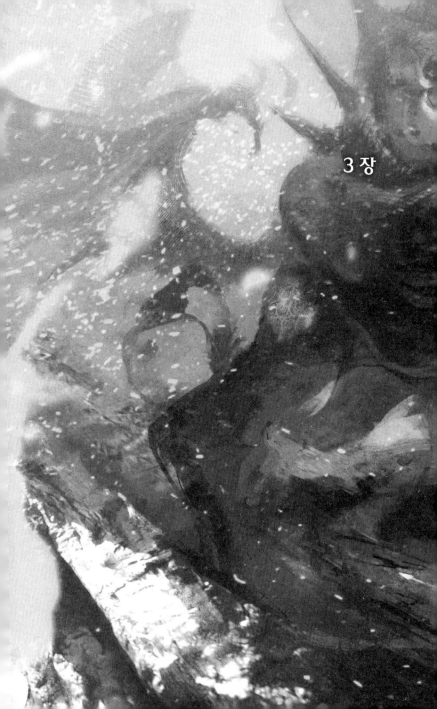

3장

석조 벽에 석조 바닥.

《서쪽의 문》의 안쪽, 드워프들의 굴 안에는 딱딱하고 매정한 인상을 주는 돌의 통로가 끝없이 이어지고 있었다.

폭은 넓고, 천장은 높다. 엘프 나라와의 교역에 있어 중요한 통로였기 때문일 것이다.

200년의 공백 동안 먼지도 꽤나 쌓여 있다.

이 상태로는 보통 거미가 줄을 치고 박쥐나 짐승의 소굴이 되어 배설물 등이 퇴적되겠지만, 그런 흔적은 없다.

──주변에 연기처럼 감도는 검은 안개, 사룡의 독기가 원인이다.

"으헤……."

"오래 있고 싶지는 않군."

내독의 기적과 마법을 여러 겹으로 걸어 놨다고는 하나, 감각적으로 꺼림칙하다.

게다가 주변에 감도는 독기 때문에 시야가 그다지 좋지 않다.

"……조우전이 벌어질지도 모른다는 점과 덫이 있을지도 모른다는 점이 무섭네요."

"데몬 놈들의 덫 외에도, 멸망한 동포들이 쳐 놓은 덫이 아직 작동되지 않은 채 남아 있을 가능성도 부정할 수 없군요."

루가 말하자, 겔레이즈 씨가 수긍했다.

확실히 그렇다. 데몬의 침공에 대항하려 했던 이상, 당시 《철의 나라》의 드워프들은 많은 방어책을 둘러놨을 것이다.

……그렇다면 어중간한 경보 같은 것이 아니라, 밟으면 즉사할 정도의 트랩까지 상정할 수 있는 상황이다.

"조명 말인데, 불은 쓰나?"

"관두죠. 나쁜 공기가 고여 있을 가능성도 있습니다."

광원은 마법의 빛과 통상적인 불을 준비하여, 어느 한쪽이 꺼져도 다른 한쪽이 남도록 하는 것이 지론이지만…… 여기는 한때 광산이었던 곳이다. 가스가 고인 곳에 인화되거나 할 염려가 있다. 불을 사용하는 것은 보류해 두기로 하고, 《페일문》 외에 《빛의 말》을 새긴 돌멩이 몇 개에 마나를 집속시켜 모두에게 나눠 준다.

메넬은 여닫개가 달린 랜턴에 그것을 집어넣고, 광량을 조절할 수 있도록 했다.

광량을 줄여 선행 정찰을 하는 것까지 고려한 활용이었다.

"대열은 어떻게 할 거지?"

"메넬, 선두를 부탁해. 덫과 데몬을 경계해 줘. 겔레이즈 씨는 그 뒤를 따라 주세요."

귀가 좋고, 덫을 탐지할 수 있는 메넬이 선두.

종족의 특성상 어두운 곳에서도 눈이 잘 보이고, 땅속에서의 감각이 뛰어난 데다, 거기에 덧붙여 당시의 《철의 나라》의 내부 구조를 파악하고 있는 겔레이즈 씨가 그다음.

"그리고 나와 루가 중앙. 레이스토프 씨는 후미를 부탁해요."

후미에 베테랑인 레이스토프 씨를 두어, 백어택에 대한 경계를 부탁한다.

마법을 사용할 수 있는 동시에 최대의 전력인 나와, 물리적인 공격력이 높은 루는 한가운데에 배치하고, 상황에 따라 배치를 전환할 수 있도록 한다.

"상대는 데몬예요. 벽이나 천장을 기는 것, 날개가 달린 것도 있습니다."

예상할 수 없는 방향으로부터 기습을 받는 일이 없도록 주의를, 그렇게 말하자 모두가 고개를 끄덕거렸다.

그러고 나서 다시 걷기 시작하자, 루가 두리번두리번 이곳저곳을 신경 쓰고 있기에 작은 소리로 보충 설명을 해 두기로 한다.

"아아, 항상 전방위에 주의라는 건 아니야."

"그런가요?"

"응. 불가능하기도 하고 말이야."

일상에서 항상 전방위에 빈틈없는 인간이란 환상에 지나지 않는다.

실제로 인간이란 후방보다 전방에 있는 것을 지각하기 쉽고, 적지에서 끊임없이 주의를 기울이다 보면 지치기도 한다.

그렇기 때문에, 여러 명이서 경계하는 방향을 서로 메우는 것에 의미가 있는 것이다.

"단, 염두에 두고 있는 것만으로도 대응의 속도가 좋아지니까."

막상 예상하지 못한 방향에서 기습을 받았을 때, '예상하지 못한 방향에서 기습이 올지도 모른다'라고 말을 들은 것과 듣지 않은 것과는 대응 속도에 차이가 난다.

사람이란 누구나 전혀 상정도 하지 않았던 상황이 닥치면, 순간적으로 사고가 멈추고 경직되어 버리기 때문이다.

그것을 피하기 위해서 일단 말은 해 두었지만……. 생각해 보면 루는 이런 모험이 처음이었다.

"메넬과 젤레이즈 씨가 전방과 그 언저리, 레이스토프 씨가 후미를 경계해 주고 있으니까, 우리는 위와 좌우에 집중하자. 기습 운운한 건 염두에 두고 있기만 하면 돼. 정신적으로 꽤 피로해지니까 가끔씩 감시를 두고 잠시 휴식도 취할 거야."

"네!"

알기 쉽게 다시 설명하자, 루는 힘차게 고개를 끄덕였다.

그는 정말로 이해가 빠르다.

백병전의 기량도 눈에 띄게 올라왔으니, 이런 탐색의 정석에도 금방 익숙해질 것이다.

"――……."

그런 뒤 한동안은 일직선의 길이 이어졌고, 다들 아무 말 없이 앞으로 나아갔다.

가끔씩 메넬이 손바닥을 뒤로 돌려 모두를 멈추게 하고는,

귀를 기울이기도 하고, 덫을 해제하기도 한다.

설치형의 보우건 등은 이미 세월에 풍화되어 충분한 장력을 잃은 채 무해해져 있지만, 함정이나 스파이크 볼 등은 그리 간단하지 않다.

메넬은 그런 유해한 덫을 쉽게 발견하여 발동 지점에 표시를 해 두거나, 장치를 해제하는 등 익숙한 동작으로 무효화시켜 간다.

"슬슬 《돌의 광장(록 홀)》에 도착합니다. 그곳에서는 수많은 분기가 있습니다만."

젤레이즈 씨가 그 작업을 보며 간략히 중얼거리고는,

"의외군요."

덧붙이듯이 그렇게 말했다.

나도 동감이다, 라는 의미로 고개를 끄덕인다.

"네. ……악마의 습격이 없었어요."

단 한 차례도 말이다.

용에게 발각된 것이 명백한데도, 공격해 올 낌새가 보이지 않는다.

◆

"그건 그러니까, 용과 데몬은 한패가 아니다, 라는 말일까요?"

"아직 그렇다고 단정할 수는 없겠지. 그 《돌의 광장》 근처에 상당수 모여서 대기하고 있는 거 아닐지."

넓은 장소에서 포위해서 일제사격으로 정리하는 건 기본 중의 기본이잖아? 메넬이 그렇게 말한다.

확실히 자기 진영 깊숙이 끌어들여 포위, 섬멸하는 것은 유효한 수법이다.

"거꾸로 말해서 《돌의 광장》에 복병이 없다면──."

"그래, 그 경우는 루가 했던 말이 정답이야."

젤레이즈 씨는 《돌의 광장》을 지나면 수많은 분기가 있다고 말했다.

우리가 그 분기 중 하나로 들어가 버리면, 데몬들은 우리를 전부 포착할 수 없는 상황에 처한다. 그러니 어떤 지휘관이라고 해도 《돌의 광장》에 전력을 투입해 요격한다고 판단할 수밖에 없을 것이다.

하지만 만약 그런 일이 일어난다면, 데몬의 지휘관이 애초에 우리의 침입을 눈치채지 못했다는 말이 된다.

다시 말해 그것은, 그 시선의 주인인 바라키아카가 데몬들과 연계하고 있지 않다는 무엇보다 확실한 증거가 된다.

그렇게 생각하며 걷고 있을 때.

"…………잠깐."

메넬이 뒤로 손바닥을 돌려 모두를 멈춰 세웠다.

완만한 포물선을 그리는 통로 너머로 살며시 귀를 기울인다.

"무슨 일이야?"

"소리가 들려. 찰칵찰칵하는 금속음, 그리고 오고 가는 발소리."

작은 목소리의 대화.

"……매복하고 있는 거야?"

"모르겠어. 단언할 수 있는 건 뭔가가 있다는 것뿐이다."

"《돌의 광장》은 바로 거기에 있습니다."

"저기, 그렇다면, 이건, 그러니까……."

데몬의 매복. 그렇게 생각해도 무리는 없을 것이다.

다들 서로 고개를 끄덕이며 무기를 쥔다.

"나와 겔레이즈 씨가 방패를 들고 한번 들이대 보도록 하죠."

거대 방패를 등에서 내린다.

몸의 거의 절반을 커버할 수 있는 이 방패로 서로를 감싸면, 통로를 나온 순간에 포위 사격에 가까운 공격을 받아도 견딜 수 있다.

그 후에는 상대 전력을 눈으로 확인하고, 돌진을 하든 마법을 연사하든 통로로 후퇴해서 차례차례 처리하든, 임기응변으로 판단하여 움직여야겠다.

"메넬은 통로 옆에서 원호. 루와 레이스토프 씨는 대기. 상황을 보고 돌격."

간략하게 역할 분담을 고한다.

우리는 대열을 다시 짜고 조명의 광량을 줄인 후, 최대한 발소리를 죽여 통로를 지나간다.

"…………."

《돌의 광장》 바로 앞에서 정지한 뒤, 나는 단창을 쥔 손으로 모두에게 보이도록 손가락 하나를 세운다.

그리고 두 개를 세우고, 세 개를 세운 순간——. 나와 겔레이즈 씨는 방패를 들어 자세를 취하고 빠른 걸음으로 전진을 개시했다.

넓은 공간으로 나온 덕분에 독기가 옅어진다.

아케이드처럼 생긴 광대한 원기둥 형태의 공간. 벽면에는 마치 나사 구멍 같은 계단이 나선형으로 달라붙어 있으며, 그 각처에 여러 방면으로 뻗은 통로가 보인다.

그리고——.


"오오……!"

"드워프다, 드워프가 왔다."

"인간도…… 엘프도 있다."

"《꽃의 나라》는 함락된 것이 아니었나?!"

"괜찮은가? 무사히 도망쳐 나온 건가?"

"다친 데는 없나? 안심해라, 형제. 여기는 안전하다."

많은 목소리가 《돌의 광장》에 울려 퍼졌다.

"오, 오…….."

겔레이즈 씨의 얼굴이 일그러졌다.

"으…….."

나도, 무의식중에 이를 갈았다.

"전황은 어떻게 되었지?"

"어쨌든 이쪽으로 와라."

"그래, 많이 힘들었을 것이다."

수많은 해골이, 목소리를 높이고 있었다.

견고한 방책(防柵)에 모여서.

갑옷을 두르고, 도끼를 들고, 방패를 메고, 전의 왕성하게.

생전의 집착에 반쯤 이성이 집어 삼켜진 채, 언데드로 전락하여.

그들은 자신들의 현재 상황도 이해하지 못한 채, 계속 싸우고 있는 것이다.

──이미 한참 전에 잃어버린, 그들의 고향을 지키기 위해서.

◆

"……다들."

겔레이즈 씨는 입술을 꾹 다물고, 여러 차례 숨을 들이켰다가 내쉬고는, 쥐어짜듯이 말했다.

"오오."

"자네, 겔레이즈 아닌가."

"분명 탈출하지 않았던가?"

"백성들은? 무사한가?"

"왜 여기에 왔지?"

안구가 없는 해골<sup>스켈레톤</sup>들에게 통상적인 시각은 없다.

어떠한 초현실적인 지각으로 식별하고 있을 것이다.

"혹시 몰래 빠져나와 되돌아온 것인가?!"

"하하하, 너답군그래."

"대장님한테 맞게 될 거다."

"하지만 배짱은 좋군."

"으음, 네가 있어 주면 마음이 든든하지. 자, 함께 싸우자."

스켈레톤들이 껄껄 웃는다.

무언가 말하려다가 목이 메어 아무 말도 할 수 없게 된 겔레이즈 씨를, 누가 비난할 수 있을까.

　"…………."

　내가 되돌려 줘야겠다.

　그렇게 생각하고 한 발 앞으로 나서려던 순간, 누군가가 내 어깨를 붙잡았다.

　뒤를 돌아보니,

　"……루."

　루——빈달브가 있었다.

　여느 때와 달리 진지한 표정. 그 눈동자에는 늠름한 빛이 깃들어 있다.

　"제가. ——제가 말해야 한다고 생각합니다."

　나는 그렇게 말하고 걸어 나가는 루를 지켜봤다.

　내가 손을 댈 필요는 없다. 그런 생각이 들었다.

　"주군?"

　"아울반굴 님?"

　"아니, 주군이 아니다, 주군은 지금 옥좌에 계실 터."

　술렁이는 스켈레톤들을 앞에 두고, 루는 입을 열었다.

　"나의 이름은 빈달브!"

　《금강력》의 할버드가 바닥을 때린다.

　"《철의 나라》 마지막 군주, 아울반굴의 피를 잇는 자다!"

　그가 고한 말에, 스켈레톤들이 술렁거렸다.

　"마지막?"

　"마지막이 아니다."

　"우리가 있는 한."

"그래."

"자, 봐라, 우리는 아직도 기세가 드높다."

"우리가 서 있는 한, 《철의 나라》는 아직 멸망하지 않은 것이다."

"그래, 멸망하지 않은 것이다."

"멸망하지 않았다."

루는 여기저기서 쏟아지는 목소리에는 대답하지 않고, 주변을 둘러봤다.

"훌륭한 방책이군. ──좋은 짜임새다. 끊임없이 새로 고치고, 계속 개량해 온 것이겠지."

그는 말 한마디로 표현할 수 없는 복잡한 표정을 짓고 있었다.

찾아온 적 없는 고향에서 만난 이 광경에, 그는 지금 무엇을 생각하고 있는 것일까?

"그래."

"우리가 가진 기술의 정수를 다 쏟았다."

"결코 《서쪽의 문》으로 데몬놈들을 침입시키지 않을 것이다."

"《철의 나라》는 멸망하지 않는다."

"그래, 멸망하지 않는다."

수도 없이 터져 나오는, 멸망을 부정하는 목소리.

"그렇군. ──그래, 하지만."

루는 그들의 목소리를 받아들이고,

"하지만 그럼에도! 《철의 나라》는 멸망했다!"

소리를 질렀다.

살을 에는 것 같은, 통증을 동반한 외침이었다.

"전사들은 모두 죽었다! 주군 아울반굴은 죽었다! 《꽃의 나라》는 무참하게 말라비틀어졌고, 《철의 나라》는 용과 데몬들이 꿈틀대는 《철녹의 산》이 되었다!"

겔레이즈 씨도.

메넬도, 레이스토프 씨도.

아무도, 어떤 말도 하지 않았다.

"그럴, 리, 없다."

"멸망하지 않는다."

"《철의 나라》는 멸망하지 않는다."

"멸망하지 않는단 말이다."

그저 스켈레톤들이 신음 같은 목소리가 새어 나오고——.

"그대들도 알고 있을 것이다! 눈을 돌리지 마라, 용감한 드워프 전사들이여!"

루의 목소리가 그것을 더욱 찍어 누른다. 몇 번이고, 몇 번이고.

⋯⋯어느샌가, 스켈레톤들의 목소리도 사그라져 간다.

이미 표정 따위는 없는 그들의 얼굴이 절망으로 물들어 가는 모습이, 나에게는 보인 듯한 기분이 들었다.

"하지만⋯⋯."

숨을 들이마시고, 한층 더 큰 목소리로.

"하지만 전사들이여!"

또다시 《금강력》의 할버드가 바닥을 때린다.

등줄기가 쭉 펴지는 듯한, 맑은 울림이다.

"나의 조부 아울반굴은 사룡에게 화살을 되쏘아, 그 한쪽 눈을 빼앗았다! 신까지도 칭송하는 영웅의 소업이다!"

평온하게.

루의 목소리는 《돌의 광장》에 울려 퍼져간다.

"그리고 나는. 나, 빈달브는, 그 위업을 잇고자 급히 달려왔다! 당대의 영웅들과 함께!"

그의 등은…… 이제 더 이상 굽어 있지 않았다.

"모두여, 전사들이여! 《철의 나라》는 멸망했다! 확실하게 멸망했다! 하지만 우리의 시조신 블레이즈여, 그리고 등불의 여신 그레이스필이여! 신들의 성좌에서 들어 주소서!"

고개를 숙이고 있던 스켈레톤들이 하나둘 얼굴을 든다.

"——나는 이 자리에서 맹세한다! 선한 신들과 수많은 조상영들의 이름에 맹세코, 《철의 나라》를, 예전의 번영을 다시 되찾을 것을!"

가슴속에 불을 밝히는, 열의가 담긴 힘 있는 말.

더 이상 그곳에, 벌벌 떨고 있던 굽은 등의 드워프는 없었다.

"화로의 불은 아직 꺼지지 않았다! 등불로부터 번진 화염으로 녹을 없애고, 《철녹의 산》은 또다시 《철의 산》이 될 것이다!"

한 명의 왕이, 거기에 있었다.

"오……."

"오오, 오……."

"아아……."

그런 뒤 루는 스켈레톤 한 명 한 명에게 다가가.

그 손을 잡고 울먹거리는 얼굴로 미소를 지으며 말을 걸어 주었다.

"그러니까, 이제, 됐다. 쉬어라. ……다들, 잘해 주었다."

그럴 때마다, 한 명, 또 한 명, 스켈레톤이 재로 돌아간다.

한동안 《돌의 광장》에는 도끼와 방패, 그리고 갑옷이 바닥에 떨어지는 소리가 끊임없이 울려 퍼졌다.

◆

마지막 한 명의 시체가 무너져 내리자, 루는 뒤로 돌았다.

몰라볼 정도의 표정이다.

여태까지의 다양한 경험이 그를 바꾼 것인지, 조금 전의 한순간이 그를 바꾼 것인지, 아니면 둘 다인지.

사람이란 좀처럼 변하지 않는 부분도 있지만, 때로는 한순간에 몰라볼 정도로 변모하는 경우도 있다.

"도련님, 잘…… 잘 말씀하셨습니다……."

겔레이즈 씨가 몹시 감동한 듯이 말했다.

"데몬놈들을 쓸어 내고, 반드시 이룩해 냅시다. 도련님은, 이 늙은이의 목숨과 바꿔서라도 지켜 드릴 터이니……."

"목숨과 바꾸는 건 곤란해."

루는 쓴웃음 지으며 말한다.

"겔레이즈에게는, 아직 배워야 할 것들이 많아."

이 산에 대해서도, 싸움에 대해서도.

무사태평하게 말하는 루의 어깨를, 메넬이 툭툭 두드렸다.

"나라의 부흥 같은 성가신 맹세를 하기는. 너도 참 바보로군."

적당히 했으면 됐을 것을, 하는 메넬의 말에 루가 고개를 가로젓는다.

"아니요, 바보가 아니에요."

"헤에?"

"윌 님이나 메넬 님의 맹세와 달리, 그래도 저는 끝이 있으니까요. 그러니 두 분만큼은……."

루가 농담조로 그렇게 말하자, 메넬은 한 방 먹었다며 웃음을 터뜨렸다.

이어서 레이스토프 씨는 여느 때와 같이 침착한 분위기로 고개를 끄덕였다.

"맹세를 완수하기 위해서라도 우선은 이길 것. 그리고 살아남을 것."

"네!"

루는 레이스토프 씨에게 고개를 끄덕이고, 다시 나를 봤다.

"……윌 님, 오래 기다리게 해서 죄송합니다."

갑시다, 지시를 부탁합니다.

그렇게 겸양하는 태도로 재촉하는 그에게, 나는 쓴웃음 지었다.

"이제 '님' 자를 붙일 필요는 없어."

"네?"

"아무리 그래도 왕을 종사로 쓸 수는 없잖아."

체면이라든가, 권위라든가, 그런 문제가 있다.

나라를 되찾아 왕이 될 것에 뜻을 두는 이상, 언제까지고 루가 자신을 낮추고 있을 수도 없는 노릇이다.

그러니까 기사와 종사, 스승과 제자의 관계는 이쯤에서 마무리하자.

그렇게 말하자, 루는 갑자기 허둥지둥했다.

"네? 아니, 그래도 그게, 윌 님……!"

"'님' 자는 필요 없다니까. 지금의 결의와 맹세, 거짓은 아니잖아?"

"물론이에요!"

즉답이었다.

그는 성큼성큼 걸어와, 나를 올려다본다.

"신과 조상 영에게 한 맹세를 어기지는 않을 거예요. 하지만."

강한 어조로,

"그래도 윌 님은 윌 님입니다. ……제가 존경하는, 유일무이의 기시예요."

매달리는 듯한 눈으로 그렇게 밀하니, 마음이 약해진다.

그의 손은, 내가 선물한 브래드의 단검 손잡이를 쥐고 있다.

"……그렇구나."

"그렇다고요."

왕을 자처했다고 해서, 존경하는 마음이 변하지는 않아요.

그렇게 말하는 루의 결의는 굳건한 모습이었고.

"그럼 어쩔 수 없네."

"네."

"그리고 루."

나는 미소를 지으며, 그의 어깨를 두드렸다.

"정말 잘했어, 아주 훌륭했어. ……그들도 분명 행복했을 거야."

"네!"

루는 쾌활하게 웃는 얼굴로 고개를 끄덕거리고…….

문득 무언가를 깨달은 듯한 얼굴을 하고, 복잡한 표정을 지었다.

"……불사신에게도, 조금은 감사, 해야 할까요?"

"…………."

등불의 신을 모시는 나로서는 조금 수긍하기 어려운 이야기이기는 하다. 하지만.

그들이 행복 속에서 갈 수 있었던 것은, 스타그네이트의 가호가 있었기 때문이라는 것에 틀림이 없다.

단, 그들이 200년이나 망념 속에 빠져 버렸던 것 또한 불사신의 가호 때문이다.

나도 복잡한 얼굴을 할 수밖에 없다.

"조, 조금이라면 괜찮지 않을까?"

그렇게 말하자 루는 쓴웃음 지으며, 살짝 불사신에게도 기도했다.

등불의 신이 엄청 떨떠름한 표정을 짓고 있는 듯한 기분이 들지만, 이해해 주셨으면 좋겠다고 마음속으로 사죄하고, 한숨을 돌린다.

"자, 그러면."

"그래."

대화가 일단락되고, 그것을 신호로 삼아 모두가 무기를 다시 쥔다.

먼 곳, 여기저기에 나 있는 통로에서 이쪽으로 다가오는 기척이 느껴지고 있었다.

무거운 발소리, 가벼운 발소리.

질질 끄는 소리에 삐걱거리는 소리, 기괴한 울음소리까지.

"필요한 일이었지만, 조금 시간을 많이 소비한 모양이야."

보아하니 이제야 겨우 데몬들도 우리의 침입을 알아챈 모양

이다.

하지만 이미 늦었다.

"자, 가자. 《철의 산》을, 드워프의 나라를 되찾으러."

나는 단창을 높이 들고 말했다.

이제 여기서부터는 단순하다.

앞으로, 끝없이 앞으로 나아가고.

베고, 또 베고, 끝없이 벨 뿐이다.

"그레이스필의, 등불에 냉세코!"

◆

앞으로 내지른 단창의 일격이, 눈앞에 있는 철사처럼 몸이

가는 데몬에게 달린 박쥐와 같은 날개를 꿰뚫는다.

"핫!"

낙하한 그것을 힘껏 걷어찼다.

그리브에 강한 충격이 돌아온다. 틀림없이 머리를 깨뜨렸다.

나는 그 상태를 확인하지 않고, 곧바로 《페일문》을 휘두른다.

"하앗!"

소형 데몬 여러 마리를 단번에 쓸어버리고, 벽에 내동댕이치

고, 부스러뜨린다.

기술이고 뭐고 아무것도 없는 근력에 의한 일격이지만, 난전에서는 섣불리 생각에 빠지는 것보다 오로지 힘으로 밀어붙여 날뛰는 편이 좋다.

잘 단련된 근력에 의한 폭력은, 대부분의 문제를 해결시켜 주기 때문이다.

그렇게 남아 있는 어중이떠중이들까지 때려 부수고, 후방에서 습격해 온 데몬들을 전부 물리친 나는 뒤로 돌았다.

상황을 보니, 모두가 진행 방향의 데몬 한 무리를 압도하고 있었다.

……협공이라는 것은 강력한 전법이지만, 협공으로 죽일 수 있을 만한 역량이 없다면 단순한 전력의 분산, 각개 격파의 표적이 될 뿐이다.

폭이 넓은 석조 통로에, 먼지로 변한 데몬들이 허물어져 간다.

"후읍……!"

특히, 선두에서 엄청난 전투를 펼치고 있는 것은 레이스토프 씨다.

그는 전진하는 죽음 그 자체였다.

적과 조우하자마자 사정거리 안으로 뛰어들어, 기본자세에서 나오는 신속(神速)의 찌르기로 적을 죽인다.

어쩌다가 적이 견뎌 내더라도, 여러 마리가 동시에 뛰어들어 오더라도, 문답무용의 연격으로 연결하여 죽인다.

——그가 하는 일은 요컨대 그것이 전부다. 하지만, 그것이 전부이기 때문에 강한 것이다.

어디서 무엇이 오든 간에, 무조건 선제공격. 무조건 일격 필살.

조우 직후에 최강의 일격으로 격파하여, 결코 상대 쪽에 페이스를 넘겨주지 않는다.

심플하게, 그저 한결같이 『자신의 강한 힘을 상대에게 강제하는』 스타일이다.

이것을 깨뜨릴 생각이라면 상당히 기발한 책략을 짜내거나, 단순 실력이나 머릿수로 레이스토프 씨의 능력을 상회해야 한다. 하지만 레이스포트 씨는 높은 수준으로 완성된 검의 달인이다.

덤으로 지금은 거스의 《표식》으로 인한 능력 증강도 있다. 덕분에 그의 손에 익은 애검은 흉맹함을 더한다.

지금도 사정거리 밖에서 사격이나 마법을 발하려 한 데몬 여러 마리가 그 검에서 뻗어 나오는 찌르기에 목에서부터 척추를 관통당해 먼지로 변했다.

손쓸 방법이 없다.

"하아아아아앗!!"

그리고 지금 루는 그 레이스토프 씨의 전투 방식을 배우고 있다.

그는 원래부터 습득력이 좋아 마른 모래가 물을 빨아들이듯이 기술이나 마음가짐을 흡수하고는 했다. 하지만 지금은 특히 엄청나다.

레이스토프 씨의 담담함을 그대로 모사한 것처럼, 적의 소굴로 배짱 좋게 뛰어들어 상대가 차마 대응하지 못하는 사이에 《금강력》의 할버드로 차례차례 쓸어 버린다.

굵직하고 두꺼운, 지난 생의 교통 표지판 같은 전투용 도끼가 요란하게 붕붕 소리를 내며 데몬들을 차례차례 잘라 버리는 모습은 상당한 장관이다.

무엇이 나타나든, 무조건 월등한 괴력과 중후한 무기라는 강점을 밀어붙여 모든 방어를 분쇄하고 날려 버린다.

그것은 루가 레이스토프 씨의 전투방식에서 배운 싸움의 골자일 것이다.

지금도 세 마리의 데몬이 동시에 달려들었지만, 크게 휘두른 할버드로 한꺼번에 몸통을 잘라 버렸다.

마치 작은 폭풍 같다.

"……조금 가다 보면 갈림길이 있을 겁니다. 그곳에서 오른쪽으로."

반면 겔레이즈 씨는 그다지 손을 쓰지 않는다.

레이스토프 씨와 루가 무시무시한 기세로 데몬들의 시체를 쌓아 가는 것을 지켜보면서, 때때로 진로에 대해 지시를 내린다.

그리고 때때로, 느릿느릿 움직여──.

"흐읍!"

아직 숨이 붙어 있는 데몬의 숨통을 끊기도 하고, 거대 방패를 들어 레이스토프 씨와 루의 세세한 빈틈을 커버해 주기도 한다.

……화려함은 전혀 없다.

하지만 여력을 유지한 예비 전력이 있으니, 여차하면 전후를 교대할 수 있다. 그것만으로도 안심할 수 있는 것이다.

레이스토프 씨와 루가 저렇게나 종횡무진 활약할 수 있는 것은 겔레이즈 씨의 후방 지원 덕분일 것이다. 정말 심오하다.

"맹렬한 전위들 덕분에 편하고 좋네."

메넬이 너스레를 늘어놓으면서 활을 쏜다.

《은색 활시위》가 경쾌한 소리를 연주하고, 빛나는 미스릴의 화살촉이 허공을 질주했다.

통로 너머, 암흑과 독기 속에서 단말마의 비명 소리가 들린다. 통로를 지나가 보니 《대장급》 데몬의 시체가 심장을 꿰뚫린 채 절명하여 먼지로 변해 가는 중이었다.

날개 달린 요정들이 메넬의 휘파람 소리에 따라 신이 난 듯 공중을 내달리고, 임무를 마친 화살을 회수하여 그에게 가져온다.

그것을 건네받는 메넬의 시선은, 얼굴의 표정과 달리 빈틈이 없다.

땅의 요정을 조종하여 위험한 데몬의 발을 잡기도 하고, 바람의 요정을 조종하여 상대측이 《말》을 발설하지 못하게 만들기도 하고.

중요한 장면에서 투입되는 요정들의 지원은 극히 잘 들어맞아, 저격수로서의 진가를 발휘했다.

"데몬놈들이 몰려드는 덕분에, 덫을 경계할 필요도 없고 말이야."

차례차례 데몬의 무리가 오는 것이 딱히 나쁜 것만도 아니다.

데몬들이 몰려오는 통로라는 것은 다시 말하자면 위험한 덫이 제거되어 있든지, 남아 있다고 해도 데몬의 잡병들이 밟아서 이미 발동시켜 버렸다는 말이기도 하다.

나중에 우리가 그 길을 통과해도 위험은 적다.

그렇기 때문에 원래의 대열을 풀고 돌파력이 있는 루나 레이스토프 씨에게 최전선을 맡길 수 있다.

"월, 그쪽은 혼자서 괜찮겠어?"

"응. 뒤는 그렇게 압박감도 없으니까, 혼자서도 문제없어."

후방에서도 압박감을 주기 위해 산발적으로 습격해 오기는 하지만, 이쪽은 내가 혼자 도맡아 모조리 없애 버리고 있었다.

……데몬의 군사는 사람 이상으로 성가시다. 《병사급》은 모두 죽음을 두려워하지 않는 사나운 전사들이고, 《커맨더》는 거기에 더해 마법이나 축도를 사용하는 자들도 많다.

만약 어느 정도 트인 장소에서 죽음을 두려워하지 않는 대량의 《솔저》들과 난전 양상으로 가고, 거리를 둔 《커맨더》나 《장군급》에게 원거리 공격을 당하면 설령 나라고 해도 수세에 몰리게 될지 모른다.

그렇기 때문에 굴투성이인 《철의 나라》까지, 허를 찔러 잠입할 준비를 갖췄던 것이다.

이런 좁은 형태가 되면, 충분히 승산이 있다.

같은 말을 반복하는 꼴이지만, 협공이라는 것은 협공으로 죽일 수 있을 만한 역량이 없으면 단순한 전력의 분산일 뿐. 결국 각개 격파의 표적이 되는 법이다.

"혼자서도 후미는 여유라니, 역시 넌 엄청난 녀석이군. 쳇."

"그렇지도 않은데."

확실히 혼자였다면 정신적인 피로가 축적되어 슬슬 실수도 나왔을 것이다.

한쪽을 맡길 수 있는 동료들이 있기 때문에, 이렇게까지 무리한 일도 할 수 있는 것이다.

◆

"겔레이즈 씨, 지금 어디까지 온 건가요?"

"포위당하기 쉬운 큰길을 피해 샛길로 숨어들면서 제3층까지 왔습니다. 곧 《빛의 홀》…… 그리고 아마도 용은 그곳을 지난 《대공동》에."

덤벼드는 상대를 담담하게 격파하면서 앞으로 나아간다.

데몬들의 장군이 있는 장소는 알 수 없다.

하지만 용이 오랜 잠을 탐하는 곳이라고 하면, 드워프들의 지하 왕국에서는 그 장소가 한정된다.

"예전에 우리의 선조가 지하 호수에 물을 빼고 만들어 낸 《대공동》……. 《철의 나라》의, 그 뿌리에 해당하는 장소."

용은 아마도 그곳에 앉아서 우리를 기다리고 있을 것이다.

──그 황금의 외눈을 가진, 《재앙의 낫》이.

그리고,

"용을 향해 전진하고 있다는 사실은, 데몬들도 예상하고 있을 겁니다. ……만약 매복하는 중이라면?"

"그 바로 앞에 있는 《빛의 홀》이겠지요. 예전에 군주 아울반굴께서 마지막으로 연설하셨던 옥좌의 방입니다."

"……되찾아야 해."

루가 불쑥 말하고, 나도 고개를 끄덕인다.

"응, 되찾자."

옥좌, 그리고 왕관.

단순한 상징에 불과하지만, 그렇기 때문에 중요한 것이기도

하다.

"여간 귀찮은 일이 아닐 텐데, 참 유별나다니까. 뭐, 지원은
해 줄게."

"그래. ⋯⋯빼앗긴 것은 전부 되찾아야 한다."

메넬과 레이스토프 씨도 고개를 끄덕거리고, 계속해서 데몬
들을 쓰러뜨리며 전진한다.

데몬들이 구름처럼 쏟아져 나오지만, 그 태반이 《솔저》 잡병
이거나, 기껏해야 《커맨더》이다.

숙달된 전사들 앞에서는 거의 허수아비나 마찬가지였다.

굽이치는, 갈라진, 때로는 위아래로 나뉜, 혹은 계단이 있는
어두컴컴한 석조 통로.

우리는 그곳을 차례차례 답파해 간다.

그리고 문득 빛이 보였다.

"⋯⋯어?"

지하 공간에는 어울리지 않는, 강하고, 따뜻한 빛이다.

직사각형의 입구에서 펼쳐지는 그 빛은 마치 빛의 세계로 가는
입구 같았고──.

발을 내디디자, 그곳에는 밝은 공간이 있었다.

수많은 기둥이 늘어선, 광대한 공간.

백악의 천장과 이음새가 보이지 않는 매끄러운 바닥.

천장의 여기저기에 맑은 수정을 깎아, 《표식》을 새겨 넣은
마법의 조명이 줄지어 있다.

마치 햇빛을 재현하기라도 한 듯한 아름답고 눈부신 조명이다.

⋯⋯여기가 군주의 거처, 《빛의 홀》이라는 것은 듣지 않아도

알 수 있었다.

그리고 입구에서부터 줄지어 늘어선 기둥 너머, 똑바로 뻗은 길 끝에 옥좌가 있다.

조각이 장식된 아름다운 옥좌 위에는,

"…………."

단 한 마리, 데몬의 모습이 보였다.

무례하고 품위가 없는 동작으로 옥좌에 걸터앉아 있는 그 데몬을, 뭐라 표현해야 할까?

가장 먼저 떠오른 것은 사람의 모습을 한 곤충, 이라는 말이었다.

비단벌레 같은 녹색의 갑각이 2미터 정도로 보이는 거대한 근골의 체구를 뒤덮은 모습은 마치 갑옷을 입은 무사 같다.

손에는 무시무시하게 두꺼운, 가시 박힌 곤봉<sup>스파이크드 클럽</sup>.

집게가 있는 입은 그야말로 곤충의 *구기와도 같으며, 촉각이 있는 머리에는——. 무슨 짓궂은 장난인지, 왕관이 걸려 있었다.

분명 저것은 《장군급<sup>제너럴</sup>》 데몬——. 스카라바에우스.

"……윌 님."

잠시 동안, 그 데몬의 모습을 바라보고.

"저에게 맡겨 주세요."

루가 진지한 표정으로 나에게 말했다.

"루, 아니, 빈달브. ……무운을 빌게."

"감사합니다."

---

* 구기(口器): 절지동물의 입 부분을 구성하여 먹거나 씹는 행위에 관계하는 기관을 이르는 말.

루는 그렇게 고하고는 뒤도 돌아보지 않고, 똑바로 앞으로 걸어간다.

"잠깐, 어이!"

"괜찮아, 메넬. 가게 놔둬."

"야, 기다려! 저건 《제너럴》이잖아! 아무리 그래도 상대가!"

"그래도 저건, 루의 싸움이야."

그렇게 단언하자, 메넬은 입을 다문다.

납득은 되지 않은 것 같은 모양이지만——.


"저건 옥좌를 건, 왕의 싸움이라고."


전사의 긍지를 걸고.

그 누구도 끼어들어서는 안 되는 싸움이다.


◆


빛으로 넘치는, 백악의 기둥이 늘어선 공간.

한 단 높은 위치에 놓인 옥좌를 향해 루가 걸어간다. 당당한 발걸음으로.

"…………."

그런 루를 보고 갑충 악마——스카라바에우스는 옥좌에 축 걸치고 있던 몸을 일으켰다.

그 손에 들린 스파이크드 클럽에, 마나가 모여드는 찌릿찌릿한 낌새가 느껴진다.

감정이 드러나지 않는 곤충과 비슷한 겉모습에서 알아차릴 수 있는 것은, 작은 도전자를 향한 강한 멸시와 자신의 역량에 대한 오만하기까지 한 자신감이다.

……이렇게까지 군세를 살육당하고 영역을 휩쓸렸어도 스스로의 힘으로 수습할 수 있다면 아무런 문제도 없다. 그렇게 확신하고 있을 것이다.

"보기 싫은 얼굴이군."

루를 지켜보던 겔레이즈 씨가 다시 한번 스카라바에우스를 보고 중얼거린다.

나도 동감이라는 생각이다.

하지만 저 데몬의 교만에 가까운 자신감에도 근거가 없는 것은 아니다.

실제로 저 갑충 악마는 《철의 나라》를 함락시켰기 때문이다.

사룡의 힘을 빌렸다고는 하나, 언데드 병사로 변해 있었을 드워프의 군세를 몰아내고.

그러니까——.

"강해요."

저것이 《철의 산》에 파견된, 《상왕》 군세의 총지휘관이라고 한다면.

아마도 《구골나무의 왕》의 거처에서 싸웠던 뿔 달린 악마, 케르눈노스와 어깨를 나란히 하거나 그 이상의 실력자라는 말이 된다.

인간의 경우, 지휘관의 계급과 무력이 반드시 일치하지는 않는다.

하지만 데몬은 대체적으로 계급이 높은 개체가 강하고 똑똑하다.

……아마도 나라면 유리한 싸움이 될 것이다.

견고해 보이기도 하고, 정체불명의 마법 무구까지 소지하고 있지만 그래도 힘으로 밀어붙일 수 있을 것이라 생각한다.

단, 루에게는──. 아직은 어려운 상대일지도 모른다.

"전사의 집념인지 뭔지 때문에 죽게 놔둘 셈이냐?"

메넬은 그렇게 말하고, 씁쓸한 얼굴을 한다.

"……저 녀석을 가르친 사람이 너뿐인 건 아니라고."

"맞는 말이다."

레이스토프 씨도 수긍한다.

"그리고, 어차피……."

"그렇죠. 우리는 저 싸움에 관여할 여유 따위 없을 거예요."

루가 스카라바에우스에 대해 거리를 좁힌 그때.

데몬이 그 구기에서 불쾌한 소리를 냈다.

동시에 《빛의 홀》의, 그 눈부신 조명이 흐려진다.

여기저기에서 날개 달린 데몬이 강하해 온 탓에, 《표식》이 새겨진 수정에서 나오는 빛이 가려졌기 때문이다.

"쳇!"

메넬이 화살을 뽑는 손조차 보이지 않을 정도의 속사로, 연거푸 여러 마리의 데몬들을 꿰뚫는다.

잘 닦인 바닥으로 차례차례 낙하해 가는 데몬들.

……그렇다. 어차피 데몬들에게는 일대일 승부를 할 만한 감상도 없거니와 그로 인한 메리트도 없다.

여기에서 포위하여 승부를 결정지으러 들 것이 뻔하다. 그렇기 때문에, 나도 루의 단독 행동을 허락했다.

"그런 것이었군……! 어이, 루, 무리일 것 같으면 우리가 이길 때까지 버텨서, 그 녀석 하나만 남겨라! 죽지 말라고!"

루가 이길 수 있다면 더할 나위 없겠지만, 그것이 아니더라도 상대측의 『강한 말』을 이쪽의 『약한 말』로 붙잡아 놓을 수 있다면 싸움을 여유 있게 가져갈 수 있다.

만약 브래드라면 그런 타산 없이 일대일을 장려했을지도 모르지만, 나는 그렇게까지 전투에 로망을 추구하지 않는다. 타산을 넣는다.

"감사합니다, 메넬 님! 하지만……."

하지만 그렇다고 로망을 경시할 생각도 없다.

긍지. 적임. 사명. ──그런 형태 없는 것들이 가져오는 열량은 때때로 흔해 빠진 예측이나 타산을 깨부술 만한 힘을 갖는다.

"이기겠습니다. 이 녀석을, 이기겠습니다!"

루는 포효했다.

"……등불에 맹세코! 불길에 맹세코! 산의 백성이 그대를 베어 죽이겠다!"

흥분한 전사의 포효와 함께, 데몬 장군을 향해 달려 나간다.

"드워프의 도끼를 받아라!"

할버드가 포물선을 그리며, 데몬을 향해 휘둘러졌다.

데몬의 클럽이 할버드를 영격한다.

클럽에서 나뭇조각이 떨어지고, 곧바로 도끼가 튕겨져 나간다.

"아아아아악!"

도끼를 끌어당기고 다시 휘두르며, 루는 맹렬한 기세로 연격을 가한다.

드워프로서는 신장이 큰 편인 루가 할버드를 휘두르면, 클럽을 든 스카라바에우스보다 리치에서 약간의 우월함이 있다.

그 점을 활용하려는 것인지, 상대의 사정거리 밖에서 철저하게 연타를 날린다. 무의식중에 대검을 든 브래드를 상기하게 된다.

하지만 나에게도 그것을 지그시 관전하고 있을 여유는 없었다.

《빛의 홀》에 요란스러운 발소리와 날카로운 무기 소리, 그리고 신음과 단말마가 울려 퍼진다.

우리가 왔던 입구에서 《솔저》급 데몬 무리가 몇 번이고 돌파를 시도했다가, 레이스토프 씨와 겔레이즈 씨 두 사람에게 파쇄당했다.

레이스토프 씨가 폭풍처럼 마나의 칼로 찌르고, 쓸고, 벤다.

가까스로 빠져나온 개체를 옆에서 대기하던 겔레이즈 씨가 가로막고 때려서 찌부러뜨린다.

사자가 가젤 무리를 두려워하지 않듯이. 늑대가 염소 무리를 두려워하지 않듯이.

숙달된 전사 두 사람은 구름떼처럼 몰려오는 데몬을 두려워하지 않고, 오히려 쫓아내고 있었다.

"…………."

나도 곡도(曲刀)를 들고 다가온 데몬을 향해 창을 들어 자세를 취한다.

넓은 홀의 여기저기에서, 미리 잠복해 있던 복수의 데몬이 출현하고 있었다.

대체로 《커맨더》——. 가끔씩 《제너럴》을 앞두고 있는 듯한 상위 개체도 있다.

《페일문》을 휘둘러, 그것들을 닥치는 대로 찌르고, 때리고, 토멸해 간다.

그때, 목덜미에 섬뜩한 오한이 느껴졌다.

"…………윽!"

직감적으로 몸을 젖힌다. 방금까지 목이 있던 부근을 무언가가 가르고 지나갔다.

뒤이어 이격, 삼격. 날아오는 베기와 찌르기를 반쯤 감으로 받아치고, 크게 뒤로 도약하여 회피한다.

받아친 감촉은 있는데, 역시 아무것도 보이지 않는다.

"《떨어지는》, 《거미줄》!"

《말》을 영창하여 마법의 거미줄을 친다.

거미줄이 엉겨 붙는 곳, 아무것도 없을 장소에 무언가가 있다.

《은폐의 말》로 모습을 숨기고 있는 것인지, 아니면 원래부터 보이지 않는 데몬인 것인지.

그것을 확인할 틈도 없이, 허우적거리는 그것에 단창을 휘둘러 숨통을 끊는다.

"보이지 않는 적이 있어!"

"제길, 귀찮네! 『노움과 실프여, 손을 잡고 춤춰라! 황토의 회오리바람, 모래 먼지의 그물!』."

내가 다급히 외친 직후에는 메넬이 바람의 정령을 불러 넓은 홀에 먼지 낀 바람을 일으켜 주었다.

《황토의 모래 먼지》의 주문이다.

먼지가 부자연스럽게 일그러지는 곳을 향해 잇달아 화살과 단검이 날아갔고, 단말마의 비명이 울린다.

메넬은 모두와 붙지도 떨어지지도 않은 적당한 거리를 두고 전장을 누비며, 비행형 데몬이나 주문사, 혹은 이런 종류의 성가신 특성을 갖는 개체를 우선하여 무시무시한 속도로 쓰러뜨려 간다.

덕분에 나는 기습을 그다지 경계하지 않고, 정면에서부터 근력으로 대처할 수 있다는 점이 다행이었다.

"《달리는》, 《기름》."

그렇다고는 하나, 아무런 지혜를 짜내지 않을 수도 없는 노릇이다.

창을 후려친 직후 곧바로 《말》을 발화하여 기름을 바닥에 바르자 적 집단 중 몇몇이 땅을 기기 시작했다.

기름투성이가 되면서도 어떻게든 허우적대며 탈출하려 하는 데몬들을, 창의 날 끝으로 차례차례 꿰뚫는다.

거스에게 직접 전수받은, 적 집단의 행동 제어에 특화된 마법은 역시나 범용성이 높다.

"……후우."

적의 세력이 느슨해졌을 때쯤, 상황을 힐끗 확인한다.

레이스토프 씨와 겔레이즈 씨는 싸움을 우세하게 전개하고 있었다.

루는 어떤가 하고 보니——.

"하아아앗!"

괴력을 담은 강렬한 상단 휘둘러 내리기 연타를 하다가, 갑자기 궤도를 바꿔 예리한 다리 후리기에 들어간 참이었다.

다리 후리기라고는 해도, 갈고리가 달린 할버드로 하는 다리 후리기다.

스카라바에우스의 왼쪽 발목이, 몽땅 도려진다.

"■■■■!"

삐걱삐걱하고 구기를 울리고, 사람처럼 비명을 지르며 자세가 무너진 데몬을 향해 루가 파고들어 간다.

휘둘러 올려진 할버드.

승부를 결정지을 생각이다.


——그 순간, 데몬이 웃었다.


스카라바에우스는 도끼를 피하며 펄쩍 뛰어오른다.

중상을 입은 발목 따위는 아예 없었던 것처럼.

"……?!"

아니, 없었던 것처럼이 아니다.

상처는 실제로 없어져 있었다.

마치 기적이라도 일어난 것처럼.

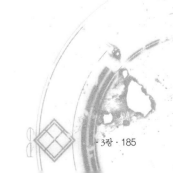

"축도……!"

알아차렸지만 이미 때는 늦었다.

——혼신의 일격이 빗나간 루의 몸통에, 폭소하는 데몬의 클럽이 직격했다.

◆

"악!"

루의 발이 공중으로 뜨고, 그대로 등에서부터 기둥에 내동댕이쳐진다.

동시에 터지듯이 여러 겹의 마나 사슬이 엉겨 붙어, 루의 몸을 기둥에 붙들어 맨다.

——《속박의 표식》이 새겨진 클럽!

타격 자체는 어떻게든 갑옷으로 받아 낸 모양이지만, 내장에 가해지는 충격은 피할 방법이 없다.

간신히 도끼는 놓치지 않았지만——. 그 마법의 사슬을 힘으로 파괴하는 것은 불가능하다. 절체절명의 상황이다.

데몬들은 두려움을 모르는 전사이며, 고위 개체는 때때로 마법사이자, 동시에 차원신 디아그리마의 신관이다.

나와 마찬가지로 축도를 사용하리라는 것은 상정할 수 있었을 텐데——.

"크…… 윽!"

가능하다면 《마법 삭제의 말》을 날리고 싶은 상황이지만, 그도 어렵다.

좌우에서 연계하여 습격해 온 데몬들에게 미묘한 시간차를 틈타, 한쪽을 발로 내차고, 곧바로 몸을 돌려 다른 한쪽을 찌른다.

하지만 그러는 사이에도 다음 데몬이 공격해 와, 창을 휘둘러 때려눕힌다.

도저히 루에게 지원의 손길을 할애할 상황이 아니다.

"제길!"

메넬도 빠듯하다.

레이스토프 씨도, 겔레이즈 씨도, 광분하는 데몬들의 무리를 처리하는 데에 급급한 상황이다. 구기를 울리며 섬뜩하게 웃는 갑충 악마가 기둥에 묶인 루에게 다가간다.

"루……!"

나도 모르게 소리를 질렀다.

"……괜찮아요."

시끄럽게 싸움이 벌어지고 있는 상황에서도, 어쩐지 나에게는 확실히 들렸다.

기둥에 묶인 채, 루가 한 말이.

그 목소리에 담긴, 열의가.

"나는, 질 수 없어."

끊어질 리 없는 사슬이 삐걱, 하고 소리를 냈다.

"……내가 했던 맹세에 걸고. 동포들의 마음에 걸고."

새빨간 얼굴로, 혼신의 힘을 담아, 자신을 속박하는 사슬을 당기는 루.

그가 묶여 있는 기둥이, 뒤틀리고, 삐걱거리고, 균열이 생기고——.

"나는……."

"——!"

루의 의도를 알아챈 스카라바에우스가 황급히 스파이크드 클럽을 쳐들지만, 때는 이미 늦었다.

"모두의 고향을, 되찾겠다!"

사슬이 휘감긴, 기둥이 부서졌다.

마법의 사슬이 휘어진다.

그리고 클럽을 맞받아치듯이 밑에서부터 휘둘러 올려진 할버드에는 어느샌가 새빨간 화염이 깃들어 있었다.

신의 기척이 느껴진다. 등불의 신도 불사신도 아닌, 남성스러운 기척이,

입꼬리를 올리고, 시큰게 미소 지은 듯한 느낌이 들었다.


"우오오오오오오오오오오오오오오오!"


화염신의 기운이 깃든 도끼가 홍련의 궤적을 그린다.

스파이크드 클럽이 스카라바에우스의 손목과 함께 허공을 날았다.

하지만 그 갑충 악마 또한 역전의 전사다.

잘려 나간 손목에는 개의치 않고, 다른 한쪽 팔로 단검을 뽑은 뒤 갑각의 방어를 믿고 돌진한다.

하지만 그것은 악수를 둔 것이라고밖에 할 수 없다.

그곳은 루의 사정거리 안이다.

"아."

스카라바에우스의 팔을 휘감아 잡는다.

낮은 자세에서 팔을 감아 넣고. 언젠가 가르쳐 준 대로, 내가
삼림 거인을 던졌을 때의 동작 그대로.
<sub>포레스트 자이언트</sub>

"하아아아아아아아앗!!"

거대한 몸이 공중을 난다.

……《철의 나라》의 왕이, 침략자인 데몬의 총지휘관을 땅에
내리꽂았다.

견고한 갑각을 두르고 있다고 해도, 충격은 그 갑각을 통과
한다.

숨이 막힐 것이다. 하지만 그럼에도 데몬은 역시나 끈기를
보였다.

갑자기 곤충 같은 네 개의 절지(節肢)를 몸속에서 꺼내, 루를
휘감는다.

그대로 둘은 바닥을 구르며 뒤엉켰고——.

기이! 하는 이상한 소리가 들렸다.

스카라바에스의 목에 있는 갑각의 틈새에, 칼이 꽂혀 있었다.

……오른쪽으로 차는 스틸레토.

브래드가 고안하고 애용했던 단검은, 이 거리에서의 저항을
허용하지 않는다.

목에 칼이 꽂힌 채로는 치유의 기적도 헛된 일일 뿐이다.

"네가, 빼앗은 것을!"

저항하는 데몬을 억누르고, 루는 꽂혀 있는 단검을 더욱 밀
어 넣어 간다.

"……돌려받겠다!"

데몬은 두세 번 크게 경련하고——. 마침내 움직임을 멈췄다.

문득 브래드의, 그 그리운 목소리가, 다시 뇌리를 스치고 지나갔다.


——그 녀석들은 평소에 늘 생각하고 있어.

——자신의 생명을 내던질 가치가 있는, 싸우는 이유란 무엇인가를 말이야.


"적장을 죽였습니다!"


——그리고 그것을 얻었을 때.

——녀석들은 혼을 불대우고, 용기의 회염괴 함께 씨움에 임해. 결코 죽음을 두려워하지 않아.


"아아……."

그래, 브래드.

정말로 그러네.

정말로 그랬어.


——드워프야말로, 진정한 전사야.


◆


루가 스카라바에우스의 목을 베자, 지금까지 노도와 같은 기세로 공격해 왔던 데몬들의 움직임이 둔해졌다.

악신이 사도에게 부여한다는 《광란의 기적》이 걸려 있었는지도 모른다.

이야기 속이라면 이 상황에서 적들이 전부 붕괴되어 주었을 테지만…… 데몬들은 장수를 죽인 것만으로 전의 상실, 붕괴되어 줄 정도로 쉬운 상대는 아닌 모양이다.

곧바로 몇몇 《커맨더》 데몬이 그 자리에서 지휘를 이어받아, 《솔저》 데몬을 이끌고 완강한 저항을 펼쳐 온다.

하지만 수령의 목을 탈환하려는 것인지, 박쥐의 날개를 가진 몇몇 데몬이 위로 비상.

목을 베고 반쯤 허탈해져 있던 루를 향해 돌진한다.

"빌어먹을 놈들이!"

그 대부분은 메넬이 잇달아 활을 쏴 격추했지만, 결국 화살통의 화살이 바닥난다.

대비가 늦는 루를 향해 두 마리의 데몬이 위쪽에서 향해 급강하하려던, 그 순간.

"이……."

나는 방패를 버리고 몸을 비틀어,

"야아앗!"

혼신의 힘으로 《페일문》을 투척했다.

투척용 창은 아니지만──. 그래도 계속 단련해 온 몸과 손에 익은 무기는 이 터무니없는 부탁에 응해 주었다.

이중의 단말마가 울린다.

집어던진 애창(愛槍)은 날을 번뜩이고 구불구불 휘면서 홀

안을 비상하였고──. 멋지게 데몬 두 마리의 몸통을 관통하여, 그 너머에 있는 기둥에 박혀 들어갔다.

"아직이야, 루! 조금 더 힘내!"

"네!"

예전에 브래드가 전장에서 강적에게 승리하여 목을 벤 그때야 말로, 전사에게 가장 큰 빈틈이 생기는 순간이라고 말했었다.

지난 생에서도 전국 시대인지 에도 시대인지의 서적에서, 쓰러뜨린 상대의 목을 베려다가 다른 적에게 목이 베인 무사의 그림을 본 기억이 있다.

패배와 상실은 감미로운 승리의 순간에 소리 없이 다가오는 것이다.

머리로는 그런 부질없는 것을 생각하면서도, 잘 훈련된 몸은 끊임없이 움직인다.

내가 무기를 잃었다고 판단하고 달려들어서 양손 대검을 휘두르는 데몬의 공격을 비스듬히 파고들어 회피하고는, 그대로 칼등과 손잡이에 손을 대고 양손으로 원을 그린다.

상대가 검을 휘두르는 것을 따라 움직여, 검을 멈춰야 할 곳을 넘어 더욱 휘두르게 하는 형태다.

몸의 구조상 자연스럽게 손잡이를 쥐고 있을 수 없게 되고──.

"켁?!"

내게 검을 빼앗긴다.

동시에 상대는 휘두른 기세에 휩쓸려 몸이 기울고, 나는 빼앗은 검으로 대퇴부에서부터 하복부 주변을 깊숙하게 갈랐다.

이른바 *무토도리이다.

시간으로 말하자면 찰나의 순간. 휘둘러 내린 순간에 상대가 자신의 공격을 피하고 다가옴과 동시에, 손에서 무기가 사라지고 허벅지를 베인 것이다. 직접 당한 데몬 자신도 무슨 일이 일어난 것인지 몰랐을지도 모른다.

이런 보여 주기식 기술을 실전에서 쓰게 될 줄은 생각지도 못했다고 생각하면서도, 곧바로 빼앗은 검을 휘둘러 숨통을 끊는다.

솔직히, 양손 대검은 중심이 약간 한쪽으로 쏠리기 때문에 그다지 선호하지 않는다.

하지만 브래드 밑에서 일반적으로 무기라고 부를 수 있는 것들을 다루는 방법은 대충 배워 놓았다.

사슬 종류의 무기처럼 다루기 어려운 것이 아니라면, 어떤 용도의 무기든 대충은 다룰 수 있으니, 이 상황에서는 딱히 가리지 않을 생각이다.

뒤이어 돌격해 온 데몬에게 약간의 빈틈을 보여 정면 공격을 유도하고는, 타이밍을 맞춰 한쪽 발을 빼 몸을 열고, 카운터를 날려 손목을 잘라 버린다.

역시 중량감이 있는 대검인 만큼 일단 맞히기만 하면 뼈건 뭐건 일절 무시하고 손목을 날릴 수 있다는 점은 편리하다.

나로서는 창 쪽을 선호하지만, 브래드가 양손 대검<sup>투핸디드 소드</sup>을 애용했었던 이유도 알 것 같은 기분이 든다.

그렇게 대검을 휘둘러, 연거푸 데몬 몇 마리의 손발을 자르고 몸통을 벤 뒤, 주위의 상황을 확인한다.

---

* 무토도리(無刀取り): 상대의 공격에 겁먹지 않고 그 틈으로 파고들어, 무기를 빼앗는 것을 골자로 하는 무술.

"허억…… 허억……."

레이스토프 씨는 역시나 너무 종횡무진으로 활약한 것인지, 숨을 많이 몰아쉬고 있다.

겔레이즈 씨 또한 마찬가지로, 투구 안에서 아무 말 없이 거친 숨을 내쉬고 있다.

전장을 내려다보며 여기저기로 지원 공격을 해 주던 메넬도 슬슬 기력이 떨어지기 시작했고, 루는 결투의 상처를 무릅쓰고 메넬을 보호하는 중이다.

이 이상은 역시 한계일 것이다.

하지만 데몬들도 고위 개체의 태반이 죽어, 기가 꺾이기 시작하고 있었다.

지금이 기회다.

나는 눈에 띈, 최후의 《커맨더》 데몬의 목을 꿰뚫어 잘라 내고는———.

"《떠나라》!"
<sup>디스케이데</sup>

홀에 있는 데몬들을 향해, 《퇴거의 말》을 날렸다.

마나에 의해 발생한 무색 투명한 파동이, 나를 중심으로 파문처럼 주위로 퍼지는 감각.

형세를 결정지은 상황에서, 강한 정신 작용을 동반하는 《말》의 일격을 활용한 결정타다.

그것을 받은 데몬들이 움찔, 하고 몸을 움츠리며 움직임을 멈춘다.

약한 개체, 바로 근처에서 정통으로 받은 개체 중에서는 그 자리에서 먼지로 변해 무너져 내리는 것도 있다.

그리고 그렇지 않은 대부분의 데몬들은——. 결국 뿔뿔이 흩어져 달아나기 시작했다.

◆

데몬들이 도망쳐 간다.

루는 이미 한계였는지 그 자리에 주저앉았고, 실전에 익숙한 메넬과 레이스토프 씨는 남은 체력을 쥐어짜 도망치는 데몬의 등에 화살과 칼로 공격을 퍼부어 전과(戰果)를 늘린다.

통솔을 잃었다고는 하나 무리에서 떨어진 데몬도 나름대로 주변을 시끄럽게 만드는 원흉이다. 적으면 적을수록 좋다.

그렇기 때문에 등을 보인 상대는 확실하게 숨통을 끊어 놓아야 한다.

겔레이즈 씨는 주변 경계에 임하고, 나는 겨우 숨을 돌리고 모두의 상처를 치유하기 시작한다.

"등불의 신 그레이스필이여, 치유와 활력을——."

손을 모으고 기도한다.

모두의 상처 부위에서 따뜻한 빛이 흘러나오고, 마치 원래부터 상처 따위는 존재하지 않았던 것처럼 복원되어 간다.

……그렇다고는 하나 체력까지 되돌릴 수 있는 것은 아니기 때문에 과신은 금물이다.

그 후에는 남아 있는 적이 어딘가에 숨어 있지 않은가 한차례 확인하고 경계까지 진행하여.

《빛의 홀》에서 데몬들을 완전히 몰아낸 것을 확인한 뒤——.
우리는 웃음을 나눴다.

누가 먼저랄 것 없이 손을 들어, 아무 말 없이 서로의 손바닥을 부딪친다.

짝, 하는 경쾌한 소리가 몇 차례 울렸다.

완전히 지쳐 힘이 빠진 팔로 서로 부딪친 손바닥에 가벼운 열기가 남는다.

——승리의 열이다.

"이야~. 정말 죽는 줄 알았네."

메넬은 데몬의 거점에 겨우 다섯 명이서 돌격한 것은 역시 무모했다고, 웃으며 말하면서 루의 어깨에 손을 두른다.

"잘했다, 네 공적이야!"

"아, 아니에요, 저는 아무런——."

"아니. 네가 그 장군을 제압한 덕분에 우리는 훨씬 쉽게 움직일 수 있었다."

레이스토프 씨가 그렇게 말하고.

"그 녀석이 후방에서 데몬들의 지휘를 맡았더라면 포위되어서 격파당했을 가능성도 있습니다."

겔레이즈 씨도 수긍했다.

나도 완전히 동감이다.

"……네가 되찾은 거야. 산과, 왕관을."

굴러다니는 스카라바에우스의 머리에서 왕관을 집어 들고, 루에게 건네려고 하지만 루는 고개를 좌우로 흔들어 거부했다.

"아니요, 아직이에요. ──아직, 모든 걸 되찾은 건 아니니까요."

루는 각오가 담긴 목소리로 그렇게 말했고, 나도 고개를 끄덕였다.

그렇다. 확실히 아직 이 산의 전부를 되찾은 것은 아니다.

……용이 남아 있다.

"하지만 모든 걸 되찾게 되는 날에는, 월 님이 왕관을 씌워 주셨으면 좋겠어요."

"어? 그건 고위 성직자의 일인데……."

"네가 고위 성직자잖아!"

"어……. 아!"

그러고 보니 그러네, 하고 말하자 다들 폭소를 터뜨렸다.

나도 웃었다.

……그래, 웃을 수 있다.

다들, 아직은 웃을 수 있는 것이다.

상대는 유례없는 강적.

만전의 상황이라고는 말하기 어렵지만, 전투란 항상 그런 것이다.

어딘가가 부족하고, 어딘가가 만족스럽지 않은 상황. 그런 상황임에도 들고 있는 카드로 만전을 다할 수밖에 없다.

체력은 상당히 소모했지만 전의는 왕성했다. 마음가짐에는 일말의 흐트러짐도 없다.

그렇다면 이 상황이 베스트 컨디션이다.

"가자. 우선은 사전에 걸어 둘 수 있는 마법과 축복을 있는 대로 걸고…….”

“──잠깐.”

레이스토프 씨가 눈살을 찌푸리고 있었다.

“무슨 일이에요?”

“저기를 봐라.”

레이스토프 씨가 가리킨 곳은 홀의 중앙 부근이다.

수많은 데몬이 먼지로 변해, 곳곳에 먼지의 산이 만들어져 있는 그곳.

“어라?”

루도 고개를 갸웃거리고──. 순식간에 창백해졌다.

“없어.”

“없다니, 뭐가?”

“스카라바에우스의 몸이요!”

“뭐?! 어이, 잠깐, 하지만 머리는 확실히 여기에…….”

머리는 있다. 하지만, 그렇다…… 먼지로 변하지 않았다!

이차원에서 온 방문자인 데몬은 죽으면 먼지로 변한다.

가끔씩 무기나 작은 부위가 남는 경우도 있지만, 이것과는 다르다.

“……도망친 거야.”

“잠깐 윌, 목이 잘린 상태로 몸만 도망칠 수 있을 리가…….”

“녀석이 벌레의 몸을 모방하고 있는 거라면 가능성은 있어. 목을 비틀어 따도 움직이는 벌레, 본 적 없어?”

곤충은 뇌에 해당하는 두부 신경절에서부터 사다리 모양의 신경삭이 온몸으로 퍼져 있다. 그런 구조로 되어 있어서 정보를 분산하여 처리하는 것이 곤충의 특징이라고, 지난 생에 책에서 잠깐 읽었던 기억이 있다.

다시 말해 그 갑충 악마가 내부까지 벌레와 비슷한 신체 구조를 하고 있었을 경우——.

"목이 잘린 상태에서도 도망친 거야. 지금 상황에서 어디까지 사고할 수 있을지는 모르겠지만……."

고위 기적 중에는, 결손 부위를 재생시키는 것도 있다.

목을 재생할 수 있을지 없을지는 역시 의심스럽기도 하고, 인간의 몸으로는 실험도 검증도 불가능하지만, 데몬이라면 가능하다고 해도 이상할 것이 없다.

"메넬, 흔적을."

"알았어!"

곧바로 메넬이 스카라바에우스의 흔적을 찾기 시작하고, 그 사이에 나는 전원에게 능력 부여와 증강의 마법을 걸기 시작한다.

만에 하나라도 도망친 뒤에 데몬들을 재편성하기라도 하면 큰일이다.

이번에야말로 포위당해 죽을 가능성도 있다.

"추격하자!"

좋아! 하며 모두가 목소리를 높였다.

◆

스카라바에우스의 흔적은 《빛의 홀》에서 통로를 지나 더욱 안쪽으로 이어지고 있었다.

"이곳은――.《대공동》으로 가는 길입니다."

"혹시 용에게 도움을 요청하러?"

"가능성은 있군. 단순히 제대로 된 사고도 하지 못한 채, 몸의 반사만으로 불규칙하게 움직이고 있을 가능성도 있지만."

가능하면 그쪽이었으면 하는 심정이다.

용과의 조우를 고려하여 한차례 증강 마법 등을 다시 건 우리는 마법의 빛으로 주위를 밝히면서 복잡하게 뒤얽힌 석조 통로 안을 달려간다.

앞으로 나아가면 나아갈수록 독기가 짙어진다.

이 독기가 용이 발하고 있는 것이라면――. 용은 이미 바로 근처에 있을 것이다.

"다들, 조심해!"

먼지 쌓인 과거의 방과 홀을 본체만체하며 회랑을 빠져나가.

지하의 깊숙한 계곡에 놓인 다리를 넘어.

그렇게 당도한 곳은――. 어둡고 커다란 홀이었다.

도대체 얼마나 큰 것인지, 범위와 밝기를 최대로 올린《페일문》의 창날 끝 빛으로도 전부 비출 수 없다.

아마 거대한 작업장이었을 것이다.

불이 꺼진 상태로 차가운 재를 머금은 화로가, 마치 거대한 묘석처럼 줄지어 있다.

"…………."

예전에는 요란하게 불길을 뿜어내는 화로의 빛 아래서 떠들썩하게 망치 소리를 울리며, 숙련된 장인이 제자들을 꾸짖고 있었을 것이다.

하지만 지금. 불은 꺼지고, 망치 소리도 멎고, 드워프들의 목소리는 없으며, 움직이는 장치도 없다.

모든 것은 어둠과 침묵 속에 빠져 있었다.

과거를 아는 겔레이즈 씨가 이를 악물었다.

"뒤쫓아 갑시다."

"네."

고개를 끄덕이고, 데몬의 흔적을 뒤쫓는다.

그리고 잠시 후, 스카라바에우스를 발견할 수 있었다.

우리에게 등을 돌리고, 《대공동》 안쪽의 어둠을 향해 열심히 알 수 없는 동작을 취하고 있다.

머리를 잃은 채, 하늘을 우러러보는 듯한 몸짓으로 도움을 구하듯 양팔을 벌리고——.


그 순간, 데몬의 몸이 으깨졌다.


커다란, 너무나도 커다란, 비늘이 달린 팔에 의해.

루가 그렇게나 고전한, 데몬들 중에서도 고위의 존재인 《제너럴》이.

모기를 때려잡는 것처럼, 일격에.

【크하하……. 나약하군.】

먼지로 변해 우수수 무너져 내리는 스카라바에우스 너머에서, 사람의 것이라 할 수 없는 웃음소리가 울린다.

어둠 속에, 검은 그림자가 누워 있었다.

거대하다.

아니, 거대하다는 표현으로는 너무나 부족하다.

나는 이때, 생뚱맞게도 지난 생의 학교 건물을 떠올리고 있었다.

현관 앞에서 올려다본 학교 건물이——. 만약 살아 있다면, 이런 기분이 들지 않았을까?

그림자가 몸을 꿈틀거린다.

그것만으로도, 열기를 동반한 독기가 훅, 하고 세차게 불어왔다.

그림자의 주변에 마법의 빛을 받아 반사하는, 금은으로 반짝이는 빛이 보인다.

【잘 왔다, 나의 잠자리에.】

황금색의 눈이, 나를 바라본다.

당장 발길을 돌려 도망치고 싶다는 충동에 휩싸였다.

이런 존재를 상대로, 대체 무엇을 할 수 있다는 말인가.

"⋯⋯⋯⋯윽."

이를 악물고, 배에 힘을 넣는다.

【나약한 자여, 죽어야 할 운명에 있는 자여. ——그대의 이름을 묻도록 하지.】

황금색의 눈동자를 지닌, 독기를 두른 흑룡.

——《재앙의 낫》 바라키아카가, 그 머리를 천천히 들어올렸다.

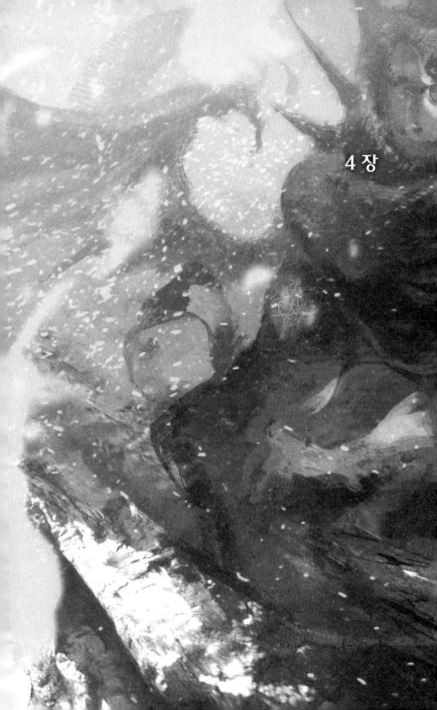

4 장

그것은 확실히, 사람들이 상상하는 사악한 용 그 자체였다.

그 용은 일대를 뒤덮은 드워프들의 보물 더미 위에, 느긋하게 엎드려 있었다.

보기만 해도 강인한 턱.

비틀린 뿔.

두껍고 유연한 목.

강인한 비늘로 뒤덮인 체구로부터는, 익막(翼膜)이 있는 커다란 날개가 자라나 있다.

등에 솟은 검처럼 날카로운 돌기가 등뼈를 따라 열을 이루고, 점점 작아지면서 길고 우아한 꼬리 끝까지 이어져 있는 것이 살벌하면서도 아름답다.

……어둠 속에서 빛나는 황금색 외눈에는 무시무시한 영악함과 잔혹함이 총명한 지성과 함께 공존하고 있음을 알아챌 수 있

었다.

【……왜 그러는가? 이름을 댈 수 없는 것인가? 목소리도 나오지 않는 것인가?】

어마어마한 위용에, 다들 움직임이 멈췄다.

목이 얼얼하다.

심장이 경종을 울린다.

본능이, 이성이, 모든 감각이 도망치라고 말하고 있었다.

──압도적인 포식자가, 저기에 있다!

"………….."

나 자신의 그 공포심을 인정한다.

공포나 불안은 부정하면 부정할수록, 외면하면 외면할수록 그 크기가 불어나는 내면의 괴물이다.

만약 「두려워하고 있는 한심한 자신」을 인정하지 못하고 외면하면서 강한 척하면, 공포는 그 암흑 속에서 더욱 사납게 날뛴다.

자신감을 갖는 데 필요한 것은 교만해지는 것이 아니고, 용감하게 행동하는 데 필요한 것은 허세를 부리는 것이 아니다.


──모든 것은 받아들이는 것부터 시작되는 거예요.


그렇게 이야기하던 마리의 모습이 떠오른다.

그녀는 자신을 배신하지 않았다. 그녀는 모든 것을 체현하고 있었다.

【……으음?】

인정하자. 나는 저것이 무섭다.

어찌할 수 없을 만큼 무섭고, 도망치고 싶다.

얕아지고 급해졌던 호흡을 의식적으로 억누르며, 천천히 숨을 들이마시고, 내뱉는다.

다시 한번 등줄기를 쭉 펴고, 턱을 당기고, 아랫배에 힘을 넣었다.

그러고 나서 용을 올려다보고는, 질문을 던진다.

"남에게 이름을 물으려면, 우선 자신의 이름을 대야 하는 것이 아닐지?"

터무니없이 무섭다.

……하지만 그것을 받아들이고 나서 더욱 굳게 도망치지 않겠다고 결심했다.

【호오.】

용이 나를 내려다보며, 신음인지 목소리인지 분간할 수 없는 독기 섞인 입김을 입꼬리로 내뿜었다.
<sup>브레스</sup>

검은 연기로 착각할 만한, 고열을 동반한 독기가 분출된다.

【아무래도 재물이나 약탈이 목적인 어중이떠중이는 아닌 모양이군.】

산의 데몬 무리를 이끄는 스카라바에우스의 머리를 빼앗고 패주시켰으니, 흔하디흔한 전사일 리도 없겠군. 용은 그렇게 중얼거렸다.

【그렇다면 내 소개를 하지. 내가 바로 《신들의 낫》이자 《재앙의 낫》. 최후의 별빛과 함께 태어나, 무궁한 세월을 사는 존재. *장독과 유황의 왕이자 용암의 동포——.】

---
\* 장독(瘴毒): 축축하고 더운 땅에서 생기는 독한 기운.

용이 느릿느릿, 나른하게 몸을 일으킨다.

열기가 몰아치는, 기침이 날 정도의 독기.

【──바라키아카다.】

날개를 펼치고, 당당한 위용으로.

신들의 시대의 용은 그렇게 자신의 이름을 댔다.

【자, 답하거라. 작은 자여.】

오래된 시가에 나올 법한, 격식에 따른 자기소개다.

답해야만 한다.

"나의 조부는 《유랑 현자》. 나의 양친 중, 아버지는 《사자성의 전귀(戰鬼)》, 어머니는 《지모신이 사랑하는 딸》."

가슴에 손을 대고, 소리 높여 이름을 말한다.

사룡이 움찔하며 송곳니를 떨었다.

"사람들이 부르기로, 《변경의 등불》, 《변경의 팔라딘》. ──생사유전의 여신 그레이스필의 사도, 윌리엄 G. 마리브래드."

자신의 이름에 긍지를 갖고.

"처음 뵙겠습니다, 신대(神代)의 용이여."

너무 공손하지 않게. 너무 겸양하지 않게.

가슴을 펴고 당당하게 이름을 대자, 용은 잠시 침묵하고는…….

【크, 크크…….】

갑자기 웃기 시작했다.

【크하하하……. 기이한 인연이군, 그리운 이름이다.】

한차례 낮은 목소리로 웃은 뒤, 바라키아카는 그렇게 중얼거렸다.

"그리운……?"

【그 녀석들이 데몬 놈들보다 먼저 나를 찾아왔다면, 어쩌면 어깨를 나란히 하고 함께 싸우고 있었을지도 모른다.】

용은 어딘가 먼 곳을 바라보고 있는 듯했다.

그것은 어쩌면, 200년 전에 있었던 《대붕괴》의 광경인 것일까?

……거스도 분명 말했었다.

용을 꾀어 자신의 세력으로 들이는 것도 취할 수 있는 방법 중 하나라고.

【크크. 불사신의 냄새가 아련하게 나는군. 그리고 너는 등불의 사도를 자처했다. ……과연, 연령대가 맞지 않는 이유는, 그 때문이었군.】

단지 그것만으로도 바라키아카는 나의 신상에 대해 대충 헤아린 듯하다.

【자, 자기소개도 탐색도, 이 정도면 되겠지.】

"네."

힐끗 시선을 준다.

동료들도 내가 이야기하고 있는 사이에 용의 위압과 어떻게든 타협을 지은 모양이다. 분명 잘 움직여 줄 것이다.

숨을 고르고, 전투 개시에 대비하려던 그 순간,

【《변경의 팔라딘》이여. ──나를 수하로 둘 생각은 없는가?】

터무니없는 발언이 튀어나왔다.

◆

순간, 사고가 공백이 되었다.

【왜 놀라는 것이지?】

말과는 정반대로, 히죽히죽 심술궂게 웃는 듯한 음성.

【산의 데몬들은 멸망했다. 나는 의지할 세력을 잃었다. 고립된 상태로는 나도 위험하고, 자유롭지 못하기도 하다. ——그렇다면 몸을 의지할 진영을 구하는 게 당연할 것이다.】

차르륵, 하는 소리가 났다.

바라키아카가 흩어져 있는 수많은 보물을, 그 갈고리 손톱으로 퍼 올린 것이다.

사랑스럽다는 듯이, 즐겁다는 듯이.

【물론 나에게도 저의는 있다. 그에 상응하는 대가는 받겠지만…… 안심해라. 너 정도의 용사와, 굳이 일을 복잡하게 만들 생각은 없으니까.】

보물을 요구하면서, 용은 웃는다.

그것은 단기적으로 볼 때 결코 나쁜 이야기는 아닐 것이다.

용의 힘은 강대하다. 아군이 된다면 믿음직하다.

하지만,

"50년 후에, 당신은 나를 죽이고 모든 것을 부수고, 다시 똑같은 일을 반복하겠죠."

냉담한 목소리로 고한다.

벌레를 내리치듯 죽인 갑충 악마.

"다시 말해 그것이, 당신의 수법이에요."

그 말에, 사룡이 침묵했다.

살짝 몸을 떨고 있다.

공격해오겠군, 하고 생각한 순간——. .

【크하하! ……훌륭하다, 훌륭해! 네 말이 맞다!】

바라키아카가 소리 내어 크게 웃었다.

【하지만…….】

그러고 나서 천천히 웃음을 죽인 뒤, 고개를 갸웃거리며——.


【그래도 나쁜 이야기는 아닐 텐데?】


사룡이 히죽하고 미소 짓는다.

나는 뜻하지 않게 침묵했다.

확실히 그렇다고도 말할 수 있다.

적어도 내가 바라키아카를 나의 세력으로 비호하면서 바라키아카에게 있어 위험 요소가 될 수 있는 전투력을 계속 유지한다면, 이 용은 그것을 이유로 들어 나와 한 패가 되어 줄 것이다.

나름대로 충실하게, 나름대로 태만하게, 적어도 적대는 하지 않는 정도로 섬겨 줄지도 모른다.

그렇다면 현재, 승산이 희박한 절망적인 싸움을 하지 않아도 되는 것 아닌가?

시간을 벌면 승산은 커진다고, 불사신은 분명히 그렇게 말하지 않았던가. 그렇다면 미래의 자신에게 맡기면 되는 것 아닌가?

【……그래. 너에게는 나와 싸워야 할, 얼마나 큰 이유가 있지?】

그것은 마치 악마의 속삭임 같았다.

바라키아카도 자신의 말이 가져올 효과를 충분히 이해하고 제안했을 것이라는 게 느껴진다.

【나 때문에 직접적으로 친한 자를 잃은 것도 아니지 않은가. 나의 보물을 노릴 정도로 탐욕이 있지도 않을 것이고. 하물며 용 살해자의 명예 따위, 안중에도 없다는 것이 훤히 보인다. ……잠에서 깨어나기 시작한 내가 무고한 백성들에게 위협이 될 것이라고 생각하기 때문에 결의와 창을 들고 찾아온 것 아닌가?】

봐라, 이제 위협은 없다.

머리를 수그려 주지.

바라키아카가 그렇게 속삭인다.

동료들은 아무 말도 하지 못한다.

너무나 갑작스러운 전개에, 옆에서 끼어들 여유조차 없는 듯하다.

"…………."

나에게도 여유는 없다.

뭐지, 이게?

대체 뭐야?

……머릿속 어딘가에서 바라키아카를 힘만 강한 난폭자라고 생각했던 나야말로 힘만 강한 난폭자이지 않은가.

【자, 선택해라. 《변경의 팔라딘》, 이 시대의 영웅이여.】

등골이 떨린다.

황금의 눈동자에, 움츠러든다.

【평화인지. ——아니면, 싸움과 죽음인지.】

입꼬리에서 열을 동반한 독기가 푸슉, 하고 새어 나온다.

두려움과 함께, 《재앙의 낫》이라 불리는 존재의 물음이, 《대공동》 안에 엄숙하게 울려 퍼졌다.

◆

나는 용과 싸울 생각이었다.

하지만 용은 나에게 머리를 수그리려 하고 있다.

【자, 왜 그러지? 드워프들과의 인연이 신경 쓰이는가? 확실히 나는 데몬을 주인으로 받들고, 드워프들과 싸워 보물도 얻었다. 하지만 이것은 용병인 이상 필연 아닌가? 물론 새로운 주인 나리가 독기 때문에 산을 부흥시키기 어렵다고 한다면, 어딘가 다른 곳으로 거처를 옮겨도 상관없다.】

물론, 책략이 있어서다.

위험이나 비용에 관해 이야기하여 논리를 세운다. 그리고 고약한 미소를 지으며,

【너는 영웅이지 않은가? ……나를 다룰 정도의 그릇임을 증명해 봐라.】

그렇게 말한다.

예상 밖이라고 해도 너무나 예상 밖의 전개에, 나의 사고는 혼란스러워지기 시작하고 있었다.

확실히 논리로는 그렇다. 용이 한 말은 지당하다. 효율이나 위험 관리의 시점에서 봐도 올바른 것처럼 들린다.

용과의 싸움을 회피하고 용을 산하에 두면, 지금 당장은 안전해진다. 물론 동시에 전력도 증강할 수 있다.

하지만 무언가 좋지 않은 예감이 든다.

무언가, 속고 있는 듯한 기분이 든다.

하지만 그것이 무엇인지 알 수 없다.

뭐지? 나는 무엇을 놓치고 있는 거지——?

【나는 그다지 성격이 느긋하지 못하다. 어서 정해라.】

그 상황에서 재촉하는 듯한 말.

혼란이 가속된다.

용의 말을 거절해야 하는 것일까? 하지만 그렇게 하면 절망적인 사투가 시작된다.

그렇다면 용의 말을 받아들여야 할까? 하지만 그것은 상대의 의도대로——.

빙글빙글빙글빙글, 머릿속에서 똑같은 생각만이 맴돈다.

……어찌할 수 없는 무한 루프.

어딘가에서 똑같은 경험을 했던 기억이 있다. ……지난 생이다.

그 어두운 방 안에 웅크리고 앉아, 비슷한 생각을 했었던 느낌이 든다.

"으……."

신음이 새어 나온다.

기억이, 깜빡이듯이 뇌리를 스치고 지나간다.

어두컴컴한 방.

모니터의 빛.

앞으로 발을 내디디지 못하는 자신.

무엇을 해야 할지조차도 알 수 없다.

가슴을 태우는 초조함.

시간이 허무하게 지나간다.

그럼에도 무엇을 해야 할지, 이제 알 수가 없다.

신음을 낸다.

눈물을 흘린다.

그럼에도 시간은 허무하게 지나간다.

나는 무엇을 해야 구원을 받을 수 있을까.

나는 무엇을 선택하고, 어떻게 해야 할까.

이제 그조차도 알 수 없다.

누구 없어요? 누구 없어요? 누가 좀, 제발…….

아무런 선택조차 하지 못하고 끝난 기억이, 점점 더 초조함을 가속킨다.

거무스름하고 진득한 무언가가 마음속 깊숙한 곳의 늪에서 기어 올라온다.

어떻게 하지? 어떻게 해야 하지? 어떻게 해야——.

호흡이 얕아진다. 손발이 차게 식고, 경직된다.

그런데도 등에서는 흥건하게 땀이 배어 나온다.

나는 혼란의 극치에 달해 있었다.

바로 그때였다.


——머리 위에 살며시, 작은 손이 놓인 듯한 느낌이 들었다.

깜짝 놀라 하늘을 올려다본다.

물론 아무것도 보이지 않는다.

어두운 천장이 있을 뿐이다.

하지만 우연인지, 아니면 필연인지.

위를 올려다보는 것으로 호흡이 깊어졌다.

깊은 호흡과 함께 체내에 산소가 들어갔고, 그것이 핏줄을 타고 온몸을 순환한다.

둔해졌던 뇌에 상쾌한 공기가 들어가 다시 움직이기 시작한 듯한 감각과 함께——.

그녀의 말이 떠오른다.


——그날의 맹세는, 나와, 너의 것이니까.


그래, 그렇다.

나는 이미 그녀에게 구원받은 것이다.

그리고 맹세했다.

무엇보다도 소중한 맹세를 한 것이다.

——두려워하지 마라. 나는 너와 함께 있다.

심장이 두근, 하고 맥을 쳤다.

——주춤하지 마라. 내가 너의 신이니까.

흐릿했던 사고가 선명해져 간다.

——나는 너를 강건히 하고, 너를 돕고, 나의 등불로 너를 지킬 것이다.

긴장과 혼란으로 정체되고, 차게 식어 있던 몸에, 다시 열기가 끓어 오른다.

가슴에 따뜻한 불이 켜진 듯하다.

……만약 용기라는 것이 형태를 갖는다면.

어쩌면 그것은, 지금, 이 가슴에.

"……아아."

머릿속에서 몇 번이고 일어나는, 불꽃놀이와 같은 번쩍임.

희한하리만큼 구석구석까지 사고가 미친다. 논리가 구성되어 간다.

바라키아카의 제안은, 그 위용과 위압감으로 냉정함을 빼앗고, 판단력을 잃게 하는 것까지도 전부 전략이었을 것이다.

휩쓸리지만 않으면. ……그 뒤로는 간단한 일이다.

한 번 뒤를 돌아본다.

"메넬, 루, 레이스토프 씨, 겔레이즈 씨."

메넬은 이미 홀에서 대부분 회수한 미스릴 화살을 활에 메기고 있다.

루도 할버드를 들고, 언제든 움직일 수 있다는 자세다.

레이스토프 씨의 손은 검의 손잡이에 있다. 신속하게 발검할 만반의 준비가 되어 있다.

겔레이즈 씨의 묵직한 몸과 거대 방패도 실로 믿음직스럽다.

"이 교섭의 결과에 따라, 모든 것이 결정됩니다. 각오를."

그렇게 말하자, 다들 고개를 끄덕거렸다.

……각오를 다진, 전사의 얼굴이다.

확인을 끝내고 다시 뒤로 돈다.

【호오……?】

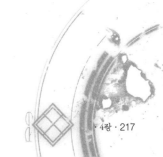

바라키아카가 낮은 목소리를 낸다.

용이 보기에도, 나는 꽤 변화한 것처럼 보였을지도 모른다.

【결정했는가? 그럼 선택해라, 《변경의 팔라딘》이여. ——평화인지, 죽음인지.】

재미있다는 듯이 묻는 그 말을.

"선택하지 않겠습니다."

나는 딱 잘라 말한다.

"——선택해야 할 쪽은 당신입니다, 바라키아카여."

◆

사룡이 움찔, 하고 몸을 떨었다.

【호오. ……나에게, 무엇을 선택하라는 것이지?】

그 물음에, 나는 한 발짝 앞으로 내디뎌 위를 올려다본다.

학교 건물 같다고 생각했던 용이 지금은 어느 정도 작아 보인다.

압박감과 위압감에 휩쓸려 마음속에서 만들어 낸, 거짓된 크기였을 것이다.

"참회할 것인지, 아닌지."

똑바로 묻는다.

사룡이 이제야 처음으로 깜짝 놀라 눈을 번쩍 떴다.

……그렇다.

냉정하게 생각해 보면, 간단한 이야기다.

면종복배의 강력한 사룡을 휘하에 둔다는 말은, 언뜻 보기에는 논리적인 것 같아도 역시 어리석은 선택지일 수밖에 없다.

가령 바라키아카를 이쪽 진영으로 끌어들였다고 치자.

그다음에 바라키아카는 무엇을 할까?

순순히 하는 말을 들을까? 얌전히 잠을 탐할까? 어리석은 생각이다.

태평하게 그러고 있다가는, 용을 위험시하는 나에게 언젠가 살해당할 것이다.

그렇다면 어떻게 할까?

——암중비약할 것이 뻔하다.

자신의 존재 가치를 높이기 위해서. 처단당하지 않도록 하기 위해서.

사룡은 나에게 소요를 끌어들여 적을 늘리고, 끊임없이 분쟁을 일으킬 것이다.

그것도 용의 힘이 필요할 만한, 대규모의 가혹한 싸움이다.

그렇게 되면 나는 바라키아카를 처단할 수 없다.

……그렇게 나는 용의 힘을 원하게 된다. 계속 용과 함께 싸우다 보면 용은 나에게 있어서 없어서는 안 될 심벌마크가 되어 가겠지.

그렇게 되면 더더욱 처단할 수 없다.

용은 나의 부하를 자처하면서도, 나의 곁을 떠나는 날까지 안전을 확보하기 위해 나와 그 주위의 모든 것을 모략으로 잠식한다.

신들의 시대부터 살아온 용의 음모를 나 따위가 제지할 수 있을 것이라고도 생각할 수 없다.

나는 암약을 알고도, 휘하의 사기를 유지하기 위해서라도 용을 계속 껴안고 있을 수밖에 없다.

마치 질 나쁜 마약과도 같다.

"확인하겠습니다. 당신이 제시하는 『평화』는 『나와 당신 사이의 한정적인 평화』다. 결코 『나의 평화』도 아니고, 『무고한 사람들의 평화』도 아니다. ——아닌가요?"

그 물음에, 용은 웃었다.

자못 유쾌하다는 듯이, 통쾌하다는 듯이.

【크하, 크하하하, 크하하! 그래, 네 말대로다.】

신들의 시대부터 살아온 진정한 용은 《창조의 말》과 가장 친밀한 생물 중 하나.

그리고 《말》은 거짓에 의해, 그 힘이 약해진다.

용은 얼버무리기는 해도, 정면으로부터 묻는 물음에 결코 거짓말을 하지 않는다.

"그렇다면 나의 안건은 역시 하나. ——참회를."

【크크……. 무엇을 참회하라는 말이지?】

"항상 전란을 바라고, 모략을 생각하는 그 광열의 본성을."

똑바로.

금색의 외눈을 바라본다.

"당신이 참회하고, 맹세하고, 진심으로 나에게 비호를 요청한다면."

평화롭게 살아가겠다고 한다면.

더 이상 필요한 때 이외에 피를 찾지 않고, 선한 신 밑에서 그 광란의 열기를 다스리며 살아가기를 원한다면.

"나도 등불의 신에게 맹세코, 당신을 지키겠습니다. 이 생명이 다할 때까지, 당신을 모든 적대자로부터 지키도록 하겠습니다."

용도 사람도, 다르지 않다.

정말로 슬퍼하는 자가 있다면, 손을 뻗을 것이다.

죄 없는 자를 해하는 사룡이라면, 싸울 것이다.

——검은 머리의, 과묵한 신에게 했던, 그날의 맹세대로.

"그것이 내가 살아가는 방식이에요."

그렇게 하겠다고, 결심했으니까.

"……자! 참회인지, 아니면 싸움인지! 대답을 듣겠습니다, 용이여!"

외치는 듯한 물음에, 용은 날개를 움직였다.

열기와 독기가 훅 몰려온다.

【——훌륭하다!】

처음으로 한 말은 칭찬이었다.

【잘도 《용의 수수께끼》를 풀어냈군, 《변경의 팔라딘》이여.】

팽팽하게 펴진 날개.

훅 당겨진 턱.

【헛되이 힘을 휘두르는 무모하고 만용을 일삼는 무리가 아니며, 목숨을 아까워하는 약아빠진 *추세꾼도 아니군. 용기와 지혜를 겸비하고 자신이 올바르다고 믿는 길을 가는 그 마음가

---

* 추세꾼(趨勢-): 자기의 입장이나 원칙 없이 어떤 세력이나 세력 있는 사람을 붙좇아 따르는 사람을 낮잡아 이르는 말.

짐, 기특하도다! 그야말로, 그 영웅들의 후계자다.】

조금 전까지의 이완되어 있던 태만한 자세는 더 이상 보이지 않는다.

재미있어하는 듯한 분위기 따위, 이제는 눈곱만큼도 없다.


【──나는 그대를, 진정한 용사로 인정한다.】


거기에는 위대한 신대(神代)의 용이 있었다.

【그러하나 참회의 선택은 단연코 필요 없다!】

고오, 하고 용이 으르렁거린다.

【나는 바라키아카!《신들의 낫》이자《재앙의 낫》! 그리고 장독과 유황의 왕이자 용암의 동포! 장독은 죽이고, 해하며. 용암은 끓고, 용솟음쳐야 그 가치가 있는 법! 전란! 재앙! 무훈! 보물! 죽음! 처녀 제물! 영웅! 그것들 없이 어찌 용이라 할 수 있겠는가?】

……불사신 스타그네이트는 사룡 바라키아카를 가리켜 속물이라고 했다.

확실히 속물이기는 한 것 같다.

현세에 집착하고 있는 데다, 금전, 투쟁, 안전, 수면……. 바라키아카가 집착하는 그것은 전부 이른바 저차원의 욕구로 보인다.

하지만 그 본질은──.

【나는 바라키아카! 신들조차 두려워한, 가장 강하고 가장 오래 산 용, 바라키아카다!】

용으로서의 자신을, 끝까지 관철하는 것.

용으로서, 자신의 목숨을 불태우는 것이다.

피부가 얼얼하게 떨릴 정도의 포효를 마주하며, 나는 엉뚱하게도 그런 것을 생각하고 있었다.

【……영웅이여. 영웅이 이끄는 전사들이여. 여기에서 네놈들을 묻어 버리고 나의 공포의 내력에 새로운 한 장을 추가해도 좋고, 여기에서 네놈들에게 쓰러져 무훈의 한 구절이 되어 세상 끝까지 구전되어도 좋다.】

송곳니가 맞닿으며 소리를 낸다.

거대하고 강인한 근육 덩어리가, 움직이기 시작한다.

교섭은 결렬되었다.

용은 참회를 거절했다. 이제는 싸우는 수밖에 없다.

【자, 용의 화염에 영혼까지 불태워져, 윤회에서 사라질 각오가 있다면…… 허락하겠다! 이 몸에게 도전하라!】

그런 가운데.

나는 어째서인지, 아주 조금 두근거리고 있었다.

용 퇴치다.

가공할 용을 상대로, 나의 손에 들린 강철에 의지하여, 달려든다.

……용 퇴치다!

나는 브래드만큼은 싸움에 로망을 추구하지 않는 기질이라고, 그렇게 생각했었다.

그럼에도 이 상황에는, 거역하기 힘든 로망이 있었다.

바라키아카는 틀림없이 존경할 만한 적수이자, 지금까지 만나 본 적 중에 최강의 적이다.

도전할 가치가 있다. 싸울 가치가 있다!

"《변경의 팔라딘》, 윌리엄 G. 마리브래드! ——간다!"

고전적인 기사도 이야기처럼, 이름을 외치며.

나는 신들의 시대부터 살아온 사룡에게 달려들었다.


◆


어두컴컴한 《대공동》 안.

【카앗!】

바라키아카가 휘두르는 손톱에——.

"《가속》!"
<small>아쿠케레레티오</small>

나는 《말》과 함께 가속한다.

사룡을 향해, 쏜살같이.

검과도 같은 손톱, 인간의 몸통과도 같은 손가락을 빠져나가, 용의 가슴을 향해.

횡, 하고 굵은 나무와도 같은 팔이 머리 위를 통과한다. 자칫 잘못했으면 이 일격에 목이 날아갔을 것이다.

……몸이 거대하면 움직임이 둔하다는 이미지는 허구다.

거대한 존재는 그것만으로도 강하고 빠르다. 한 발짝의 길이가 다르다. 팔을 한 번 휘두를 때의 범위가 다르다.

내구력도 그렇다. 개미가 압정에 찔리면 치명상을 입지만, 코끼리가 압정에 찔린다고 해서 과연 피부가 뚫릴지도 의심스럽다.

그런 의미에서 바라키아카는 일단 강하다.

단순히, 물리적으로, 너무나도 강하다.

거기에다——.

"《칼날이여》!"

안쪽으로 파고들어 《페일문》의 날 끝에서 마나의 칼날을 뻗고, 오래된 상처로 보이는 흔적을 겨냥하여 찔러 넣었지만——.

딱딱한 감촉.

몸을 뒤튼 용의 비늘에 가로막혔다.

용의 비늘.

——만약 싸운다고 하면, 오래된 상처를 노려라.

——용의 비늘은 강인하다. 제아무리 브래드라고 해도, 용의 비늘 위에서 살점까지는 자를 수 없을 게야.

거스의 말이 떠오른다.

브래드라도 힘든, 용의 비늘 자르기.

하지만.

하지만 나도 더 이상, 브래드의 뒤만 쫓지는 않는다!

"아아아아아아아아아악!!"

발끝에서부터 무릎, 허벅지, 허리의 비틀림에서 어깨, 팔, 손목.

온몸의 움직임을 연동시켜서 기교와 근력을 최대한으로 끌어올리고, 막힌 칼날을 더욱 밀어 넣는다.

【으윽?!】

바라키아카가 신음을 지른다.

강인하고 거대한 비늘을 관통한, 분명한 감촉.

그리고 거기서 멈추지 않고,

"《가속》!"

아쿠케레레티오

【우오오오오오오오오오오옷?!】

내리치는 팔의 일격에서 도망치면서, 《페일문》을 찌른 채 가속.

팔 전체로 창을 껴안은 채 달려, 바라키아카의 옆구리에 마나의 칼날로 일직선의 상처를 그린다.

그 상태로 늘어서 있는 대형 화로 사이로 달아나려고 하지만, 그것을 놓칠 바라키아카가 아니다.

【큭, 하하하핫, 용린(龍鱗)의 보호를 뚫다니! ……졸음을 쫓기에는 딱 좋은 자극이다!】

그렇게 외치며, 숨을 크게 들이마시는 기척이 등 뒤에서 느껴진다.

아마도 바라키아카가 뿜어내려 하는 것은 독기를 띤, 고열의 드래곤 브레스일 것이다.

아무리 여러 겹의 마법과 기적으로 보호되고 있다고는 하나, 브레스에 직격하면 뼛속까지 문드러지고 녹아내려도 놀랄 일은 아니리라.

"……윽!"

하지만 죽음의 브레스가 나의 등에 직격할 일은 없었다.

"상대는 월뿐만이 아니라고!"

"흠!"

보지 않아도 알 수 있다. 메넬과 레이스토프 씨다.

내가 정면에서 돌격하고 있는 사이에, 이미 그들은 산개하여 좌우로 돌아들어 가 있었다.

둘은 용에게 깊은 상처를 입힐 수 있는 전사다.

메넬의 《은색 활시위》가 몇 번이고 유려한 활 소리를 내고, 미스릴의 화살은 《대공동》을 그 빛으로 가르며 날아간다.

레이스토프 씨의 무명의 검은 신속의 검기와 함께 번득이고, 거스의 《표식》이 새겨진 참격은 구불거리는 뱀처럼 늘어나 바라키아카를 공격한다.

메넬이 노리는 곳은 바라키아카의 금색 외눈.

레이스토프 씨가 노리는 곳은 바라키아카가 중심을 두고 있는 발의, 그 발가락이다.

각각 안구를 꿰뚫을 정도로 활을 당길 힘이 있고, 발가락을 잘라 낼 정도의 날카로운 참격이 있다.

아무리 태고의 사룡이라고 해도, 이것을 무시할 수는 없다.

【쳇!】

목을 비틀고 발을 뒤로 빼 회피해야만 한다.

그리고 자세가 무너지면, 지금까지 쉽게 겨냥했던 것을 유지할 수 없다.

대형 화로의 틈새에 도달하자마자 뒤로 돌아, 고개를 휘휘 돌리며 난잡하게 뿜어낸 브레스의 여파를 거대 방패로 방어한다.

"……윽!"

세차게 불어오는, 검은 연기와 같은 브레스의 여파는 인간 한 명을 통째로 태우고도 남을 열기를 띠고 있었다.

하지만 온몸에 걸어 둔 방어 마법과 축도 그리고 열과 독에 대한 방호의 《표식》이 새겨진 마법의 거대 방패로 겨우 견뎌낸다.

──여파만으로도 이 정도다.

직격하면 즉사 정도로 끝날 일이 아닐 것이다.

영혼까지 불태워져 윤회로부터 사라져 버린다는 것도, 어쩌면 사실일지 모른다.

【과연, 상당히 좋은 연계로구나!】

손톱으로 바닥에 깔린 돌을 간단히 도려내는 바라키아카.

바닥의 돌들이 팔을 휘두르는 기세 그대로 수많은 탄환이 되어 레이스토프 씨를 향해 날아가지만, 젤레이즈 씨의 《검 파괴자》의 방패와 갑옷에 가로막힌다.

개의치 않고 추가 공격을 하려는 바라키아카에게, 이번에는 《대공동》 내부에 세워진 낡은 목조 망루가 무너져 내렸다.

【……?!】

루다. 《금강력》의 할버드로 부수기 쉬워 보이는 망루의 기둥을 때려 부숴, 용을 향해 기울게 한 것이다.

바라키아카는 그것을 쳐내지만, 부서져 산란한 나뭇조각에 시야가 가로막힌다.

──지금이다. 그런 생각이 들었다.

아무리 생각해 봐도 장기전으로 가면 불리해질 뿐이다.

신화의 용이 체력 고갈을 일으킬 거라고는 생각하기 어렵다. 바라키아카의 체력은 무한이라고 추측하는 편이 좋을 것이다.

내구력도 마찬가지다. 바라키아카는 우리가 아무리 공격한다 해도 그것을 전부 몸으로 받아 낼 여유가 있을 것이다.

그렇기 때문에 지금도 전력을 다해 날뛰지 않고 사전 연습을 하듯 즐기면서 싸우고 있다.

그에 비해 우리는 바라키아카의 공격이 한 발이라도 직격하면 그것으로 끝이다.

상대는 몇 발을 맞든 재차 공격의 기회가 있고, 이쪽은 제대로 된 일격을 맞으면 끝.

모르고 도전한 것은 아니라고 하지만 터무니없이 불공평한 조건이다.

정직하게 싸워 이기려 한다면, 우선 바늘구멍을 지나는 듯한 공방을 몇 번이고 몇 번이고 성공시키고⋯⋯. 그렇게 하여 간신히 진지해진 바라키아카에게 더욱 난이도가 올라간 공방을, 몇 번이고 몇 번이고 성공시켜야 겨우 승산이 보일까 말까 한 정도이다.

고난이도 정도의 레벨이 아니다. 불가능하다.

체력이 버틸 수 없다. 집중력도 버틸 수 없다. 평생의 행운을 전부 써도 미치지 못할 정도의 행운이 필요하다.

그렇기 때문에. ──여기서, 이것에 건다.

나는 창과 방패를 화로에 세워 두고, 양팔을 벌렸다.

"《읽어매라》, 《매듭이여》, 《속박하여》──."

막대한 양의 마나가 모여들었다가 사방으로 튄다.

"《달라붙고》, 《추적하라》!!"

망루의 붕괴로 시야가 가려진 사룡을, 마나의 사슬로 붙들어 맨다.

여러 겹의, 견고한 속박의 진이다.

【《파괴여 있으라》!】

곧바로 용에게서 나온 《파괴의 말》이 소용돌이를 일으켜, 사슬을 비틀어 끊으려고 하는 그 순간에, 나는 이미 대응을 끝내 놓았다.

오른손으로 그린 《수호》를 의미하는 《말》로 소용돌이를 막는다.

왼손으로 그린 《삭제》를 의미하는 《말》이 소용돌이를 지워 없앤다.

【……?!】

──삼중 마법 투사.

거스의 장기이자, 줄곧 단련을 반복해 온 나의 기술이기도 하다.

특히 이 연계는 불사신의 《에코》와 거스의 싸움을 본 그날, 눈에 새긴── 비장의 카드 중에서도 비장의 카드다.

"《새파랗게 질린 죽음은》, 《동등한 걸음으로 차 부순다》……."

주위를 돌아다니는 막대한 양의 마나를, 크게 팔을 펼쳐 끌어모으는 듯한 이미지를 떠올리며 한 점에 모은다.

그것을 하는 중에도 낭랑하게 《말》을 자아낸다.

그뿐 아니라 동시에, 물 흐르는 듯한 동작으로 《표식》을 그린다.

【설마 그것을 실전에서 쓸 셈인가?!】

"《빈자의 헛간도》……."

용의 외침도 신경 쓰이지 않는다.

거의 망아(忘我)의, 극도의 집중 상태에서, 나는 섬세한 마나의 조절과 약식의 의식·동작을 끝까지 해낸다.

"《왕자의 첨탑도》!"

【——■■■■!】

비로소 바라키아카의 입에서 쓸데없는 말이 나오지 않게 되었다.

삐걱거리는 듯한 용 특유의 발음으로, 어떠한 《말》을 맹렬한 기세로 영창하기 시작한다.

하지만, 이미 늦었다.

이것은 본디 여러 명이 함께 호흡을 맞춰 행하는 의식 마법.

혼자서는 절대 쓸 수 없는, 궁극의 마법 중 하나.


"————《전 존재의 말소》!!"


육체, 혼, 현상. 삼라만상의 온갖 《말》과 《밀》의 연결을 갈기갈기 분단시켜 유리시키고, 무의미한 것으로 만들어 마나로 되돌리는, 무색투명한 붕괴의 파동.

《말》에 의한 파괴의 극치.

……《존재 말소》의 말이 자아낸 파괴의 파동이, 바라키아카에게 몰아쳤다.


◆


마치 거대한 마수의 턱에 물어뜯긴 것처럼 크레이터 모양으로 파인 바닥.

파동으로 인해 모든 것이 소멸한 공백을 메우려는 것처럼, 《대공동》 내부에 바람이 휘몰아쳤다.

용의 모습은, 보이지 않는다.

파동에 휩쓸려 소멸한 것처럼, 보였지만———.

"……해치운, 건가요?"

루가 주변을 두리번두리번 둘러보며 말한다.

"그런 것, 같네……."

"막상 이기니…… 의외로 싱겁군요."

메넬이 그렇게 말하고, 젤레이즈 씨도 동의한다.

레이스토프 씨가 주변을 신중하게 둘러본 뒤, 고개를 끄덕거렸다.

휘몰아치는 바람에, 외투의 옷자락이 펄럭펄럭 나부낀다.

"…………."

용은 소멸했다.

상대가 여유를 부리고 있는 사이에, 루가 만들어 낸 빈틈을 찔러 극대의 파괴 마법으로 존재 자체를 날려 버렸다.

분명 그랬다.

——분명 그런데도 어째서인지 승리를 확실할 수 없는 것은, 너무나 싱겁고 갑작스럽기 때문일까?

모든 싸움이 영혼을 건 사투로 결판이 나는 것은 아니다.

자기보다 아래인 상대에게 어이없이 당하게 되는 경우도 있는 것처럼.

자기보다 위인 상대와 싸울 때도, 우연한 계기로 쉽게 승리가 굴러들어오는 경우가 있다.

……분명, 그런데도. 도저히 실감이 나지 않는다.

과연 정말로 이긴 것일까?

너무나도 싱겁게 굴러들어온 승리에, 다들 아직까지 실감이 나지 않는 모양이었다.

　이상하게도 공허하고, 현실감을 느끼지 못하는 나와 일행 사이를, 바람이 불어 지나간다.

　휭휭, 세차게 불어오고 있다——.

　바람이, 불고 있다?

　그것을 깨달은 순간, 등줄기에 오싹한 극한의 냉기가 느껴진다.

　재빨리 창과 거대 방패를 들어 자세를 취함과 동시에, 소리를 지르려고 했다.

　"틀렸어! 아직——."

　하지만 늦었다.

　"으…… 억?!"

　"……크악?!"

　"우욱."

　"으으으……!"

　네 명 분의 선혈이 허공에 뿌려졌다.

　그리고 동시에, 들고 있던 거대 방패에 맹렬한 충격이 전해지고, 몸이 날아가 버렸다.

　잔해가 나뒹구는 바닥을, 튀어 오르듯이 몇 번이고 구른다.


　——바람에, 손톱이 달려 있었다.


　밑도 끝도 없는 표현이지만, 그 외에는 표현할 방법이 없다.

　휘몰아치는 바람이 순간, 날카로운 손톱으로 변화한 것이다.

문득, 어렸을 적에 거스에게서 들은 옛날이야기가 뇌리를 스치고 지나갔다.

──동물로 변신해 놓고, 사고까지 동물에게 물들어 진짜 짐승으로 변해 버린 마법사의 이야기.

"변화……?"

깜짝 놀라, 중얼거린다.

【크하하, 정답.】

네 명의 피를 빨아들인 사악한 바람이 소용돌이치고.

크레이터 위에, 다시금 용의 모습이 형성된다.

……《변화의 말》.

글자 그대로 변신의 마법이지만──. 인간은 도저히 다룰 수 없는, 지극히 위험도가 높은 《말》이다.

비슷한 체격의 다른 사람으로 둔갑하는 정도라면 몰라도, 체중이 다른 동물로 단시간 변신하면 그것만으로도 그대로 사고가 그 동물과 동조되어 돌아올 수 없게 될 정도인 것이다.

하물며 중량이 전혀 다른 무기물로 변화하려면, 평생 동안 사람으로 되돌아올 수 없을지도 모른다는 각오가 필요하다.

어지간한 사정이 없는 한 그런 짓은 하지 않는다. 마치 탄환이 랜덤으로 여러 발 들어 있는 리볼버를 관자놀이에 대고 방아쇠를 당기는 짓과 똑같은 용법인 것이다.

하지만 생각해 보면 그렇다.

애초에 바라키아카는 어떻게 그 거대한 몸으로 지하에 있는 이 왕국에 침입한 거지?

【알아차렸나? 그렇다──.】

사룡이 웃는다.

유쾌함을 도저히 참을 수 없다고 말이라도 하듯이, 입을 벌려 크게 웃는다.

【——우리는, 《말》과 친밀한 존재다.】

상고(上古)의 용은 신화 속의 존재.

《창조의 말》과 가장 친밀한 존재.

【과연. 《존재 말소》라면, 아무리 나라도 없애 버릴 수 있겠지.】

황금의 눈동자가, 나를 응시한다.

강인한 턱에서는 독기와 열기를 띤 브레스가 새어 나오고 있다.

【——맞힐 수 있다면, 의 이야기이기는 하지만.】

《존재 말소의 말》의 궤도를 완전히 간파당했다.

간파한 상황에서 직후에 강풍이 발생하는 것까지 숙지하고, 《메타몰포제》로 소멸한 것처럼 보이면서 바람으로 변화.

《존재 말소의 말》이 작렬한 후에 휘몰아치는 바람에 숨어, 손톱으로 전원을 베어 넘겼다.

——궁극의 파괴 마법조차도, 대처법을 숙지하고 있다.

아니. 그뿐 아니라, 분명 다른 어떤 《말》을 선택했었다고 해도 마찬가지다.

과거에 유실된 《말》이나 《표식》까지 포함하여, 이 용은 모든 전장에서 모든 《말》과 싸우고, 그 전부를 파악한 후 격파해 온 것이다.

"…………."

이것이, 용.

이것이 신들의 시대부터 살아온, 사룡인가.

마음속에, 차가운 무언가가 축축하게 스며들어 온다.

나는 그것의 정체를 알고 있었다.

──그 녀석의 이름은, 절망이다.

◆

사룡이 여유 있게 자세를 취한다.

옆구리에 미세한 부상이 남은 정도다.

【어디 그럼.】

상황은 압도적으로 불리하다.

《페일문》의 손잡이를 꾹 쥔다.

그렇게 하지 않으면 절망에 삼켜져 버릴 것 같았다.

【《변경의 팔라딘》이여. ──용전분투, 정말 훌륭했다.】

의외로, 라고 해야 할까?

바라키아카는 곧바로 나를 죽이려 하지는 않았다.

하지만 대답하고 있을 여유는 없다.

시선을 돌려 보니, 다들 아직 죽지는 않은 것 같았지만──.
아니, 죽지는 않았다? 용의 완력으로 완전한 기습을 성공시키
고도, 한 명도 죽이지 못했다?

그럴 리는 없다. 죽이지 않은 것이다.

그렇다면 결국──.

【그 분투를 봐서 제안해 주지. 나의 부하가 될 생각은 없는
가?】

그것이 목적이라는 말이다.

"…………."

【고민이 되는 모양이군. ……변명거리는 내가 만들어 줬다.】

바라키아카는 웃는다.

즐거워 보인다.

실제로도 즐거울 것이다.

【만약 거절한다면, 네 동료들을 전부 불태우겠다. 뼈도, 영혼까지도. ……그렇게 협박당해서, 동료들의 목숨을 지킨다는 명분이 있다면, 내 밑으로 들어올 구실도 되겠지.】

좌우로 산개한 상태로 쓰러진 메넬과 루, 레이스토프 씨와 겔레이즈 씨를 한꺼번에 지킬 수는 없다.

애초에 이 용을 상대로, 단기전으로 결판을 지을 수 있을 만한 카드가──. 이제는 없다.

【너와 같은 눈을 한 인간을, 여러 명 봐 왔다. 너는 너 자신을 불태운다고 협박해 봤자, 결코 기가 꺾이지 않을 것이다. 복종하지도 않을 것이다. ……지금조차도, 끈질기게 이 상황을 타개할 방법을 찾고 있겠지.】

그렇다.

지금도 나는 무언가 방법이 없을지 필사적으로 생각하고 있다.

아무 말 없이, 대답을 보류하면서.

【하지만 아무것도 없다. ──그렇지? 분명 그렇게 상황을 정리했을 것이야.】

……사룡이 말하는 대로다. 인정할 수밖에 없다.

이제 더 이상 적절한 타개책은 없다.

【아니지……. 아무것도 없는 것은 아니었군. 나에게 굴하지 않는 방법이, 하나 남아 있었어.】

그 말에, 나는 눈살을 찌푸렸다.

이 상황에서, 나에게, 방법이?

【자결하면 된다.】

생각해 보지도 않은 발언이었다.

【생사유전의 여신<sup>그 레 이 스 필</sup>에게 사랑받고 있지 않은가. 그 목을 스스로 끊어라.】

그리고 바라키아카의 말에, 조소의 기색은 없었다.

【다음이 있지 않은가. 그다음의 다음도 있지 않은가. 다음의 다음의 다음 세계가 있지 않은가. 끊임없이 후속이 있지 않은가. 무리라는 생각이 든다면, 게임을 포기하듯이 목을 매면 된다. 비극을 거부하고 싶다면 단도로 가슴을 찌르면 된다. '아직이다. 다음이 있다, 내가 싸워야 할 장소는 여기가 아니다' 라면서 말이지.】

그것은 추악한 과장화<sup>캐 리 커 처</sup> 같은 말이었다.

실제로, 그런 식으로 단순화할 수 있는 것이 아니라는 사실은 누구나가 알고 있다.

단지, 용이 말하고 싶은 것은 그런 말이 아닐 것이다.

나는 목을 좌우로 가로젓는다.

"그것은, 선택하지 않겠습니다."

【그렇다면 좋다. 만약 네가 자신의 삶에 그 정도의 가치밖에 인정하지 않는다면 복종시킬 가치도 없겠지.】

신화의 시대부터 지금까지, 이 세계에 집착하며 살아온 **바라**

키아카에게 있어서.

자신의 생을 마지막까지 지킬 마음이 있는지 없는지는, 양보할 수 없는 일선일 것이다.

【그러면 선택해라. ——나에게 가담할 것인지, 저항하다 스러질 것인지.】

동료들은 행동 불능의 중상.

나라고 상처를 입지 않은 것도 아니고, 얼마 없는 결정타는 이미 깨졌다.

통상적인 수단으로는 몇천 번의 공방을 성공시켜야 이길 수 있을지, 그조차도 알 수 없다.

완전히 사면초가다.

불사신의 《에코》와 싸웠을 때 이상으로 절망적인 상황이다.

하지만——.

"당신에게 가담하면, 당신이 나를 어떻게 써먹을지, 쉽게 예상이 갑니다."

【그렇겠지.】

전란을 확대시켜 혼란을 불러일으키고, 이 용이 원하는 상황을 만들어 갈 것이다.

그렇게밖에 살아갈 수 없는 상대라는 것은 지금까지의 대화로 충분히 알 수 있다.

"그렇다면, 따를 수는 없습니다."

【동료들이 죽는데도?】

"그것은 아닙니다."

바라키아카가 고개를 갸웃거렸다.

【뭐가 아니라는 말이지?】

"우리는 이미 각오하고 이곳에 왔습니다. 누군가를 잃는다고 해도, 누군가 한 명이 당신의 목에 칼을 꽂을 수 있다면 상관없다고."

싸움 속에서 동료의 목숨을 감싸기 위해서 이길 기회를 잃는 것은 아무도 바라고 있지 않다.

전사란 그런 것이다.

【하지만 이미 이길 가망 따위 없을 터.】

"있습니다."

각오를 다진다.

바라키아카를 올려다본다.

"……이 창날로, 수천, 수억 번을 내리치면, 분명 내가 이깁니다. 아닌가요?"

바라키아카는 허를 찔린 듯이 눈을 크게 떴다.

그리고 흥겨워하듯이 웃었다.

【그렇다면 그것은 수천 번의 기적 끝에 가능한 일이겠지?】

"수천 번이든, 수억 번이든, 수조 번이든 상관없습니다. ── 이길 가능성이, 맹세를 완수할 가능성이 있다면, 거기에 걸겠습니다."

그것이, 내가 선택한 길이다.

──그리고 한 대 맞으면 참고 앞으로 나가라.

——어차피 물러서도 죽는 거니까 필사적으로 하는 거야, 필사적으로. 공격의 회전율을 올려서 검이든 창이든 주먹이든 마구마구 내질러라.


　　브래드에게 배운, 싸움의 기본이기도 하다.
　　고통을 받으면, 앞으로 나간다.
　　앞으로 나가서 되갚아 준다.
　　"나는, 여기서부터가, 끈질기다고요."
　　이길 수 없을 것이다.
　　죽게 될 것이다.
　　하지만 억지로, 사납게 웃어 보인다.
　　사룡도 거기에 응하듯이 송곳니를 드러내고 웃었다.
　　"사룡 바라키아카——."
　　【《변경의 팔라딘》이여——.】
　　손에 익숙한 단창을 쥐고, 자세를 취한 뒤.
　　"당신을, 쓰러뜨리겠습니다!"
　　【너를 죽이겠다!】
　　나는 최후의 싸움을 향해, 달려 나갔다.


◆


　　그것은 홍수 속에서, 물에 빠져 허우적거리면서도 있는 힘껏 헤엄치는 듯한, 그런 시간이었다.
　　초반에는 쓸 수 있는 모든 《말》과 공세로, 전장을 메넬 일행이 쓰러진 장소에서 떨어진 곳으로 옮겼다.

싸움의 여파로 죽게 될지도 모르지만, 할 수 있는 일은 해 두고 싶었다.

만약 바라키아카가 완강히 저항했다면 전장을 옮기는 것은 불가능했겠지만, 용은 그렇게 하지 않았다.

쓰러진 자를 신경 쓰는 것은 헛수고라고 판단한 것일까. 아니면 나라는 적이 전력을 다할 수 있도록 봐준 것일까.

달린다.

날카로운 손톱이, 두꺼운 꼬리가, 짓밟기 공격이, 때로는 몸통 박치기나 브레스가 온다.

나는 그것을 가속하여 피하고 타이밍을 재서 《말》이나 창을 몰아친다.

용은 삐걱거리는 듯한 발성과 함께 수많은, 때로는 미지의 것까지 포함된 흉악한 《말》의 공격을 몰아친다.

이쪽도 모든 지혜를 짜내, 쓸 수 있는 모든 《말》로 응수한다.

때로는 산을 뒤흔드는 듯한 강렬한 하울링도 왔다.

가호를 여러 겹으로 걸어 고막이 찢어지는 것이나 공포에 휩싸이는 것을 방지한다.

몇 차례 선수를 빼앗겨 브레스의 여파나 날아오는 돌멩이에 상처를 입는다.

그럴 때마다 축도로 치유하고 다시 일어선다.

몇 번이고 즉사할 뻔했다.

거대 방패는 이미 구부러져 깨져 있었다.

"이야아아아아아아아아아아아아아아앗!!"

광란의 외침.

내 자신의 피를 뒤집어쓰며, 끝없이 싸운다.

오른쪽에서, 손톱.

회피.

창.

비늘을 뽑는다.

짓밟기 공격.

비스듬히 전진.

숨는다.

차폐.

《말》.

응수.

무산.

손톱.

꼬리.

피한다.

창——.

【카악!】

빨간 구강이 육박한다. 송곳니.

"윽?!"

바라키아카가 처음으로 물어뜯기 공격을 사용해 온 것이다.

수차례 이어지는 손톱과 꼬리, 짓밟기 공격의 대응에 익숙해진 몸은 거기에 재빨리 반응하지 못한다.

그럼에도 조금 뒤늦게 반응하여, 가까스로 《페일문》을 이용해 몸을 보호한다.

송곳니가 스치고, 그 충격에 나는 나가떨어졌다.

다시 일어서서 창을 들고 자세를 잡으려고 하다가——.

그것이 이상하게 가벼워져 있다는 것을 깨달았다.

"아……."

《페일문》이 부서져 있었다.

줄곧 사용해 온, 가장 아끼던 무구가.

손잡이는 구부러지고, 창날은 깨지고.

——이제 아무도 고칠 수 없다.

"아아아아아아아아아아아아아아아아아아악!!"

외친다.

창과 함께 꺾이려 하는 전의를 북돋우고, 《오버 이터》를 발검한다.

바라키아카도 온몸에 상처를 입고 있다.

어딘가에 꽂아 넣어, 생명력을 흡수하면, 아직은——.

【유감이지만.】

앞으로 발을 내디딘 순간.

발부리가 날아갔다.

"아, 아악?!"

발을 내디딘 그 주변의 지면에, 몇몇 개의 파괴적인 《표식》이 새겨져 있었다.

어느 틈에 새겨 놓은 것일까?

이 전투를 하는 도중인가? 아니면 사전에?

【그 마검이라면, 내가 아는 것이군.】

그렇다. 바라키아카는 원래 《상왕》의 진영——.

【확실히 그것은 위협적인 마검이지. 원래는 검에 미친 《상왕》과 대치하고 죽이기 위해, 어딘가의 《왕급》 데몬이 손수 만든, 사연이 있는 물건이다. ……하지만 어떤 속임수인지만 알면 대처할 방법은 있다. 이렇게 말이지.】

극심한 통증을 견디면서 기도하여 발끝을 고치는 사이에도, 사룡의 주위에 수많은 《불의 화살》이 떠 있다.

용은 활짝 날개를 펼치고, 나에게서 멀리 거리를 벌렸다.

더 이상 근접전을 연기하고 있을 생각조차 없는 듯하다.

브레스와 사격 계열의 《말》로 나를 처리하려는 태세다.

【……어느 정도 장난을 쳤다고는 하나, 설마 인간 아이를 상대로 이렇게까지 애를 먹게 될 줄은 생각지 못했다. ……《변경의 팔라딘》 윌리엄 G. 마리브레드. 나에게 수많은 상처를 낸 것, 칭찬해 주지.】

의식이 몽롱하다.

집중을 유지할 수 없다.

【이번 일이 서로 시험 삼아 겨룬 것이었다면, 용을 상대로 매우 훌륭하게 싸웠다고 하며 어쩌면 나는 너에게 승리의 화관을 양보했을지도 모르겠군. 그 힘, 신대의 영웅에게도 뒤처지지 않을 것이다. ……너야말로 진정 힘 있는 자, 당세의 영웅이다.】

팔에는 힘이 들어가지 않는다.

목소리가 떨려서 《말》도 제대로 발화할 수 없다.

——그럼에도 용은 건재하다.

용이 나를, 죽이려 든다.

나는 용을, 쓰러뜨려야만 한다.

신과, 약속했다.

싸워야 한다.

……거의 남지 않은 힘으로, 검에 몸을 의지해 일어선다.

마나를 끌어 모은다.

필사적으로 의식을 집중하고, 마음의 위안이라는 의미밖에 없지만 상처를 치유한다.

【괴롭게 하지는 않겠다. ──죽어라.】

용이 숨을 들이마시고.

나의 모든 것을 불태워 버릴 초열의 브레스가 뿜어져 나온다.

"…………."

아아, 틀렸다.

이건, 어떻게 할 수가 없다.

그렇게 생각하면서도, 나는 가까스로 검을 들어, 《말》을 발하려고 했다.

신이 베풀어 준 생이니까.

마지막까지, 열심히 살아야 한다.

그런 생각이 들었다.

그렇게 독기와 고열의 브레스가 나에게 몰아쳤고──.

하지만 마지막 순간은, 찾아오지 않았다.

◆

"……아."

어느샌가 어렴풋한 등불이, 눈앞에 떠올라 있었다.

등불을 중심으로 투명한 결계와 같은 것이 생겨나 있다.

"그레이스필, 님……?"

……용의 입김으로부터, 나를 지키듯이.

【《해럴드》인가? 흥, 《에코》를 강림시키기에는 힘이 부족한가? 등불의 여신도 쓸데없는 짓을 하는군.】

브레스가 몰아친다.

반복해서 몰아친다.

등불이 흔들린다.

결계에 균열이 생긴다.

그럼에도 그녀는, 나를 지킨다.

【그렇게 자신의 영웅이 아까운가? 한 신의, 그 《해럴드》 따위가 가세해 봤자, 변하는 것은 아무것도 없다.】

그조차도, 용의 폭위 앞에서는 시간 벌기에 지나지 않는다.

그럼에도 그녀는 포기하지 않는다.

몇 번이고 몇 번이고, 계속 드래곤 브레스를 받아 낸다.

——나는 너를 강건히 하고, 너를 돕고, 나의 등불로 너를 지킬 것이다.

아아.

그녀는, 약속을 지키려 하고 있다.

"그레이스필 님……."

등불은 아무런 말도 하지 않는다.

늘 그렇듯이, 과묵하게.

그저 계속 나를 감싸고 있다.

──하지만 그것도 마지막 때가 찾아왔다.

【……■■■■!】

삐걱거리는 듯한 용의 《말》. 미지의 파동이 솟구치고, 결계가 하나도 남김없이 부서져 흩어진다.

사룡의 입에는 이미 충분한 브레스가 모여 있었다.

【팔라딘이여! 그대는 나의 브레스로 죽을 자격이 있는 적수였다! 그 모습을 나의 기억에 담아 두겠지만, 그 영혼, 뼈까지 남기지 않고 모조리 불태워 주겠다!】

《대공동》에 바라키아카의 포효가 메아리친다.

그것은 바라키아카 나름의, 나에 대한 작별 선물이었을 것이다.


【……아니, 그것은 곤란하군.】


하지만 문득 옆에서 새로운 말이 울렸다.

표표한 목소리였다.

【웬 놈이냐──!】

용은 곧바로 브레스를 발사하지만, 목소리의 주인은 공중에 엄청난 궤도를 그리며 그것을 회피한다.

【이 영웅은 내 먹잇감이다. 나의 적수다. ──옆에서 빼앗아 가는 것은, 역시 마음에 들지 않는군.】

밤보다도 더 검은 날개.

불길하게 빛나는 빨간색 눈동자.

허공을 미끄러지듯이, 나의 곁으로 온 그것은. 그 모습은——.

【불사신 스타그네이트……?!】

사룡이 으르렁거렸다.

◆

놀라움을 드러내는 바라키아카를 앞에 두고, 불사신은 도도하게 이야기하기 시작한다.

【자, 사룡 바라키아카? 한 신의, 그 《해럴드》가 가세해 봤자, 변하는 것은 아무것도 없다고 했었나? 하하, 맞는 말이다. 너도 그렇게 예언했지. 영웅들만으로는 역부족이다. 영웅들과 등불의 신으로도 역부족이다! 사룡인 《재앙의 낫》을 죽일 수는 없다고 말이다! 하나——.】

불사신의 전달자인 까마귀가 부리를 딱딱 울린다.

자못 유쾌하다는 듯이.

【그리고 보니, 신이 둘 있다면 어떻게 될지, 생각해 보지도 않았군. 어떻게 될까? 이 영웅들에게 승산이 있을까? ……나는 어느 정도 있을 것 같은 느낌이 드는데, 어떻게 생각하지, 바라키아카?】

【여전히 말이 많군, 불사신.】

【너와는 이래저래 동족 혐오군, 바라키아카. 취미는 비슷하다고 생각한다만.】

【나는 네놈만큼 취미가 고약하지 않다. 자신을 전부 불태워 빛을 발해야만이 생명이요, 영혼이다. 무한히 살게 한다고 해서 뭐가 되지? 이 속물 녀석.】

【그것이 더 고약한 취미 아닌가? 아름다운 것을 영원히——. 자연스러운 감정이지. 부수고 싶어 안달 난 놈.】

바라키아카는 불쾌하다는 듯한 표정이다.

싸움에 초를 쳤으니, 그도 그럴 것이다.

【그것은 그렇고 대단한 호색꾼이군, 팔라딘이여. 위험한 상황에 처하니 여신이 둘이나 달려올 줄이야! 신화의 시대에도 이런 일은 본 적이 없을 정도다.】

바라키아카가 비아냥거리며 나를 쳐다보지만…….

무언가 충격적인 사실이 판명된 듯한 느낌이 든다.

"…………."

여, 신……?

【내가 여신이든 남신이든, 그게 무슨 상관이지? 성별 같은 것은 신에게 있어 장식과 같은 것이다. 안 그런가?】

까마귀가 고개를 움츠리는 듯한 동작을 한 뒤, 나의 어깨에 앉고는 뺨에 머리를 문지르려 한다.

신의 등불이, 어째서인지 맹렬한 기세로 그것을 막아선다.

어깨 주변에서 무언의 견제 싸움이 시작되고 있다.

【하하하. 그렇게 화내지 마라, 그레이스필. 힘을 빌려주겠다는 것 아닌가. 조금은 이익을 챙겨도 상관없지 않는가…….응? 그 반응은 왜 이제 와서, 라는 말인가? 아니, 애초에 나는 힘을 빌려주지 않을 생각이었다고? 하나 이렇게까지 끓어오르

는 싸움을 보여 주니 말이지……. 오히려 편을 들지 않으면 더 후회할 것 같군.】

【겨우 그런 이유로, 이 바라키아카의 싸움에 주둥이를 들이미는 것인가? 영웅에 미친 향락주의자 놈.】

내뱉듯이 말하는 바라키아카에게.

【그렇고말고——. 이 영웅, 이 유별난 팔라딘에게는, 미칠 가치가 있지 않은가!】

스타그네이트는 당당하게 외치며 대답했다.

【자, 싸움은 아직 끝나지 않았다! 다시 싸울 의지는 있는가, 윌리엄 G. 마리브래드! 어리석고 현명한 나의 적이여, 등불의 팔라딘이여! 맹세를 지키고, 신앙을 품은 채. 죽어서 쓰러지는 그 순간까지 계속 싸우겠다고 한 예전의 말, 설마 거짓은 아니겠지?!】

……나는 쓴웃음을 지었다.

이미 몸은 엉망진창이다.

팔다리는 몇 번이고 찢어질 뻔했다가, 축도술로 재생시켰다.

체력도 집중력도 완전히 바닥났고, 창도 부러졌다.

검에 몸을 의지하여 가까스로 서 있는 것만으로도, 솔직히 한계다.

의식의 끈을 놓고, 전부 내팽개친 채 잠들어 버리고 싶다.

하지만——. 하지만 불사신에게 이런 말을 들으니.

등불의 신이 함께 있어 준다고 하니.

"……할 수밖에, 없을 것 같군요."

휘청거리는 몸으로, 힘겹게 자세를 취한다.

자세를 취하고, 용을 응시한다.

"바라키아카."

【뭐지?】

웃음 짓는다.

"지금부터가 끈질기다고, 말했었죠?"

【하하하……. 확실히 그렇군. 무서울 정도로 끈질기다. 그 끈기로, 결국에는 신들까지 움직이게 했군.】

틀림없는 영웅이다, 하고 말하며 사룡은 웃었다.

【좋다. 신에게 전신의 축복과 가호를 부여받아, 겨우 인간과 용은 대등해지니 말이다. ──그리고 신이 가상히 여기는 영웅을 불태워 죽이는 것이 바로 용!】

날개를 펼치는 바라이카아는 여전히 건재하다.

수많은 상처를 입히고, 수많은 비늘을 벗겨 냈지만, 그뿐이다.

【자, 영혼을 관장하는 자비의 여신들이여! 싸움의 가호를 갖지 못한 온화한 여신들이여! 이 영웅에게 어떠한 가호를 부여하고, 어떻게 나를 죽일 셈이지?】

거만하게.

해 볼 테면 해 보라며, 바라키아카는 자세를 취한다.

──실제로, 등불의 여신도 불사신도, 전쟁의 신은 아니다.

등불의 신은 명백하게 그런 성질의 신이 아니고, 불사신 또한 실제로 한 번 싸워 보고 나서 무(武)의 소양 따위는 없는 것과 마찬가지라는 사실을 알게 되었다.

바라키아카도 말했듯이, 본질적으로는 둘 다 자비의 신인 것이다.

설령 새로 불사신의 가호를 얻는다고 해도, 용의 목에 검을 꽂을 수는──.

【응? ……가호를 내리치는 않을 것이다.】

불사신이 딱 잘라 말했다.

【이 남자는 나의 적수다. 계속 나의 적으로 있겠다고 선언한 남자다. ──내가 가호를 내릴 이유는 없을 것이다.】

【호오?】

【하지만 말이다, 바라키아카. 혹시 잇고 있는 것 아닌가? 여기가 어디인지를?】

그 말에, 용은 눈을 크게 떴다.

그렇다.

그랬다. 여기는──.

【여기는 《철의 나라》! 과거에 데몬의 군세와 사룡 앞에서 죽어 간, 불꽃의 용사들의 원념이 떠도는 산!】

불사신의 전달자인 까마귀가, 그 몸에서 막대한 힘을 방출한다.

방출된 힘은 무색투명한 파동처럼, 산 전체로 점점 퍼져 나간다──.

【자, 돌아오거라! 그대들의 동료가, 자손이 되돌아왔다! 틀림없는 영웅을 데리고 왔다! 데몬을 쓰러뜨리고 용에게 도전하여, 고향의 산들을 되찾기 위해서!】

구두 소리가 들렸다.

수많은 구두 소리.

【잠들어 방황하며, 이것을 좌시하는 자는 전사가 아니니! 원

수를 갚고 원한을 풀기 위한 검을 들어라! 용기의 불꽃을, 다시금 불태워라!!】

갑옷 소리가 들린다.

도끼로 방패를 두드려 울리는 소리.

땅을 뒤흔드는 함성 소리.

【──드워프의 전사들이여!!】

푸르스름한 영체의 군세가, 《대공동》의 곳곳에 있는 입구에서 넘쳐 나온다.

죽은 드워프의 전사들이, 포효한다.

고향을 되찾기 위해.

다시 한번 용에게 도전하기 위해, 그들이 포효한다.

◆

불사신의 전달자인 까마귀가 그들을 이끌듯이 《대공동》 안을 난다.

출진의 뿔피리가 드높이 울린다.

심장의 고동처럼 일정한 간격으로, 몸을 울리는 전고(戰鼓)의 중저음.

푸르스름한 영혼의 불꽃이 춤춘다.

수백 명, 수천 명이 발걸음을 맞춰 걷는 소리가 들린다.

용은 그것을 흥겨워하는 것처럼, 어쩌면 그리워하는 것처럼.

눈을 가늘게 뜬 채 정관하고 있다.

그 광경을 보는 나의 등 뒤에서 발소리가 들렸다.

네 명 분의 발소리.

"……설마 언데드가 된 건 아니지?"

기척으로 그렇지 않다는 것은 알고 있지만, 그렇게 말하며 뒤로 돌았다.

"안심해라, 살아 있다."

"네, 보시는 대로."

"위태로운 상황이었지만 말이다."

뒤를 돌아보니 메넬과 루, 레이스토프 씨와 겔레이즈 씨가 있었다.

"니의 고군분투 덕분에, 용의 주의에서 벗어날 수 있있다."

"그 상황에서 시조신의 가호를 이용해서——. 익숙하지 않아서, 치료에도 시간이 꽤 걸렸지만요."

그래.

루는 그 데몬과 싸웠을 때, 도끼에 신의 불꽃을 휘감고 있었다.

——블레이즈의 가호를 얻었기 때문에.

그렇다면 나와 마찬가지로——까지는 아니겠지만, 시간만 있으면 상처를 치유하여 다시 일어설 수 있는 것이다.

내가 포기하지 않았던 것에, 의미는 있었다.

불사신이 움직여 주었다.

동료들이 다시 일어서 주었다.

그렇다면, 나는 아직 싸울 수 있다.

"……윌리엄, 님. 이것은, 이것은……."

겔레이즈 씨는 군세를 목격하고, 멍한 얼굴을 하고 있었다.

눈 앞에 펼쳐진 광경을 믿어도 되는 것인지, 망설이고 있는 듯하다.

"지금, 저들은 아군입니다. ──믿음직스러운 원군이에요."

"오, 오오……."

그렇게 말하자, 겔레이즈 씨는 뚝뚝 눈물을 흘렸다.

과거에 원했고, 또 얻을 수 없었던 싸움의 땅에.

──그는 이제야 겨우 당도한 것이다.

바로 그때, 발소리가 들렸다.

우렁찬 발소리다.

눈부시게 아름다운 《미스릴》 갑옷을 몸에 둘렀지만 선이 가늘고 상냥해 보이는, 한 드워프의 영.

그 손에는 빛나는 황금색의 검이 들려 있었다.

"……헉!"

겔레이즈 씨가, 거의 반사적이라고도 할 수 있는 움직임으로 무릎을 꿇는다.

그 동작을 보고, 이해했다.

"할아버지……?"

루가 어안이 벙벙한 듯 말한다.

"……──."

《철의 나라》의 마지막 군주, 아울반굴 왕이 그곳에 있었다.

그는 아무 말 없이, 루의 머리를 쓰다듬었다.

잘했다고, 그렇게 말하듯이.

"……욱!"

루가 얼굴을 일그러뜨리며, 눈물을 글썽거린다.

그런 뒤, 아울반굴 왕은 나에게 시선을 돌리고는——.

"……——."

여전히 아무 말 없이, 황금색 검의 그 칼날을 갑옷의 팔 덮개로 잡고 나에게 손잡이를 내밀었다.

"어?"

저기. 그걸, 나에게? 루에게 맡겨야 하는 거 아닌지——. 그런 생각과 의문이 뇌리를 스치지 않은 것은 아니었지만.

강한 시선에 압도되어, 손잡이를 쥐고, 검을 건네받는다.

《새벽을 부르는 자》——과거에 바라키아카의 한쪽 눈을 빼앗은 명검.

드워프 대대로 전해 내려오는, 아마도 신대의 영검일 것이다.

"등불의 영웅이여. ……나의 손자를, 그리고 산을, 부디."

발설된 목소리는, 불에 타 눌어붙은, 쉰 목소리였다.

아울반굴 왕의 영체, 그 갑옷이, 살점이, 천천히 무너져 내린다.

"할아버지?! 안 돼, 할아버지……?!"

그렇다.

확실히 들었다.


——바라키아카의 화염은, 영혼까지 불태운다.


아마도 용에게 불태워졌을 아울반굴 왕의 영혼은, 이미 형태를 유지할 수 없게 되었을 것이다.

여기까지 형태를 유지한 것만으로도, 한계였을 것이다.

흐물흐물 녹아서, 무너져 간다.

무참하게도.

무정하게도.

그 영체는 무너져 내리고——.

【아직이다.】

조용한 목소리와 함께, 산들바람처럼 상냥한 힘이 전해졌고, 그 붕괴가 멈췄다.

【——아직이지 않은가.】

신이.

등불의 여신 그레이스필의 전달자인 불이, 말을 하고 있었다.

◆

【들어라. 그 영혼을 유지할 수 없는 자여.】

신의 말은, 아울반굴 왕에게만 하는 것이 아니었다.

자세히 보니 드워프의 군세 중에는 비슷한 상태에 빠진 드워프가 수백 명이나 있었다.

불에 타고, 녹아내려, 영체의 절반이 붕괴되었음에도.

그럼에도 전의를 잃지 않은 채——. 하지만 분명, 희망대로 싸울 수 있을 것 같지 않은 전사들.

【용의 입김에 불타, 이제는 윤회의 굴레로 돌아갈 수 없는 자여.】

담담하게 고하는 듯하면서도.

일말의, 슬픔을 띤 목소리.

그리고,

【──이 세상에 태어나, 잘 살아 준 자여! 끝까지 살아 준 자여!】

그 신이.

줄곧 담담하게 말하고, 과묵하기만 했던 신이.

처음으로 큰 소리를 냈다.

그 목소리는, 그들의 생을 향한 틀림없는 칭찬이었다.

상냥한 위로이며, 찬미이며, 축복이며, 의롭다는 인정이었다.

영제이면서도 몸을 떨며 흐느껴 우는 드워프도 있다.

자기 삶의 방식을 신에게 인정받는다.

그것은 사람으로서, 전사로서, 얼마나 명예로운 일일까?

【내가 마지막 가호를 내려 주겠다! 죽어서까지, 영혼이 스러져서까지, 선과 정의를 관철할 것을 원한다면──.】

등불이 하늘을 난다.

아름다우면서도 덧없이, 밤하늘을 나는 반딧불처럼.

【인도하겠다! 지금을 사는 영웅들의 곁으로 모여라!】

성스러운 불이 날아오른다.

영혼을 인도하는 등불이.

무너져 내리려 하는 영혼을 붙들고, 무너져 가는 영혼을 다시 불러들여, 잇달아 우리의 곁으로 인도해 준다.

그것들은 차례로, 나와 모두의 몸 안으로 날아들어 왔다.

나도 모르게 경계하는 자세를 취했지만, 충격도, 고통도 없었다.

하지만 그들의 마음이 전해져 온다.

그들의 원한이, 통곡이, 미련이.

그리고 끝내 이루지 못했던 싸움을 향한 투지가 전해져 온다.

가자, 그들은 그렇게 말하고 있었다.

함께 가자고. 함께 싸워 달라고.

가슴속에 울리는 말과 함께, 신기하게도 힘이 넘쳐 났다.

온몸을 납덩이처럼 짓누르던 피로가 사라져 간다.

안개가 낀 것 같았던 의식이, 상쾌하게 맑아져 온다.

지금 당장에라도 달려 나갈 수 있을 것처럼.

모든 것이 선명하게 보였다.

용에게 멸망한 산들에 떠도는 잊혀 가는 전사들의 영혼이, 나에게 힘을 부여해 주고 있었다.

영혼이 계승된 것이라는 사실을, 아무런 말을 듣지 않고도 이해할 수 있었다.

메넬도, 레이스토프 씨도, 겔레이즈 씨도, 엄숙한 표정으로 그 영혼들을 받아들이고 있었다.

……그리고 불태워진 모든 영혼이 우리의 곁으로 모인 것을 확인한 뒤.

무너지다 만 아울반굴 왕의 영혼이, 루를 향해 손을 뻗었다.

루는 그의 손을 잡는다.

"할아버지……."

"미안하다고는 말하지 않겠다. 나의 손자여. 나라와 백성의 모든 것을———. 부디."

"네. ……맡겨 주십시오!"

두 사람은 서로를 마주 본다.

그리고 아울반굴 왕의 영혼은 금색의 입자로 흩어져 루의 가슴 속으로 사라져 간다.

【이런. 멋있는 역할을 독차지하려고 했는데, 아쉽군.】

불사신의 《해럴드》가 그렇게 중얼거리자———.

【흐음. 준비는 다 된 모양이군, 《변경의 팔라딘》이여.】

하고, 사룡이 엄숙하게 말했다.

바라키아카는 이런 사태가 되었는데도, 초조해하며 우리를 공격하려 들지 않았다.

유연하게, 우리가 모든 준비를 끝내기를 기다리고 있었다.

"친절…… 을 베푼 것은 아니겠죠?"

【크하하, 그럴 리가.】

상처를 입은 용이 날개를 펴고 《대공동》에서 자세를 취한다.

【술을 묵히는 것과 같은 이치이다. 모든 준비를 마치고, 요소를 갖추고. 희망에 가득 찬 채 맞서는 영웅 놈들을 뭉개 버리는 것이지. 그 얼굴이 절망으로 일그러지는 순간이야말로———.】

송곳니를 드러내고.

【나에게 있어, 최고의 희열이다.】

그렇게 말한 바라키아카의 목소리에 거짓은 없었다.

실제로도 몇 번이고, 몇 번이고.

더 이상 셀 수 없을 정도로 많은 영웅들을 그렇게 물리치고, 영혼까지 불태워 없애 왔을 것이다.

【자, 다시 덤벼라. 《변경의 팔라딘》이여. 여기에서 네놈들을 묻어 버리고, 나의 공포의 내력에 새로운 한 장을 추가할 것인지. 여기에서 네놈들에게 쓰러져, 무훈의 한 구절이 되어 세상 끝까지 구전될 것인지.】

용의 온몸에 독기가 넘친다.

【──지금이 바로 결전의 때다.】

그 목소리에, 나는 곧바로 대답하지는 않았다.

신을 우러른다.

"출정하겠습니다."

【네. ……다시 한번, 당신에게 명령합니다.】

여신의 전달자인 불이, 한층 더 크게 불타오르며 빛을 발한다.

그리고 그녀는, 생사유전의 여신은──.

【가라. 용을 쓰러뜨리고, 맹세를 완수하라. 나의 전사여.】

엄숙하게, 나에게 명령을 내렸다.

그 말에, 나는 동료들과, 그리고 드워프의 영들의 전열을 둘러보고──.

"──검에 맹세코! 등불에 맹세코! 이 가슴에 깃든, 전사들의 혼에 맹세코!"

황금색의 검을 들어올리고,

"사악한 용을 베어 죽이겠다!!"

목소리를 높여 외쳤다.

"""우와아아아아아아아아아아아아아아아아아아!!"""

그 말에 응하듯이 울리는, 산을 뒤흔드는 함성 소리.

"용기의 불꽃이여, 불타올라라!"

"우리의 적이다, 사악의 끝이다!"

"응보의 때가 왔다! 정의를 이룰 때가!"

"《전사여》! 《전사여》!"

"《운명은 용사를 돕는다》!"

땅을 뒤흔드는 수많은 외침에 응하듯이, 사룡이 크게 하울링 하고——.

최후의 결전이 시작되었다.


◆


【오오오오오오오오오오!!】

《대공동》을 뒤흔드는, 용의 포효가 울려 퍼진다.

응분의 준비를 갖추지 않았다면, 그 자체만으로도 영혼이 지워져 멍한 상태가 되어 버릴 만한, 가공할 용의 하울링이다.

그와 동시에 날아온 손톱을,

"야아아아아아아아아앗!!"

검으로 측면을 후려쳐 빗나가게 하고, 용의 가슴을 향해 파고든다.

【——《화염의 화살》!】

"등불의 가호를!"

용의 《말》과 나의 《신성한 방패》의 축도가 격돌하여 서로 깎이고, 튕기고, 안개처럼 흩어진다.

가슴에 끓어오르는 열을 느끼며 온몸을 약동시킨다.

깨끗하게 맑아진 의식이 몸의 구석구석까지 퍼져 있었다.

손가락 끝 하나의 섬세한 움직임까지, 지금이라면 완벽하게 제어할 수 있을 것 같은 기분이 든다.

용의 팔을, 다리를, 잇달아 쏟아지는 큰 질량의 존재를, 보지도 않고 읽을 수 있다.

손톱을 피하고, 용의 비늘을 꿰뚫고, 옆으로 돌아들어 가 검으로 벤다.

영검 《콜 던》의 날이 떨리며 신기하게도 시원스러운 소리를 퍼뜨린다.

용의 비늘을 여러 개 잘랐지만, 날에는 상처 하나 없고, 약간의 피조차도 묻은 기미가 없다.

——지금은 칼집에 넣어 둔 《오버 이터》와 동등하거나, 그 이상으로 날카로울지도 모른다.

【그오오오오?!】

바라키아카가 화가 난 듯 소리를 질렀다.

하지만 그럼에도 근접전을 피하려 하지 않고, 적극적으로 손톱을 휘둘러 나를 때려잡으려 하고 있다.

이렇게나 많은 군세가 발생해 버린 이상, 느긋하게 사격전으로 가져가는 것보다 다소 살을 베이더라도 우두머리인 나를 신속하게 죽여야 한다고 판단했을 것이다.

결단력이 강하고, 망설임이 없다.

거목의 줄기를 연상시키는 팔이, 공기를 가르는 엄청난 소리와 함께 좌우에서 휘둘러져 온다.

"⋯⋯윽!"

그것들을 피하고 접근할 틈을 엿본 순간.

【■■■──!】

용이 뿜어낸, 들어본 적 없는 《말》과 함께, 덜컥 시야가 기울었다.

단단했던 지면에서 갑작스럽게 진흙이 뿜어져 나와, 좌우의 발목이 흙에 잠겼기 때문이다.

"──?!"

지난 생의 지식 덕분에 액상화 현상이라는 것은 알아차렸지만, 순간적으로 거기에 응수할 《말》이 나오지 않는다.

이 《말》은 현대에 전해지지 않은 것이다. 신들의 시대로부터 지금까지 오는 도중 소실되어 버린 《사라진 말》이다.

대응하고 싶어도 어떤 것이 유효할지 알 수가 없다.

반사적으로 《말》이 나오지 않는다. 하지만 숙고하고 있을 시간은 없다!

【죽어라!】

발의 자유를 빼앗겨 순간 망설인 나에게 커다란 테이블 정도 되는 손바닥이, 인간의 몸통 정도 되는 손가락이, 검과 같은 손톱이 휘둘려져 내린다.

용의 체중이 실린 일격이다.

정통으로 받아 냈다가는 도저히 버틸 수 없을 것이고, 다소 저항한다고 해도 결국에는 다시 일어설 수 없게 될 것이다.

도망치려고 해도 발이 잠겨서, 한순간에 공격 범위 밖으로 뛰쳐나갈 수 있는 상황이 아니다.

"······윽!"

충격. 흙먼지가 날린다.

"월?!"

"월 님?!"

동료들의 외침──.

【그억?!】

바라키아카가 처음으로 명확한 고통의 비명을 질렀다.

손가락이 잘려 나간 부분을, 믿기지 않는 것을 보듯 바라보고 있다.

《콜 던》의 칼날로 맞받아쳐 손가락 하나를 날려 버리고, 그 틈으로 미끄러져 들어간 것이다.

용의 손가락은 사람의 몸통만큼 크지만, 애초에 나도 타이밍만 맞출 수 있다면 인간의 몸통 정도는 검 일격에 양단할 수 있다.

휘두르는 타이밍은 조금 전부터 몇 번이고 공방을 주고받은 덕분에 완전히 파악하고 있었다.

바라키아카는 역전의 용이라고는 하나, 아니, 역전의 용이기 때문에 공격의 박자나 흐름, 유형은 그다지 복잡하지 않다.

이 황당할 정도로 큰 거구와 수많은 《말》만으로도 대부분의 상대를 압살할 수 있기 때문이다.

그런 상태에서 『공격의 박자나 흐름의 복잡화』를 꾀한다든가 『여러 종류의 공격 유형을 준비』하는 등의 궁리를 할 필요는 없다.

호랑이가 사냥감을 잡는다고 일일이 무술 따위를 단련하지 않는 것과 같은 이치다.

자연의 강자는 부자연스러울 정도의 단련이나 궁리를 하지 않는다. 할 필요가 없다.

근본적인 신체 능력도, 경험도 뒤처지는 내가 노릴 수 있는 허점이라고 하면, 여기밖에 없다.

진흙에 잠긴 발을 뽑아내고, 움직임을 연결시켜 손가락을 날린 용의 동요를 찌르려고 하지만.

【■■■──!】

바라키아카도 보통내기는 아니다.

재빨리 속박계의 강력한 《말》을 날려, 나의 발을 붙들어 묶으려고 한다.

어쩔 수 없이 삭제의 《말》을 사용하면서 후방으로 도약했다.

……보조 계열의 《말》을 사용하는 방식이 매우 능숙하다.

분명 무술 같은 훈련을 한 적은 없다고 해도, 숙달된 영웅에게 쓰디쓴 경험을 겪은 적은 있을 것이다.

단순히 공격 일변도인 것은 아니다.

【오오오오오오오오오!!】

"이야아아아아아아앗!!"

하울링와 기합 소리가 뒤얽히고.

다시 검과 손톱, 《말》과 축도가 교차한다.

"쏴라──!"

그때 옆쪽에서, 용의 거구를 향해 수많은 화살이 발사되었다.

내가 정면에서 용과 대치하고 있는 사이, 루가 부대를 이끌고 돌아들어 간 모양이다.

"돌격──!"

거기서 그치지 않고 다른 방향에서도, 다른 부대의 드워프 전사들이 돌격해 온다.

【하하하! ──그래, 그래야지!】

사룡이 입을 벌려 크게 웃고, 더욱 미친 듯이 날뛰기 시작했다.

◆

손톱을 한 번 휘두른 것만으로, 완전무장한 전사가 산산조각이 나 허공에 흩날린다.

꼬리를 한 번 후려친 것만으로, 여러 전사들의 상반신이 글자 그대로 어디론가 날아가 없어진다.

용은 《말》과 친밀한 존재다.

아무리 영체라고는 해도 용의 손톱과 송곳니에서 도망칠 수는 없다.

"우오오오오오!"

하지만 죽은 드워프 전사들은 기죽지 않는다.

물러서지 않고, 두려워하지 않고, 정면에서 용을 향해 달려간다.

【그아아악!】

발을 찌르는 검과 도끼.

잇달아 발사되는 장궁의 화살, 석궁의 볼트.

태반은 용의 비늘에 가로막히지만, 이제야 내가 낸 상처가 효과를 발휘하고 있었다.

용의 몸에, 조금씩 대미지가 축적되어 간다.

"거기군!"

발사되는 수많은 화살에 섞인 메넬의 사격.

원래부터 정확했던 명중도에 바람의 요정들이 보정을 더한 그것은, 내가 낸 상처 부위, 그 출혈부에 연달아 명중한다.

그 화살촉은, 지금 미스릴의 빛을 뿜어내고 있지 않고———. 거무칙칙하다.

무슨 일인가 했더니, 그 미스릴의 화살촉에 늪에서 채집한 히드라의 독액을 듬뿍 묻혀 놓았던 모양이다.

히드라의 독은 한 방울만으로도 대형 맹수가 뒤집혀 경련을 일으킬 정도의 맹독이다.

바라키아카가 아무리 독의 성질을 가지고 있고, 아무리 거대하고 강인하다고 해도 히드라의 맹독을 상처 부위에 몇 번이고 맞는다면 멀쩡할 수는 없을 것이다.

【그, 아⋯⋯?!】

단순히 메넬의 화살만이라면 대처할 방법이 있었을지도 모른다. 하지만 지금은 비처럼 쏟아지는, 드워프들의 수많은 화살이 있다.

메넬은 그것을 위장막으로 삼아, 오리라도 사냥하듯 마음껏 활을 쏘고 있었다.

아주 조금씩, 바라키아카의 움직임이 둔해진다.

그리고 그 틈을 타———.

"좋아!"

레이스토프 씨와 겔레이즈 씨, 그리고 드워프의 영령들이 과감하게 돌격했다.

용의 비늘이 더욱 벗겨져 나간다.

레이스토프 씨는 나와는 달리 정면으로 쳐서 벗기는 것이 아니라, 아주 미세한 틈새에 칼을 밀어 넣어 날려 버리고 있다.

이리저리 움직이는 용의 비늘 틈새로.

터무니없이 날랜 움직임과 숙련된 기교가 있기에 가능한 일이다.

【가소롭다……!】

휘어져 나오는 꼬리의 일격이, 옆으로 휘둘러지려 하지만——.

"다들! 간다!"

겔레이즈 씨가 중심이 되어, 드워프들이 층층이 방패를 들어 자세를 취했다.

지면과 자신의 몸을 이용하여 비스듬히 방패를 지지하는 듯한 형태다.

"우리는 무적이다!"

"용기의 불꽃이여, 불타올라라!"

드워프들의 포효와 함께 벽처럼 늘어서는 수많은 방패.

《표식》이 새겨진 마법의 방패가 잇달아 효과를 발동하고——.

【아니?!】

옆으로 휘두른 용의 꼬리가 위로 비스듬히 빗나갔다.

평범한 드워프들이 늘어놓은 수많은 방패가.

——용의 일격을 회피하지 않고, 받아 내어 흘려버린 것이다.

"우리의 고향을——."

그리고 그때에는 이미 루가 용의 근처에까지 육박해 있었다.

"되돌려 받겠다!"

넘치는 괴력으로, 신의 화염을 두른 할버드를 힘껏 치켜들어 ──. 용의 발을 향해, 풀스윙으로 내리찍는다.

직격한 순간, 어마어마한 소리가 났다.

마치 화염신이 직접 주먹을 내리친 듯한, 폭발하는 듯한 강렬한 일격.

마침내 바라키아카의 거대한 몸이 휘청하며 기울어지고, 꿍음과 함께 쓰러진다.

절호의 기회다.

너무나도 거대해서 노릴 수 없었던 신체 각부의 급소를, 이제야 겨우 노릴 수 있게 되었다.

형세는 서서히 우리의 승리로 기울고 있다.

그렇게 생각하고, 용의 거대한 몸을 향해 달려가려던 나의 등줄기에 섬뜩한 오한이 느껴졌다.

──사룡 바라이카아카는, 웃고 있었다.

◆

바라키아카의 입가에서 검은 연기가 새어 나오고 있었다.

그뿐 아니라 배와 목이 빨갛게 달아올라 있는 것도 보인다.

용암처럼 압도적인 열량을 숨긴, 막대한 양의 독기의 브레스가, 당장에라도 터질 듯이 그 배 안에 모여 있다는 것은 명백했다.

그렇다.

바라키아카는 조금 전부터 계속, 입김을 이용하고 있지 않았다.

——노리고 있었던 것이다, 이 상황을.

줄곧 배 안에 브레스를 가득 채운 채.

주력인 전사들을 자신의 근처로 끌어들여, 자신을 포함한 모든 것을 브레스에 휩쓸리게 할, 이 순간을——!

【보물까지 휩쓸리게 되니, 하고 싶지는 않았다만…….】

분명 자기만은 버텨 낼 수 있다는 자신감이 있는 것이다.

바라키아카는 자신이 장독과 유황의 왕이자 용암의 동포라고, 그렇게 말했다.

설령 한계 이상으로 축적된 것을 방출한다고 해도, 자신의 열과 독의 브레스가 죽음의 요인이 될 수는 없다.

그것은 바라키아카의 결정적인 한 수다.

——저 입에서 브레스가 뿜어져 나오면 모든 것이 끝이다.

【용사들이여——.】

《최대<sup>막시마</sup>》——."

결단을 내린다든가 내리지 않는다든가, 그런 모든 것을 뒤로 하고.

【이것이 너희의 마지막이다!】

《가속<sup>아쿠케레레티오</sup>》!"

정신없이 《말》을 영창했다.

작용과 반작용의 법칙이 이상해진다. ——지면을 박찬 발의 뼈가, 반동으로 부서졌다는 것을 알았다.

온몸의 뼈가 삐걱거리면서도, 나는 한 줄기의 탄환처럼 용의 목으로 향해 뛰어들었다.

모든 것이 잿빛이 되고, 느릿느릿 흐르는 시간 속에서.

바라키아카가 눈을 크게 뜨면서, 뛰어들어 오는 나를 브레스로 요격하려 하는 것이 보였다.

"아, 아, 아아아아아아——!"


나는 《콜 딘》을 높이 치켜들고, 싸움의 함성을 지른다.

이 영검의 힘을 끌어내는 데에 필요한 《말》은, 이 가슴속에 있는, 전사들의 기억이 가르쳐 주었다.

……일찍이 화염신 블레이즈가, 지하의 어둠으로 향하는 자신의 권속들에게 부여하고.

역대 드워프의 왕들이 매년마다 하는 의식에서 마나를 쏟아부어 온, 이 검의 본질은 그 이름 그대로다.

영검 《콜 딘》.

새벽을 부르는, 그것의 이름은——.


"《태양이여, 떠올라라》!!"


황금의 검에서, 눈부신 광염이 솟구쳐 올랐다.

《대공동》을 뒤덮고 있던 어둠이 한순간에 남김없이 구축(驅逐)된다.

최고조에 달한 빛의 칼날이.

과묵한 화염의 신이 권속들에게 부여한, 작은 태양이.

——사악한 흑룡의 목을 베었다.

용의 비늘도, 강인한 목의 근육도.

아무런 상관없이, 광염의 칼날이 지나간다.

──그 순간, 갈라진 목에서 모여 있던 열과 독의 브레스가 분출되고, 여지없이 작렬했다.

　폭발.

　충격.

　몸이 떠오른다.

　순간. 사룡이 '훌륭하다'라며 입꼬리를 올리는 것을 본 듯한 느낌이 들었다.

　폭발하듯이 뿜어져 나오는, 독기와 고열의 브레스.

　그것들은 바라키아카의 입에서 방사되어, 다른 모두에게는 향하지 않는 대신 용의 목을 벤 나를 향해 전부 날아온다.

　그야 분출 직전의, 물이 꽉 찬 호스를 나이프로 그으면 어떻게 될시는 잘 알고 있다.

　잘 알고는 있지만, 생각하기도 전에 몸이 움직여 버린 것이다.

　이렇게 많은 브레스를 뒤집어쓰면, 혼조차 남지 않을 것이다. 하지만,

　──용과 같이 죽는 것이라면, 나쁘지 않은 결과인 것 같다.

　순순히 그런 생각이 들었다.

　이것이 나의 마지막이라면, 꽤 괜찮지 않은가.

　신들의 시대부터 살아온 용의 목을 베고 죽는 것이다.

　이 얼마나 멋진 마지막인가.

　작렬하는 화염과, 뼈까지도 녹이는 맹독의 폭풍이 나를 덮친다.

　하지만──.

　"──?"

　피부가 타는 아픔도, 뼈가 녹는 괴로움도, 곧바로 찾아오지

는 않았다.

팔의 《성흔(훈장)》이 연약하게 빛나며, 나를 지키고 있었다.

그 빛은 곧장 열과 독의 폭풍에 집어삼켜져 갔지만…….

——마리에게 '포기하면 안 돼요.' 하고, 야단맞은 듯한 느낌이 들었다.

"…………!!"

결국 《성흔(스티그마)》의 보호막까지 넘어, 고열과 독기가 엄습한다.

피부가 녹는다. 살점이 녹는다. 뼈가 노출된다. 안구가, 내장이 녹아들어 간다.

그 괴로움 속에서, 나는 이를 악물고——.

《먹어 치우는 자》를 발검했다.

"■■■■■■!!"

불에 타 눌어붙은 목으로 소리 없는 외침을 지르며, 잃어버린 시야 속에서 바라키아카의 몸에 칼날을 꽂는다.

마나의 가시나무가 뻗어 나가는 기척.

독과 열에 녹아 형태를 잃어 가던 육체가 다시 수복된다.

……그것은 정신이 미쳐 버릴 것 같은 고통이었다.

온몸의 세포가 불에 타 문드러지고, 다시 재생되고, 또다시 불에 타 문드러진다.

그럼에도 필사적으로, 녹고, 또다시 소생하는 손으로 《오버이터》를 움켜쥔다.

녹는다.

낫는다.

녹는다.

낫는다.

아프다, 아프다.

아프다, 아프다, 아프다, 아프다, 아프다, 아프다, 아프다,
아프다, 아프다——.

——차라리 검을 놓아 버리면, 편해질 수 있는데.

순간 뇌리에 스친 사고를 억누른다.

아프다.

아프다.

아프다.

살아야 한다.

아프다.

아프다.

녹는다.

몸이 녹는다.

낫는다.

아프다. 아프다, 아프다, 아프다…….

그래도 살아야 한다.

신과의, 약속, 이니까.

마지막까지. 마지막까지. ——마지막의 마지막까지!


——사는 것을, 포기하지 마라!

온몸이 불에 타 문드러지는 고통 속에서.

단 하나의 약속에 의지하며, 나는 의식을 잃었다.

◆

눈을 떠 보니, 나는 피 웅덩이에 쓰러져 있었다.

"윌, 어이, 윌……!"

"윌 님!"

메넬과 루가 나를 흔들어 깨우고 있다.

레이스토프 씨와 겔레이즈 씨도 걱정스러운 얼굴로 나를 지켜보고 있었다.

"으, 어…… 어라?"

신기하게도, 몸에 통증이 없다.

오히려 상쾌한 기분이다.

"이봐, 말할 수 있어? 지금 어떤 상황인지 알아?"

"괜찮, 아…… 메넬."

"아직 일어서지 마."

"아니. 어찌 된 일인지, 몸 상태가 좋아."

일어난다. 비틀거림조차 없었다.

온몸이 피범벅이라 찝찝하지만, 그뿐이다.

튀어서 몸에 밴 용의 피가 아직 따뜻하다. 의식을 잃었던 것은 그리 길지 않은 시간인 듯하다.

주변을 둘러보니, 더 이상 말이 없는 바라키아카의 시체가 조용히 드러누워 있었다.

크다. 쓰러졌기에, 더 이상 말이 없기에 도리어 새삼스레 그 크기가 느껴진다.

——나는, 용을 베어 죽이고 살아남은 건가?

어쩐지 실감이 나지 않았다.

《콜 던》과 《오버 이터》가, 그 모습 그대로, 전투로 황폐해진 지면에 나뒹굴고 있다.

역시 이것들은 신대(神代)의 무구다. 드래곤 브레스로도 멸하지는 못하는 모양이다.

푸르스름한 드워프 전사들의 영은 염원하던 용을 쓰러뜨려 미련이 없어진 것인지, 천천히 그 모습이 희미해지기 시작하고 있었다.

——그들의 도움이 없었다면, 도지히 승신은 없었을 것이다.

"감사합니다."

머리를 숙인다.

그러자 그들도 방패와 도끼를 높이 들고, 미소를 지어 반응해 주었다.

호쾌한 미소였다.

"덕분에 살았다."

"조력에 감사한다."

"……작별이다, 친구여, 선배여. 뒷일은 나와 도련님이 맡을 테니 편히 가라."

메넬과 레이스토프 씨, 젤레이즈 씨가 저마다 말하고.

마지막으로 루가 조용히,

"반드시, 과거의 《철의 나라》를 되찾겠습니다."

그렇게 왼쪽 가슴에 손을 대고 맹세했다.

그 맹세에 만족스러운 미소로 화답하고, 그들은 연기처럼, 천천히 하늘로 올라간다.

그것을 인도하듯이, 신의 전달자인 불이 조용히 그들에게 붙어 있었다.

──우리는 그 모습을 잠시 동안 아무 말 없이 바라보고 있었다.

"…………."

한차례, 드워프 전사들을 전송하고.

다시 자신의 상태를 확인한다.

미스릴의 체인 셔츠까지 너덜너덜해졌고 의복도 완전히 사라졌다.

당연한 일이다. 한계까지 모인 드래곤 브레스의 폭발을 정면으로 뒤집어썼으니.

지금 걸치고 있는 외투는, 보아하니 알몸으로 쓰러져 있던 나를 배려해 루가 덮어 준 모양이다.

아직 몸 여기저기에 화상이나 독 때문에 난 짓무름이 남아 있다.

잘 보니 《성흔》이 아직 팔에 남아 있어서 아주 조금 안도했다.

그리고──.

"……응?"

팔에 남은 《성흔》을 제외한, 화상이나 짓무름이 천천히 사라져 간다.

"……어라?"

무언가가 이상하다.

아까부터, 이상하다.

……심하게 상태가 좋다. 어쩐지 몸 안쪽에서, 이상할 정도로 힘과 전의가 넘쳐 나오는 듯한 느낌이 든다.

"으음……."

근처에 있는, 사람의 머리 정도 크기의 돌덩어리를 들어 올려 본다.

한 손으로 간단히 들어 올릴 수 있었다.

──무게는 둘째 치고, 한 손으로는 잡기 어려운 크기의 돌을 억지로 잡을 수 있게 된 것이다.

"엥?"

"어?"

모두의 눈이 휘둥그레지지만──.

어쩐지 이보다 더한 것도 할 수 있을 것 같은 느낌이 든다.

손에 힘을 넣자, 돌덩어리에 금이 갔다.

그 금은 그대로 균열이 되고, 그 균열은 순식간에 확대되더니 부서진 돌덩어리가 손에서 떨어졌다.

"…………."

뭐지, 이게?

【──신들의 시대부터 살아온 용의 목숨을 흡수했으니, 그리 될 만도 하지.】

파닥파닥, 하고 날개 소리가 들렸다.

빨간색의 눈동자를 한 까마귀가, 나의 바로 앞에 있는 커다란 잔해 더미 위에 내려앉았다.

불사신 스타그네이트의 해럴드였다.

◆

【너의 영혼과 육체는 예기치 않게 용의 입김으로 달궈졌고, 용과의 목숨을 건 대적으로 단련되었으며, 용의 마지막 피로 담금질되었다.】

그 말에, 나는 눈살을 찌푸렸다.

【잘 모르겠다는 얼굴을 하고 있군. ……쉽게 말하자면, 신들의 시대부터 살아온 용의 인자가 너의 영혼과 육체 깊숙한 곳에 혼입된 것이다. 맨손으로 바위를 깰 수 있는 것도 당연한 일이다. 지금의 너는 사람을 모습을 하고 있으면서도 일부분은 용에 가까운 「무언가」가 된 것이다. 지금은 그것이 거침없이 표출되는 상태인 것 같군. 시험해 보면 알겠지만, 그 상태라면 평범한 날붙이로는 피부조차 뚫을 수 없을 것이고, 흔한 엉터리 마법사의 《말》 따위, 산들바람 정도로밖에 느껴지지 않을 것이다. 평범한 무기를 휘두르면 무기가 부서지고, 《말》과 친밀한 용의 인자는 네가 가진 《말》의 힘과 정확도를 증대시킨다. 수명은…… 글쎄, 내가 보는 바로는 늘어나지 않은 것처럼 보이지만, 노화나 병독에 대한 저항성은 크게 증가했으니 말이지. 결과적으로 늘어날지도 모르겠군.】

"…………."

으, 으음.

뭔가요, 이 터무니없는 상황은?

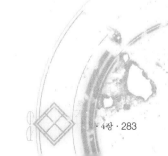

【그런데——. 지금, 힘과 전의가 들끓고 있지 않나?】

"……상당히."

【그 긍지 높은 난폭한 용의 인자 때문이다. 그렇게 될 만도 하지. 그 상태는 본능의 증대를 초래한다. ——그 힘이 있다고 오만해지지 말고, 애써 용의 인자를 진정시켜라. 그러지 않으면 그 힘이 너를 죽이는 요인이 될 것이다.】

문득 뇌리에, 지난 생에 읽었던 독일의 영웅 서사시의 주인공, 지크프리트가 떠올랐다.

용의 피를 뒤집어쓰고 불사신의 몸을 얻지만, 신세를 망친 용사.

전사를 죽이는 것은 때로 싸움이 아니라, 자신의 행위에 의한 응보다.

【——나는, 네가 무참하게 죽는 모습을 보고 싶지는 않으니까 말이다.】

"스타그네이트……."

불사신의 전달자인 까마귀는 부리를 부딪치며 웃었다.

그 몸이 끝에서부터 천천히 어두운 색의 안개로 흩어지고, 사라져 간다.

【꽤 힘을 사용해 버렸지만, 뭐, 성가신 사룡을 죽일 수 있었고, 너에게 빚을 지게 할 수 있었다. 나쁘지 않은 거래였군. ——고마움 정도는 느끼고 있겠지?】

"네."

그 점은 부정하지 않는다.

스타그네이트의 개입이 없었다면, 나는 이미 죽었을 것이다.

……다소 본의 아니기는 하지만, 생명의 은인이다.

【그 정도면 됐다! 너 같은 영웅을 상대할 때는 억눌러서 굴복시키는 것보다, 의리와 은혜를 교묘하게 들이대는 쪽이 최종적으로는 이익이 되는 법이지! ……그레이스필이 데리고 간 드워프 전사들도 아깝기는 하지만, 그 상황에서 그들을 얻으려고 너를 곤란하게 만드는 것보다는 구태여 요구하지 않은 채 빚을 만들어 두는 편이 나중을 위해 더 좋을 것이야.】

"당신의 그런 부분이 무섭다고 생각해요."

실제로 그런 은혜를 입으면, 나는 약해질 수밖에 없다.

게다가 아무리 등불의 신의 적대자라고는 하나, 빚을 지면 함부로 할 수도 없다.

브래드나 마리에게도 《상왕》과 관련하여 교묘하게 빚을 지운 듯한 분위기가 있었던 것을 생각해 보면, 역시 이 신은 본질적으로 싸움보다 처세술에 더 능하다.

덤으로 한번은 진심으로 서로를 죽이려 든 적이 있기 때문에, 불사신은 나의 양보할 수 없는 일선을 많이 이해하고 있다.

적이라는 것을 부정할 생각은 없지만, 정말로 어떻게 마주해야 할지, 어려운 신이다.

【그럼 이만 가도록 하지. ……그레이스필에게도, 이번에는 폐를 끼쳤다.】

사뿐하게 내려온 신의 전달자인 불을 향한 스타그네이트의 눈동자에는, 조금 복잡한 듯한 기색이 엿보이고 있었다.

──많은 사연이 있는 것 같다, 이 두 신에게도.

【불사신 스타그네이트.】

나의 신이 조용한 목소리로 응답했다.

【……지금이라도 너의 이상을 포기할 생각은 없는가? 불사의 힘을 버리고, 다시 함께 영혼을 인도할 생각은 없는가? 만약 그렇게 해 준다면…….】

【그 이상은 말하지 마라. 그리고 거절한다. ──나는 나의 이상을 관철한다. 그렇게 마음먹었다.】

【그렇군.】

그레이스필의 등불이 흔들린다.

외로운 듯이. 슬픈 듯이.

【……작별이다, 나의 언니여.】

【그래. 나의 여동생이여.】

그 말을 듣고도, 이상히게 납득이 갔다.

──뭔가, 이 신들에게는 통하는 것이 있는 듯한 느낌이 들었었으니까.

【자, 윌리엄 G. 마리브래드. 너는 더욱 영웅으로서 빛나게 되었고, 강대한 힘을 손에 넣었다. 하지만 빛이 크면 어둠도 더 커지지. 부디 싸움에 미치지 말고, 사람을 증오하지 말고, 계집 놀이는 적당히……. 으음? 그러고 보니 너, 여자는 없는 것이냐?】

"쓸데없는 참견하지 마세요."

【거기 있는 여동생에게 몸을 바치는 마음도 이해한다만, 인생의 동반자 하나 정도는 만들어라. 너의 자손을 유혹할 즐거움이 없어지지 않느냐!】

"최악의 이유네요!"

자자손손 대대로 신에게 찍힌다니, 이게 도대체 무슨 저주냐
고!

【무엇하면──.】

하며, 까마귀가 고개를 갸웃거리는 듯한 동작을 했다.

빨간색의 눈동자가 야릇하게 빛난다.

【언젠가 여자《에코》를 내릴 테니, 나와 아이를 낳아 볼 텐
가?】

【………….】

신의 전달자인 불이 나와 스타그네이트의 사이에 끼어들어,
맹렬한 기세로 불타올라 위협했다.

【쳇. ……딱히 달라고 말하는 것도 아닌데, 아이 하나 정도
는 괜찮잖아. 레아시르위아는 옛날에 항상 영웅과 사랑에 빠져
서는 반신의 아이를 낳았었지 않은가.】

자애심 싶은 정령신 레아시르위아에게는, 확실히 그런 일화
도 있었던 것 같은 느낌이 든다.

……단지, 그거, 주로 신화의 시대 이야기 아니었나?

【뭐, 좋다. 이제 시간도 없다. 이번에는 포기하도록 하지. 그
리고, 그래──.】

점점 안개로 변해 흩어져 가는 스타그네이트는 잠시 생각한
뒤.

【윌리엄 G. 마리브래드. 언제였는지, 나에게도 사랑받아 보
지 않겠냐고 물었었는데 말이다. 그것은 거짓말이다.】

흩어지는 까마귀에 겹치듯이.

【사랑한다, 윌리엄 G. 마리브래드.】

　장난처럼 웃는, 이지적이면서도 어딘가 요염한 여신의 환영.
　그것을 남기고, 존경할 수 있는 적수이자 위대한 불사신인
스타그네이트는 안개가 되어 깨끗이 사라져 갔다.

◆

　"＿＿＿＿＿."
　"…………."
　잠시 동안, 그야말로 신까지 포함해 여기 있는 모두가 아무 말
도 없었다.
　지금 건 그거 맞지? 사랑의 고백인가 하는 그거지?
　……신이? 인간에게? 그것도 명확하게 적대 선언을 한 상대
에게? 게다가 대답도 듣지 않고 도망친 느낌까지 든다.
　어떻게 해야 하지?
　그렇게 혼란스러워 하는 나의 어깨를, 메넬이 툭하고 쳤다.
　"여신이란 꽤나 자유분방하군……. 뭘, 행복해라."
　"시끄러워!"
　신에게 사랑 고백을 받으면 어떤 반응을 해야 하지?!
　사람이라고 해도 어떻게 반응해야 할지 모를 판에.
　"……뭐랄까, 그런 여자는 시원시원해 보여도, 꽤 집요하게
들러붙으니까 각오해 두라고."
　"그런 말 좀 제발 하지 마."

그럭저럭 경험치가 풍부한 듯한 메넬이 그렇게 말하니 어쩐지 현실감이 있어서 무섭다.

차라리 아무 말도 못 들은 것으로 할 수는 없는 것일까?

그런 바보 같은 대화를 하고 있을 때.

【……나의 기사여. 영웅들이여.】

신이 엄숙한 목소리로, 묘하게 이완되어 버린 그 자리의 분위기를 긴장시켰다.

다들 황급히 자세를 바로잡았다.

【사룡을 쓰러뜨렸구나. ——대단히 훌륭했다.】

그 말을 듣고——.

그제야 갑자기 실감이 나기 시작했다.

나는 바라키아카를 이긴 것이다.

그 엄청나게 무서운 사룡을 쓰러뜨리고, 살아남았다. 살아남아, 돌아갈 수 있는 것이다.

그런 생각이 들자 우르르 안도감이 복받쳐 온다.

신이 자애로운 시선으로 쳐다보고 있다는 것이 느껴졌다.

【내 그 공로에 보답하겠다. 원하는 것이 있다면 말하거라.】

그 온화한 목소리에.

"죄송하지만."

루가 목소리를 냈다.

"등불의 여신이여.《꽃의 나라》를 포함한, 이 산 주변에서 사룡의 독기를 몰아내는 것은 가능하겠습니까?"

【사룡이 죽은 지금이라면, 그 소원, 어느 정도까지는 이루어질 것이다.】

"그렇다면 부탁드립니다. 부디, 우리의 고향을 정화해 주십시오."

"그럼 나도 그걸로 부탁해요."

디네 일행의 일도 있으니, 하고 메넬이 어깨를 으쓱하며 말했다.

"저도, 죽은 친구들을 위해서라도, 그렇게 부탁하고 싶습니다."

"나도 그것으로 좋다. 이 검으로, 용과 싸울 수 있었던 것만으로도 만족이다."

겔레이즈 씨도 그렇게 말하고, 레이스토프 씨도 수긍했다.

……다들 욕심이 없다고 해야 하나, 뭐라 해야 하나.

뭐, 그렇지 않았다면 이런 승산 없는 싸움에 따라올 리도 없었겠지.

"저도. ……정화와, 축복을 부탁드립니다."

【그대들의 그 소원, 잘 알았다.】

신의 전달자인 불은 그렇게 말한 뒤, 들어 본 적도 없는 《말》을 영창했다.

불이 솟아올랐다.

성스러운 정화의 기운을 뿜어내는, 신기한 불———. 성화(聖火)라고밖에 부를 수 없는 그것이 흔들리는 독기에 옮겨붙어 남김없이 불태우고는 더욱 널리 번져 간다.

다른 그 누구에게도 일절 상처를 입히지 않고, 그저 부정한 독기만을 태우면서.

성스러운 불이 퍼져 나간다. 《철녹산맥》이 《철의 산맥》으로 러스트 마운틴즈                          아이언 마운틴즈
되돌아가기 시작한다.

【죽은 자들에게 애도를. 새로 태어날 자들에게 축복을.】

신은 자비를 베풀듯이, 기도하듯이, 《말》을 늘어놓아 간다.

상냥하게. 차분하게.

덧없고 작은 존재들의 삶을, 살며시 안아 주듯이.

【땅에 평화가 있으라. 번영이 있으라. 기쁨이 있으라.】

《말》이 이어질 때마다, 신의 《불》의 모습은 점점 사라져 간다.

불사신과 마찬가지로, 더 이상은 《해럴드》의 모습을 유지하고 있을 수 없을 만큼 힘을 소모했기 때문일 것이다.

【용을 죽인 영웅들이여. 이 땅과, 그것을 되찾은 그대들에게 ──.】

불 너머로.

후드 안쪽에서, 무표정했던 신의 입가가, 살며시 미소 지어지는 듯한 모습이 보였다.

【──영원히, 등불의 축복을.】

온화한 목소리.

따뜻한 빛.

한층 더 강한 기세로, 독기를 불태우는 성화를 뿜어낸 뒤, 신의 전달자인 불은 사라져 간다.

불사신과 달리, 개인적인 말을 거의 하지 않은 점이 실로 등불의 신답다는 생각이 들었다.

스타그네이트처럼 쉽게 친해질 수는 없을지 몰라도, 나는 그런 나의 신의 고지식함이 싫지 않았다.

잠시 동안, 말을 꺼내는 사람은 아무도 없었다.

다들, 모든 것이 사라진 《대공동》에서 승리의 여운, 생존의 실감에 빠져 있었다.

"…………."

나는 문득 생각이 나서, 바라키아카의 시체로 다가가 그 커다란 눈꺼풀을 닫아 주었다.

눈을 감은 외눈의 사룡은 마치 잠들어 있는 것 같다.

마지막 순간까지, 바라키아카는 강대하고 사악하며 긍지 높은 용이었다.

나는 조용히, 이 용을 위해 기도를 올렸다.

나는 이 가공할 존재의 혼이 어디로 가게 되는지는 모른다.

바라키아카는 자신을 전부 불태워 빛을 발해야만이 생명이라고 말했다.

윤회의 굴레로 돌아갈 것을 거절하고, 스스로 멸했을지도 모른다.

──그럼에도 기도한다. 이 용의 혼에 축복이 있으라고, 그렇게 바라며.

"……좋아."

기도를 마치고 뒤로 돈다.

"아직 해야 할 뒤처리도 많이 있으니, 처리하고 돌아갈까?"

"네! 윌 님은 쉬고 계세요, 나머지는 저희가……."

"아니, 그럴 수는 없지."

"됐다, 쉬고 있어. 넌 너무 무리했잖아."

"동감이다. 아무리 그래도 그 타이밍에서 파고들 줄은 생각하지 못했다. ……하지만 훌륭한 공격이었다."

"으음. 그 태양빛과 같은 일섬, 잊지 못할 것 같습니다. ──

돌아가면 승리의 축하연을 열어야겠군요!"

"오, 그거 좋군! 그럴 거라면 《꽃의 나라》 녀석들도 초대해서, 악기를 연주해 달라고 하자고."

"그거 멋지네요! 술이나 요리도 준비하고——."

"토니오와 비가 눈치 있게 이미 준비하고 있을 거다. 성대하게 벌릴 수 있겠군."

"와아, 어쩐지 기대가 되기 시작하네……!"

그런 식으로 모두와 이야기를 나누고.

미소를 교환한 뒤, 누가 먼저랄 것도 없이, 우리는 서로 손바닥을 부딪쳤다.

찰싹, 하고 경쾌한 소리가 드높이 울렸다.

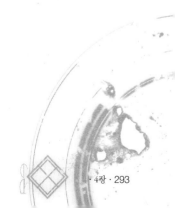

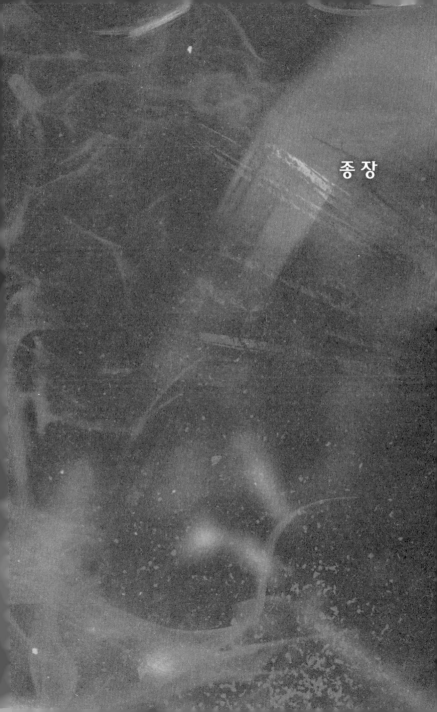

종 장

그러고 나서 우리는 토벌의 증거가 되는 용의 비늘이나 보물을 몇 가지 확보했다.

바라키아카의 시체는 방치했다가 썩는 것도 문제이기 때문에, 축도술로 《방부의 기적》을 걸어 둔다.

레이스토프 씨가 말하기로, 용의 몸은 전체가 고급 소재가 된다고 하니, 나중에 기재를 갖춰 해제하게 될지도 모른다.

적수였던 상대의 시체를 해체하여 도구로 만든다는 것은 지난 생의 감각으로는 조금 복잡한 감정이 들기도 하지만, 그래도 이 세계에서 용을 죽인다는 것은 그런 것이다.

바라키아카도 각오했던 일일 테고 나도 주저하지는 않을 것이다.

이미 승리한 이상 승자의 권리로 남김없이 이용하려는 생각이다.

그렇다고는 하나 지금은 보물도 용도, 너무나 양이 방대해서 다섯 명으로는 힘에 겹다.

우선은 데몬의 잔당들이 빼앗아 갈 가능성까지 고려하여, 꼼꼼하게 《말》과 《표식》으로 결계를 치고 왔던 길을 되짚어 도시까지 되돌아가기로 했다.

동쪽의 육로에서 내리지 않고 일부러 서쪽으로 나온 뒤 수로로 되돌아가는 것은, 《꽃의 나라》의 상황을 확인하고 그쪽에도 결과 보고를 히기 위해서이다.

덧붙여 나는 싸우는 도중에 옷이 불타 버렸기 때문에, 모두가 가져온 예비 옷이나 용의 보물 중에 있었던 《표식》이 자수된 마법 의류 등으로 어떻게든 형태를 갖췄다.

이제 슬슬 본격적인 겨울도 얼마 남지 않았기에, 역시 반팔 옷으로 돌아다니는 것이 탐탁지는 않다. 덧붙여 말하자면 막상 반팔로 다녀도 멀쩡한 몸이 되어 버렸다는 점이 더욱 탐탁지 않다.

……길을 가는 도중, 용의 피를 받은 자신의 신체 성능을 모두와 함께 검증해 봤지만, 솔직히 말해 상당히 초월적인 몸이 되어 버렸다.

거의 불사신이 말했던 대로다.

원래부터 단련되어 있던 근력과 내구력이 더욱 향상되어 있다.

특히 방어력은 초월적이었다. 작업용 나이프 정도라면 베이지도 않고, 찔리지도 않는다.

우선은 매우 주의를 기하여 소극적으로 실험해 본 결과, 레이스토프 씨가 휘두르는 칼에는 평범하게 베이는 것을 보면 무적 내지는 불사신인 모양은 아닌 듯하다.

《말》과 관련해서도, 직접 영창해 보니 어쩐지 생각했던 대로 효과가 잘 나온다. 정밀도가 늘어난 것이다.

주의 깊게 감각을 기울이면, 체내나 체외의 마나 집속 프로세스가 지금까지와는 약간 달라진 감이 있다.

최대 위력도 증가했다. ……지금이라면 마음만 먹으면, 한 번 소리치는 것만으로도 주위 일대를 깡그리 불태워 버릴 수 있을지 모른다.

그야말로, 사람의 형태를 한 용이다.

그다지 좋지 않은 상황에 빠져 버렸군, 나는 그렇게 생각했다.

확실히 전투력은 향상되었다.

지금이라면 불사신 스타그네이트의 《에코》와 다시 싸워도 우위를 점할 수 있을 것 같고, 바라키아카 또한 단독으로도 그럭저럭 싸울 수 있을지 모른다.

상대가 흔한 마수라면 콧노래를 불러 가며, 신체 능력만으로도 아무런 위험 없이 찌부러뜨릴 수 있을 것이다.

——그것이 안 좋은 점이다.

싸움에서 위험 요소가 없어진다는 것은, 굉장히 위험한 일이다.

이 용의 피를 받은 몸에 익숙해진 나머지 그것을 당연한 것으로 받아들여 버리면, 나의 싸움 방식은 불손하고 무책임해져 버릴 것이다.

그렇게 되면, 언젠가는 죽는다.

나보다 강한 적과 조우해서일지, 적을 많이 만들어서일지 혹은 모살을 당해서일지는 모르지만, 좋게 죽을 수는 없을 것이다.

《오버 이터》를 물려받았을 때, 브래드가 했던 경고와 같다.

덧붙여 말하자면 신앙자로서도, 위정자로서도 곤란하다.

더위도 추위도 느끼지 못하고 굶주림도 갈증도 모른 채, 그저 홀로 어떤 장소에서든지 살아갈 수 있는 강한 능력을 가진 존재가 어디까지, 언제까지 계속 약자에게 공감할 수 있을까.

언젠가는 얼어붙는 듯한 추위도 먹을 것이 없는 배고픔도 모르는 무지하고 오만한 「강하고 똑똑하기만 한 인간」이 되어 버릴지도 모른다.

이 힘은 용의 축복이 아니다. ——저주다.

바라키아카는 이런 일을 예견하고 있었을 것이다.

……아무리 그래도 그 마지막 교전 단계에서, 내가 그 브레스로부터 살아남을 것이라고 예상했다는 생각은 들지 않지만.

그래도 바라키아카라면 아마 사룡은 승자를 저주하고 그 인생에 파탄을 초래하는 존재라며 웃을 것이다.

저주를 풀고 싶어도 육체와 영혼에 섞여 버린 용의 인자를 어떤 방법으로 없애야 하는지 알 수 없고, 알아낸다고 해도 이 힘이 유용하다는 것은 분명한 사실이다.

주변 정세가 안정될 때까지는 이 힘을 버릴 수도 없는 노릇이고——. 다시 말해 마지막의 마지막까지, 완벽하게 속아 넘어간 모양새다.

……승리하기는 했다.

하지만 나와 바라키아카와의 싸움은 평생 계속될 것이다.

사룡의 생각대로 파멸하면, 나의 패배.

사룡의 생각대로 파멸하지 않으면, 나의 승리다.

"……지지 않을 겁니다."

끊임없이 이어진 지하도를 빠져나가.

나는《서쪽의 문》을 나오면서, 산을 우러러보며 중얼거렸다.

◆

《서쪽의 문》을 나와《아이언 마운틴즈》의 기슭을 향해 내려간다.

거암이 늘어선 암벽을 빠져나가자, 단번에 시야가 트였다.

──상쾌한 바람이 불어 간다.

"와아……."

늘어서 있던 마른 나무에서는 새로이 신록의 싹이 나와 있다.

독이 섞인 진흙은 사라지고 비옥한 땅이 되었으며, 늪지대 일부는 딱딱한 지면이 되었다. 또 일부는 풍요로운 늪으로 변했다.

처음 왔을 때의 음울하고 눅눅한 광경과는 완전히 다르다.

"이봐~. 이봐~!"

멀리서부터 외치며, 한 무리의 엘프들이 달려온다.

선두에 있는 사람은 금색의 머리카락에 보라색 눈동자를 한 엘프──. 디네 씨다.

"역시 무사했구나! 용의 하울링이 몇 번이고 들리나 싶더니, 갑자기 조용해지고, 갑자기 이상한 불이 덮쳐 오나 싶더니 주변이 깨끗해지고──."

그녀가 달려와 그렇게 말하며 우리 중 누구도 없어지지 않은 것을 확인하고는, 울음을 터뜨리며 우리에게 매달렸다.

"……무사해서 다행이야!"

그녀에게서도 더 이상 병독의 냄새가 나지 않는다.

포근하고 향긋하게 느껴지는 것은 여성스러운 향기에 땅이나 풀의 향기가 뒤섞인 그것이다.

"어휴, 호들갑스럽기는."

"뭐가 호들갑이야! 정말로, 이제, 돌아오지 않는 건가, 하고 얼마나 걱정했는데……."

"하지만 이겼다고. 보면 알잖아. 용은 죽었다. 윌이 쓰러뜨렸다."

메넬이 쌀쌀맞은 태도로 말하는 것과는 반대로 디네 씨는 어물어물 울먹이는 목소리다.

"어휴, 아직 죽을 수는 없다고. 해야 할 일도 있고 말이야."

"해야 할 일……?"

"우선 당장은 이곳의 복구 같은 거 말이야. 아직 이 주변에도 사룡의 독에 의한 후유증이 남아 있잖아?"

"맞아요. 산 쪽에도 독기가 곳곳에 남아 있었으니까요……. 데몬의 잔당들도 있을 테고."

루가 고개를 끄덕거리며, 걱정스러운 듯 눈살을 찌푸렸다.

확실히 언뜻 보기에는 상당히 많은 독기가 걷혔지만, 아직 완전히 그 기운이 없는 것은 아니다. 게다가 독이 있는 환경을 선호하여 정착했던 위험한 마수 따위도 바로 떠나거나 하지는 않을 것이다.

《철의 나라》와 《꽃의 나라》가 왕년의 활기를 되찾기까지는, 아직 많은 시간이 걸릴 것 같다.

"용의 보물이 산더미처럼 있으니까요, 당분간은 그것을 자금으로 할당해서……."

"분배 방법도 생각하지 않으면 안 되겠군요."

"대량의 보물이 유입되어 물건과 돈의 균형이 무너지는 것도 곤란하다. 토니오한테 상담해 봐라."

"네!"

"그리고 산을 되찾았다고 하면, 예전의 《철의 나라》 주민들도 돌아오려고 하겠지."

"그렇다면, 수용 준비를 갖추지 않으면 혼란이 발생하겠군."

해야 할 일들이 차례로 쏟아져 나온다.

"……나도 내키지는 않지만 한 번은 고향 숲에 얼굴을 비추고, 실력 좋은 녀석 몇 명 파견해 줄 수 없냐고 부탁이나 해 볼까나?"

메넬이 미간을 찌푸리며 중얼거렸다.

행방을 감춘 은발의 하프 엘프가 《숲의 왕》의 자격을 얻어, 고향 영웅의 유품을 들고 용 살해의 무훈과 함께 귀환했을 때 얼마나 큰 난리가 날지를 생각하면…….

뭐, 이런 얼굴이 되는 것도 이해는 된다.

메넬은 공적을 올려 고향의 녀석들에게 앙갚음을 한다든지, 그런 일을 생각하는 타입이 아니다.

자기에게 불편한 장소는 뒤도 보지 않은 채 박차고 떠나, 그 뒤에는 들판이든 산이든 더는 알 바 아니라고——. 그렇게 대응하는 타입이다.

굳이 되돌아갈 마음은 없었을 것이다.

……그렇다고는 하나 산이나 숲의 조정에 있어서는 자연과 정령의 작용을 숙지한 실력 좋은 요정사가 여럿 있는 편이 좋다.

메넬이 고향과의 관계를 회복한다면, 이쪽에 유익한 것은 분명하다.

"그럼 나도 갈게."

"네가?"

"당사자가 머리를 숙이지 않으면 어떻게 하란 말이야!"

"아~. 뭐, 그도 그렇군. 그럼 봄이 되면 한번 바다를 건너 볼까? ……괜찮지, 윌?"

물론, 하고 웃으며 고개를 끄덕였다.

어쩐지 일이 커질 것 같은 예감이 들지만, 이 일에 관해서는 나에게 피해가 올 것 같지도 않으니까!

"너 이 자식, 남의 일이라는 얼굴이네……!"

"하하하."

……《철의 나라》와 《꽃의 나라》가 왕년의 활기를 되찾기까지는, 아직 많은 시간이 걸릴 것 같다.

하지만 시간은 걸리겠지만, 언젠가는 분명.

《철의 나라》의 화로에는 다시 새빨간 불꽃이 켜지고, 망치 소리가 널리 울려 퍼질 것이다.

《꽃의 나라》에서는 다시 고운 노랫가락 소리가 흐르고, 아름다운 마을이 재건될 것이다.

분명히 그럴 것이라고 믿을 수 있었다.

◆

《꽃의 나라》에서 한차례 환영을 받은 뒤.

우리는 다시 배에 올라타 돛을 펼치고, 맑은 물로 변한 강을 타고 올라가 호수에 도착했다.

호수를 건너고 안개를 넘어 다시 망자의 도시로 향한다.

"……오오!"

거스가 있었다.

안절부절못하는 모습으로, 폐허가 된 도시의 끝자락에 떠올라 있었던 것이다.

──생뚱맞은 이야기지만, 유령이 햇빛 아래에 있는 것도 참 굉장한 광경이다.

"너희, 죽지 않았던 게냐, 으음?"

의아해하며 나를 보는 거스.

"마나의 움직임이 묘하구먼……. 용의 인자, 인가?"

단번에 맞췄다.

역시 《원더링 세이지》다.

"저주다, 그것은."

"알아. 납득도 하고 있어, 거스"

바라키아카에 대한 승리의 대가이자.

그 긍지 높은 사룡이, 용으로서의 자신을 끝까지 관철했다는 확고한 증거이기도 하다.

"그렇다면 됐다. ……자, 와라. 얼굴이 꽤 지쳐 보이는구나!"

거스는 신음하듯 수긍하고, 분위기를 전환하여 우리를 신전으로 인도했다.

지금까지 그다지 자각하지는 않았었지만, 꽤나 흥분했었던 모양이다.

브래드와 마리의 묘 앞에 무릎을 꿇고 용과의 싸움을 보고한 뒤, 맥이 풀린 나는 정신없이 잠에 빠졌다.

계속되는 싸움을 끝내고 이제야 겨우 아무런 경계도 하지 않아도 되는 영역에 왔기 때문이다.

용의 피를 받은 육체는 피로를 거의 호소하지 않았지만, 몇 번이고 절체절명의 위기에 노출되었던 정신이 휴식을 구하고 있었던 모양이다.

나는 하루의 일과인 아침 기도조차 잊고 잠에 빠졌다.

……마리와 브래드와 지냈던 어린 시절의 꿈을 꾸었다.

신전의 언덕을 뛰어다니는 즐거운 꿈이었다.

……그런 잠깐의 휴식을 끝내고, 《토치 포트》에 돌아가기로 했을 때.

"빌렸던 무기를 돌려드리겠습니다."

하고, 루가 거스에게 자청했다.

거스는 시원스럽게 손을 좌우로 흔들고,

"필요 없네, 필요 없어. 가지고 가라. 나는 쓰지 않는다."

"하지만 소중한 전우의 유품이지 않습니까?"

"……자네는 정직하구먼."

거스는 쓴웃음을 지었다.

이래 봬도 거스는 이런 정직한 사람을 싫어하지는 않는다.

"전우의 장비이기 때문에라도 새로운 사용자에게 계승되어야 하지 않겠나? 무기도 방어구도, 도구로서 태어난 게야. 감상용으로만 쓰인 채로 그냥 그렇게 사장되는 것은 무익의 극치지."

"……그렇다면 감사히 받겠습니다."

"으음. 새로운 드워프 왕의 장비가 되는 것이라면, 그 무구들에게도 명예가 될 게다."

그 말을 듣고, 문득 떠올랐다.

"아. ……《콜 던》."

어쩌다보니 그 황금의 검을 계속 내 허리에 차고 있는 상황이었다.

주 무기인 《페일문》이 부서져 버렸고, 《오버 이터》는 선뜻 뽑을 수 없다.

아직 데몬의 잔당이나 어슬렁거리는 마수와 교전하게 될 가능성도 있었기 때문에, 계속 몸에 휴대하고 있었지만…….

"아니요. 그 검은 월 님의 것이에요."

"아니, 무슨 말을. 드워프 대대로 전해 내려오는 보검 아니야?!"

정통성 같은 것을 증명하기 위해 필요할 것이라고 끈질기게 고사했지만, 루는 완고하게 받아들이지 않았다.

아울반굴 왕은 다른 누구도 아닌 나에게 그 영검을 건넨 것이라며.

"월 님은 영웅의 별 아래에 계신 분이에요. 앞으로의 싸움에서 그 생명을 잃지 않도록, 부디 이 검을 사용해 주십시오."

아무리 그래도 역시 이것을 그냥 받을 수는 없다.

내가 죽으면 《철의 나라》에 반납하도록 서면을 남긴 뒤에 빌리는 형태로 맡게 되었다.

"아니, 그보다 뭔가 나한테 또 강적이 올 것이라는 말투인데 말이야. ……이번에는 용이었다고, 용. 아무리 그래도 이 이상의 적은 이제 없지 않을까?"

이 이상의 상대가 그렇게 연달아 나올 리가 없지!

확신을 담아 그렇게 말하자,

"…………."

"…………."

"…………."

모두가 침묵했다.

동정심이 담긴 시선으로 나를 쳐다본다.

어차피 이 녀석이라면 늘 그렇듯이…… 라는 듯한 눈이다. 너무해!

"그, 뭐냐. ……강하게 살아라. 조금이나마 도와주지."

레이스토프 씨가 나의 어깨를 서투르게, 그러면서도 상냥하게 쳤다.

"아니, 그건 그것대로 마음이 상하는데요!"

곤란한 얼굴을 하는 레이스토프 씨.

흔치 않은 그의 표정에, 모두가 웃었다.


◆


망자의 도시에서 강을 타고 내려가 《토치 포트》로 돌아온다.

항구에 접근했을 때부터 도시 전체가 술렁거렸고, 도시 외곽에서 작업을 하고 있던 부인들이 입가에 양손을 대고 크게 놀라더니 넘어지듯이 허겁지겁 도시 안으로 달려갔다.

영주님이 돌아오셨어요! 다들 무사하세요! 하고 외치는 목소리가 들린다.

머지않아 이번에는 도시 쪽에서 많은 사람들이 왁자지껄 나올 무렵에, 우리는 배를 부두에 댔다.

뭍으로 올라오자 토니오 씨를 선두로 다들 몰려왔다.

어쩐 일인지 머리가 부스스하고, 눈 주변도 퀭하다.

뒷일을 맡기고 갔었지만 생각해 보면 용의 하울링도 있었고, 그것 때문에 많은 소동이 일어났을 것이다.

상당히 고생을 시켜 버린 것 같아서 면목이 없다.

"잘 돌아오셨습니다. ……그, 결과는?"

그 물음에, 나는 고개를 끄덕였다.

젤레이즈 씨에게 맡겨 두었던 꾸러미를 풀었다. 꾸러미 안에는 뒤틀린 뿔의 선단과 커다랗고 두꺼운 비늘이 모습을 드러냈다.

"산에 사는 데몬들. 그리고 사룡 바라키아카. ──토벌했습니다!"

뿔을 들어 올려 그렇게 외치자, 몰려온 모두가 환성을 질렀다.

바라키아카의 신음과 포효는 이 도시에까지 울렸던 것이다.

필시 불안감도 많이 느꼈을 것이다.

그것이 바로 지금, 이 순간에 해소된 것이다.

"와하~! 축하해~!"

인파 속에서, 빨간 머리의 소인이 달려들어 왔다.

그녀를 안아들어 빙글빙글 돌리자, 비는 웃었다.

"모두 무사한 거지? 다행이야! 응? 그거 용의 뿔이지? 잠깐 보여 줘, 나중에 노래로 만들 테니까! ——아, 뭐야 그 신무기 엄청난데?! 어디서 조달한 거야?!"

야단법석이다.

상황을 보니 나중에 전원 꼬치꼬치 인터뷰당하게 생겼네, 하고 생각하고 있을 때, 그대로 환희와 축복의 인파에 집어 삼켜졌다.

드워프 거리의 유지인 아그날 씨가 있었다. 소리 씨와 호즈 씨도 있었다.

출정할 때 미끼 역할을 부탁했던 《허풍쟁이》 마크 씨 일행도 무사히 돌아와 있었고, 서로의 좋은 결과를 축하하듯 히죽 웃어 보였다.

늙은 드워프 그랜딜 씨는 줄줄 눈물을 흘리며 겔레이즈 씨와 루의 어깨를 부둥켜안고 있었다.

신관인 안나 씨가 레이스토프 씨에게 '수고하셨어요.' 하고 치하의 말과 함께 미소를 지었고, 레이스토프 씨가 고개를 끄덕거리는 모습도 보였다.

그 자리에서 슬쩍 빠져나가 조금 떨어진 곳에서, 하지만 기분 좋게 시끌벅적한 모습을 지켜보는 메넬의 모습은 정말이지 그다운 모습이다.

많은 사람들에게 둘러싸인다. 고맙다든가, 축하한다든가, 잘했다든가, 만세라든가, 많은 말들이 왕왕 오간다.

그 말에 미소를 짓기도 하고 포옹이나 악수로 응하기도 하며 한차례 분위기가 진정되었을 때쯤, 토니오 씨가 크게 손뼉을

쳤다.

"자, 자! 영주님을 비롯한 여러분, 고생하셨습니다! 다름 아닌 그 용을 쓰러뜨리고 돌아오신 것이니까 말입니다!"

그렇게 말하며 사람들을 좌우로 밀어 헤치고는,

"조금 휴식의 시간을 두고…… 내일부터 연회를 열도록 합시다!"

괜찮겠지요? 하고 나에게 눈빛을 보내기에, 나는 고개를 끄덕인다.

이런 상황을 정리하는 데에 있어, 나는 절대 토니오 씨를 당해 낼 수 없다.

토니오 씨가 만든 흐름에 따라,

"용을 퇴치한 기념입니다! 여러분, 내일은 마음껏 먹고, 마시고, 노래하고, 그리고 축하해 주세요!"

그렇게 외치자, 다들 한층 더 큰 환성을 질렀다.

내가 아는 모두가 웃는 얼굴을 하고 있었다. 즐거워 보이고, 기뻐 보이고, 행복해 보였다.

"…………"

내가 이 행복을 지켜 낸 것이구나. 그런 생각이 든다.

바라키아카에게 도전하지 않았다면. 바라키아카에게 졌다면.

이런 광경을 볼 수는 없었을 것이다.

나는 내가 얻은 것들을 끝까지 지켜 낸 것이다.

줄곧 웅크린 채 어디에도 가지 못했던 지난 생에서부터 다시 태어나──. 일어서서 계속 걸어온 게 헛된 일은 아니었던 것이다.

그 사실이 따뜻한 실감으로서 마음속에 가득 차고.

……어쩐지, 그 감동에 가슴이 막히는 듯한 느낌이 들었다.

◆

다음 날은 아침부터 성대한 축하연이 열렸다.

도시의 광장 여기저기에 테이블이 펼쳐지고 하얀 테이블 크로스가 깔린다.

곳곳에는 화환이 장식됐다. 이른 아침부터 부인들이 만든, 김이 모락모락 나는 따뜻한 요리가 여기저기에서 운반되어 온다.

많은 사람들이 저마다 단정하게 차려입은 채 밖에 나와 있었고.

그 모두의 얼굴에는 웃음이 가득했다.

……예복을 몸에 두른 나는 광장의 단상에서 목소리를 높인다.

"에~. 길게는 말하지 않겠습니다. ……저도 배가 많이 고프니까요!"

농담조로 그렇게 말하자, 거기에 반응하듯이 웃음소리가 들렸다.

"용 퇴치의 성공과 풍요로운 은총을 축하하며……. 등불의 여신에게! 선한 신들에게!"

등불의 여신에게! 선한 신들에게!

사람들이 그렇게 외치고,

"——건배!"

건배! 하고 수많은 잔이 들어 올려졌다.

뿔로 만든 것이 있는가 하면 나무로 만들어진 것도 있고, 채색된 것이 있는가 하면 그렇지 않은 것도 있다.

활기차게 그 잔을 부딪치며, 연달아 들이켜는 연회.

자연스레 여기저기에서 이야기를 나누는 목소리와 즐거운 웃음소리가 나오기 시작한다.

그런 가운데, 현악기를 켜는 소리가 들렸다.

돈을 벌 좋은 기회라며, 비는 즐겁게 현을 켜며 이야기를 시작하고 있다.

그것은 엘프와 드워프의 이야기였다.

200년 전의 《대붕괴》로 사라졌다가, 이제야 겨우 이 땅에 되돌려지려 하고 있는, 엘프와 드워프의 나라.

《꽃의 나라》와 《철의 나라》의 이야기.

섬세한 손가락의 움직임이 어느 때는 명랑하게, 어느 때는 슬프게 음을 연주하며 이야기를 장식해 간다.

그리고 조가 바뀌며 음이 멈춘다.

조용한 내레이션.

두 나라의 이야기는 파멸에서 끊긴다.

……하지만 거기에서부터 조용히, 다시 음이 연주되기 시작했다.

그럼에도, 하며 비는 노래한다.

그럼에도, 사람이 있는 한, 뜻이 있는 한, 나라들은 되살아나는 것이라고.

마치 윤회의 굴레를 돌고 도는 것처럼.

설령 어둠에 빠졌다고 해도.

상냥한 여신의 등불은 그것을 비출 것이다.

설령 독기와 암흑이 모든 것을 뒤덮고.

끔찍한 데몬이 배회하고, 사악한 용이 포효하는 공포의 땅으로 전락했다고 해도.

그래도 《변경의 팔라딘》은 간다.

상냥한 여신의 등불과 함께.

이 남쪽 대륙의 어둠을 몰아내며, 용기를 갖고 걸어 나갈 것이다.

──비의 삼현 악기는 소리 높여 팔라딘의 용 퇴치를 노래하고 있었다.


〈변경의 팔라딘 Ⅲ 상·하 철녹산의 왕 완〉

# 번외편: 달의 여행길

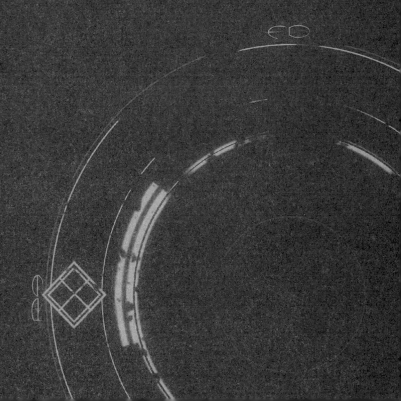

반짝반짝 빛나는 햇빛이 나무들 사이로 들이비친다.

깨끗한 공기 속에서, 수많은 거목은 신전의 기둥처럼 늘어서
있다.

──《짐승의 숲》의 안쪽 깊은 곳. 위대한 《숲의 주인》, 《구
골나무의 왕》이 있는 거처.

"오오, 여기는, 좋은 장소다, 군! 『배려에 감사한다, 윌리엄
님.』"

"『신경, 쓰지 마시길.』……그건 그렇고, 약속했던 건 말입
니다만."

"으음, 걱정하지 마라, 라고."

나와 마주 보며 고개를 끄덕이는 것은, 한번 만나면 잊을 수
없는 거구.

전에 한 번 싸웠었던 삼림 거인, 요툰족의 강그 씨다.

주변에는 부족의 거인들이 이곳저곳을 신기한 듯 돌아다니기도 하고, 거대한 마수 가죽으로 된 천막을 설치하기도 하고 있다.

남성은 모두 3미터를 넘을 것 같은 몸집이고, 여성도 2미터 중반 이상은 되기 때문에 상당한 장관이다.

어쩐지 하플링이 된 기분이 든다.

"사람과 싸우면 이기든 지든 귀찮다, 말이지⋯⋯."

"그렇죠⋯⋯."

용 퇴치를 마치고, 귀환하고, 연회를 열고.

한 편의 이야기라면 이쯤에서 그리고 모두 행복하게 살았습니다, 하며 막이 내려와 끝날 테지만 이것은 유감스럽게도 현실이다.

뒤처리해야 할 일은 아직 많이 남아 있었다.

에셀 전하나 버클리 신전장을 비롯한 관계 각소에 문제가 무사히 해결되었음을 보고했고, 불안에 빠져 있던 사람들을 위무하여 폭동을 억제했다. 올바른 정보를 선전하여 떠돌아다니는 허위 정보를 진정시키기도 했다.

또한 용의 하울링에 의해 《비스트 우즈》 곳곳에서 발생했던, 긴박하게 대응해야 하는 소동과 그 소동의 원인을 수습하고——.

그뿐 아니라, 그것들이 대충 끝났음에도 불구하고 아직 해야 할 일이 남아 있다.

얼마 전 발견된 포레스트 자이언트 부족에 대한 대응도 그중 하나다.

일반적으로 거인이라고 하는 종족은 용과 마찬가지로, 선한 신에게도, 악한 신에게도 속하지 않는, 중립의 입장이라고 알려져 있다.

……이 『중립』이라는 것은 「분쟁이 싫어서 어느 쪽에도 가담하지 않는다」 같은 느낌의 것이 아니다.

신들의 비호를 받지 않아도 위협을 헤쳐 나갈 수 있으며, 시비가 걸려 공격이라도 당한다면, 그것이 어느 쪽 신의 진영이든 간에 반격하여 다대한 피해를 줄 수 있을 정도로 강하다.

그런데 어째서 굳이 신인가 하는 녀석들의 세력 다툼에 끼어들 필요가 있지? 정도의 지극히 강한 『중립』이다.

포레스트 자이언트는 창세 신화의 시대에 존재했던 《태초의 거인》들의 피가 비교적 옅은 편이라고 알려져 있다.

세대를 거치면서 신비함이 옅어지고, 수명도 짧아졌으며 체격도 작아진 것이다.

그럼에도 이 3미터의 거인들은, 메넬보다는 조금 못하다고는 하나 요정사로서의 높은 자질을 갖고 있다. 수는 적지만 지극히 질이 높은, 강력한 마법 전사 종족이다.

비교적 피가 옅은 포레스트 자이언트들이 이 정도니, 창세의 시대부터의 영향을 짙게 유지하고 있는 《태초의 거인》들과 관련된 일화를 이야기하자면 더욱 터무니없다.

남해의 대폭풍 중앙에 살며 폭풍과 함께 바다를 걷고, 하늘을 찌르는 《폭풍의 거인》. ^(스톰 자이언트)

영겁의 시간 동안 큰 화산대의 용암 속에 잠들어 지내며, 이따금씩 분화와 함께 깨어나는 《용암의 거인》. ^(라바 자이언트)

머나먼 동쪽 끝의 황야, 끝없는 뇌운을 그 거처로 삼아, 마음대로 하늘을 돌아다니는 《뇌운의 거인》. ^(클라우드 자이언트)

이미 이 차원에서 떠난 것들도 많다고는 하나, 듣는 것만으로도 현기증이 날 것 같은 스케일이다.

──용과 거인이 동격이라고 일컬어지는 것도 이해가 된다.

확실히 그런 수준의 존재쯤 되면, 《태초의 용》 중 한 마리인 바라키아카와도 한 발도 물러서지 않은 채 정면으로 싸울 수 있을 것이다.

그리고 문제는, 그런 신화적인 존재에는 미치지 않는다고 해도 그 피를 잇는 강력한 이웃이 숲의 안쪽에 살고 있다는 사실이 판명되었다는 점이다.

《비스트 우즈》의 안쪽에 살고 있었다는 말은, 다시 말해 그들이 마수들을 전혀 신경 쓰지 않았다는 것이다.

늘어선 마수 가죽의 천막을 보아하니, 그러기는커녕 오히려 마수를 포획하고 있는 포식자 측이며…… 그 말은 곧 마수보다 강하다는 것이다.

개척하고 확장하는 인류권과 섣불리 불행한 형태로 충돌했다가는 큰 소동이 벌어진다.

구체적으로 말한다면 경솔한 조우가 전투로 발전하고 어느 한쪽에서 사망자가 나와 더 이상 물러설 수 없게 되었을 때. 이렇게 되면 매우 막대한 손해가 날뿐더러 어느 쪽이든 이득은 보지 못한다.

물론 일단은 면식은 있어서 교섭 루트가 있으니 배상으로 해결할 수 있을지도 모르지만 그런 것은 최후의 수단이다. 처음부터 기대할 수 있는 수단은 아니다.

그런 상황에서──.

"주인님들의 수호는, 이 강그와 일족이 맡겠다."

전에 있었던 뿔 달린 악마 케르눈노스의 소동 때 소재가 판명된 《숲의 쌍둥이 왕》, 《참나무의 왕》과 《구골나무의 왕》——. 나는 그들에게 이 두 거목 주변으로 이주해 줄 수 없겠느냐고 타진하기로 했다.

그 《숲의 주인》들은 《비스트 우즈》 최대의 급소다. 이곳을 《금기의 말》 같은 것에 파괴당하면 큰일이 벌어진다.

하지만 그곳은 동시에 《숲의 주인》의 성역이다. 자연이 풍부해야 한다는 그 성질상, 대대적으로 사람을 들여 개발할 수도 없다.

기본적으로 금단의 구역으로 정할 수밖에 없다. 하지만 그렇다고 해서 파수꾼을 아예 두지 않을 수도 없는 노릇이라, 이러지도 저러지도 못하고 있던 상황에서 그들이 생각난 것이다.

그들은 인간과 절대로 부딪칠 일 없는, 거의 항구적이라고 할 수 있는 주거가 손에 들어온다.

쌍둥이 왕은 강력하면서도 서로 이야기도 나눌 수 있는 호위가 주변에 거주해 준다.

아마도 이것으로, 서로가 이득을 볼 수 있는 결과가 될 것이다.

——계약 체결의 악수를 나눈다.

강그 씨의 손은 크고 두꺼웠다.

"그러고 보니…… 『강그 님, 서방 공통어, 어디에서?』"

"옛날, 숲 외곽에서, 아~……? 들, 들…… 들일……? 『경작을 하던』, 마음씨 착한 남자가 있었다, 는데. 털가죽과 곡물의 교환 때문에, 조금, 배웠다."

"아하……."

"이제 봄이 300번 오는, 그보다 더 전의 일이다, 군. 그 후에 부족 중 한 명이 인간과 싸움을 일으켜서, 말이다……. 숲의 안쪽 깊숙한 곳으로 거처를 옮겼다."

"…………."

정말로 옛날 일이다.

하지만 그렇다면——.

"다시 『물물 교환, 가능』?"

"으음. 『철물을 교환할 수 있다면 고맙겠는데, 그쪽은 뭐가 필요하지?』"

"이쪽도, 『약초, 목재, 마수의 가죽, 뼈, 필요하다』입니다."

그런 식으로, 잠시 동안 품목에 관한 이야기를 나눠 대략적으로 합의를 봤다.

나머지는 실제로 종사할 사람들에게 세세한 조정을 맡겨야겠다.

"그러고 보니……."

이야기가 일단락되었을 때쯤, 강그 씨가 말했다.

그의 시선은 나의 등 쪽으로 향하고 있다.

"자네, 그~. 『그 창은, 어떻게 된 거지?』"

"…………."

나는 그 물음에, 애써 웃음을 만들었다.

아마도, 그 웃음에는 씁쓸함이 섞여 있었을 것이다.

"……용과의 싸움에서, 부서져 버려서요."

강그 씨는, 괜한 것을 물었다, 하고 말하며 난처해하는 표정을 지었다.

◆

《페일문》은 파괴되었다.

바라키아카와의 싸움에서, 깨지고, 부러지고, 엉망이 되어 버렸다.

아무리 수많은 《표식》으로 보호받은 창이라고는 해도, 《말》과 친밀한 용의 일격 앞에서는 속수무책이었다.

물론 나도 무기가 파괴되지 않도록 주의하고는 있었지만, 그 상황에서는 한계가 있었다.

그러니 그것은 어쩔 수 없는 일이었다.

어쩔 수 없는 일, 이지만······.

"하아······."

역시 낙담하고 만다.

그 뒤로, 《토치 포트》로 돌아온 나는 부두에 걸터앉아 한숨을 쉬고 있었다.

──사실, 《페일문》을 고칠 수 있을지는 이미 확인해 봤다.

에셀 전하의 소개를 받아 《화이트 세일즈》에서도 가장 실력 좋은 대장장이에게 상담해서 어떻게 해 줄 수 없겠냐고 부탁해 봤던 것이다.

과묵한 그 대장장이는 아무 말 없이 머리를 가로저었다.

그것이 전부였다.

"············."

하지만 그 대답을 듣고, 내가 너무 슬픈 표정을 지어서였을 까?

대장장이는 《페일문》의 부러진 날 부분, 그 《빛의 말》이 남아 있던 부위를 갈아 내어 작은 단검을 만들어 주었다.

《강화》나 《예리》 같은 《표식》이 있던 부분은 부서져 있었기 때문에, 어쩔 수 없었다.

"미련, 이군……."

허리에 차고 있던, 그 《페일문》에서 갈아 낸 단검을 뽑아, 햇빛에 비쳐 본다.

날은 그리운 빛을 반사하고 있지만…… 이것은 이제 더 이상 내게 필요한 성능의 기준을 도저히 채울 수 없는 무기이다.

평소의 내가 휘두르기에도 많이 부족했던 무기인데, 하물며 영혼의 안쪽에 잠든 사룡의 힘을 각성시켜 전력으로 휘두른다면 분명 어딘가에 한 번 공격한 것만으로도 부서져 버릴 것이다.

마수나 데몬의 잔당, 남쪽에 있는 미지의 악신의 권속들…….
내가 싸워야 할 상대는 아직 많다.

애착만으로 성능이 뒤떨어지는 무구를 계속 사용할 수는 없다.

그러니 슬슬 새로운 주무기를 찾아야 할 때인 것 같다.

……실제로, 지금의 나라면 마음대로 골라잡을 수 있다.

과거에 유적을 뒤지면서 얻은 무기 중에도, 단순히 성능 면에서 《페일문》을 상회하는 창은 얼마든지 있다.

그것들이 성에 차지 않는다면 《화이트 세일즈》의 상인들에게 돈을 쥐여 주고 배를 통해 각지의 창을 사 모아도 된다.

연줄을 이용하여 부탁하면 드워프족이나 엘프족 비전(秘典)의 무기도 입수할 수 있을지 모른다.

날 끝에 화염이나 번개의 《표식》이 부여된 오랜 마법의 창.

던지기만 하면 적을 추적하고, 《말》 한 번에 손으로 돌아오는 창.

주인의 정신을 예민하게 하고, 저항력을 높이는 성스러운 창.

또는 《미스릴》로 만든, 미혹의 요정이 깃든 환혹의 창.

단순히 극도로 튼튼하게 만들어져, 극도로 예리하고 그 날카로움이 떨어지지 않도록 《표식》으로 강화한, 심플하면서도 사용하기 쉬워 보이는 창도 있었다.

하지만 전부 내키지 않았다.

너무 오랫동안 《페일문》을 사용해서 그런가 하는 생각이 든다.

성능만 가지고 말하자면, 《페일문》은 약한 창이다.

데몬의 왕이 대립하는 《상왕》을 죽이기 위해 만든, 생명력을 흡수하는 검 《오버 이터》에도.

대장장이의 신이 만들어 낸 금색의 작은 태양, 《콜 던》에도 미치지 못한다.

그저 튼튼하고, 길이를 조절할 수 있고, 날 끝이 빛나는 것뿐인 창이다.

──하지만. 그럼에도.

누가 뭐라 말하든, 《변경의 팔라딘》의 주된 무기는 그저 그 튼튼하고 길이를 조절할 수 있으며 날 끝이 빛나는 것뿐인 창이었다.

애용하던 그 무기가 이런 꼴이 되어──. 분명 나의 감각은 아직 혼란에서 회복하지 못하고 있다.

레이스토프 씨가 끝까지 애검을 고집하는 이유도, 지금이라면 보다 잘 이해할 수 있을 것 같은 기분이 들었다.

……지금까지 함께 해 왔던, 무엇보다 신뢰해 왔던 무게감이 없다.

이는 예상보다 더 힘든 일이었다.

"…………."

단검을 바라본다.

어떻게 해야 할까, 하고 생각했다.

나는 이 갈아 낸 《페일문》을 모험에 데리고 가 줄 수 없다.

데리고 가 봤자 단순히 별 쓸모없는 낚시용 추로 쓰든가, 망가뜨리게 될 뿐이다.

그렇다고 해서 저택 안에 추억의 물품으로 계속 장식해 두는 것도 뭔가 아닌 것 같은 기분이 들었다.

대체 뭘까?

어떻게 해야 할까?

아직 용 퇴치의 뒤처리로서 해야 할 일이 많이 있을 텐데도, 나는 어느덧 그런 생각에 푹 잠겨 있었다.

──그때였다.

"제길, 죽여 주겠어! 죽여 주겠다고!"

상당히 힘찬 목소리가 들려왔다.


◆


분노가 채 가시지 않은 듯 강가의 가로를 걷고 있는 사람은, 아직 젊은 나이의 소년이었다. 열셋이나 열넷, 그쯤 됐을까?

검정색의 곱슬머리에, 기가 세 보이는 녹갈색의 눈동자.

조잡한 삼베옷의 외투에, 등에는 엉성한 화살통과 활을 걸쳤다. 그리고 허리에는 적당히 깎아낸 듯한 목제 곤봉이 보였다.

사냥꾼이나 견습 모험자 정도일까?

"마수의 목을 베어 버리겠어……!"

"과, 관두자, 그렌……. 위험하다고……!"

"시끄러워, 알렉스, 나 말리지 마!"

그 소년의 뒤를 쫓아가고 있는 사람은 조금은 제대로 된 무명 옷감의 옷을 입은, 또래 정도의 빨간 머리 아이였다.

누더기와도 같이 짙은 로브와 끄트머리에 거무스름해진 은색의 세공이 살짝 들어가 있는, 상당히 낡아 보이는 물푸레나무 지팡이.

마법사. 하지만 학원 출신 같지는 않은 느낌이다. 어딘가의 토착 주술사 계통인가?

별생각 없이 상황을 바라보다가, 소년이 그대로 마법사 아이의 제지를 뿌리치고, 엉큼성큼 도시 바깥으로 걸어 나가려고 하기에──.

"저기, 여보세요?"

불길한 예감이 들어, 황급히 말을 걸었다.

"응? 뭐야, 당신은?"

그렌이라는 소년은, 경쟁심 강해 보이는 얼굴로 나를 올려다본다.

알렉스라 불렸던 마법사 아이는 살짝 안도한 분위기다.

살짝 무릎을 구부려, 눈높이를 맞췄다.

"그렇게 화를 내면서 어디로 가는 걸까, 하는 생각이 들어서."

"마수를 퇴치하러 가는 거라고, 마수를 퇴치하러!"

"마수 퇴치……?"

"그래! 왜, 모험자가 되고 싶어 하면 안 되는 거야?!"

현재 위치와 그들이 온 방향에서, 좋지 않은 예감이 들어,

"아, 아~. ……혹시 《큰곰 여관》 근처에 갔었어?"

한 가게의 이름을 거론한다.

"갔는데, 왜?!"

"저, 저기, 저희는, 우연히 길에서 마주쳐서, 같이 가자고……
그랬더니, 그……."

"그 녀석들, 제길!"

"아~……."

이 《토치 포트》에서도, 《큰곰 여관》은 특히 난폭한 모험자들
이 많이 모이는 술집이다.

상당히 질이 나쁜 사람들도 섞여 있다.

이런 젊은 아이들이 모험자가 되고 싶다며 그곳에 들어갔다
면, 한차례…… 아마, 상당히 호되게, 모욕적인 대응을 받았을
것이 틀림없다.

그래서 뭐, 문전박대에 가까운 취급을 받고 마수의 목이라도
베어 와서 보란 듯이 자랑해 주겠다, 같은 그런 느낌으로 기염
을 토하고 있다고 봐도 좋을 것이다.

특히 이 그렌 군은 정의감이 강해 보인다.

자신은 둘째 치고 동행자인 아이까지 그런 취급을 당하니 울
분이 가라앉지 않는 것이다.

"…………."

하지만 역량은 잔혹하다.

한눈에 알 수 있다. 아마도 원래는 사냥꾼일 그렌 군은, 어느 정도 단련되어 있지만 흔히 있는 풋내기들보다 한 단계나 두 단계 나은 정도라고 판단할 수밖에 없다.

뒤에 있는 마법사 아이, 알렉스 군…… 양? 뭐, 추궁은 하지 않겠다…… 의 지식 수준은 알 수 없지만, 실전 경험은 없어 보인다. 주위에 대한 경계나 분위기에서 초심자의 모습이 보인다.

갑자기 나타난 마수를 상대로, 신속하고 정확한 《말》을 발하는 것은, 아마도 힘들 것이다.

"……이대로 가면, 죽게 될 거야."

이곳은 《비스트 우즈》이다. 얼마나 위험한지는 피부로 알고 있다.

차가운 목소리로 말하자, 무엇을 짐작한 것인지 마법사인 알렉스 군이 움찔, 하고 몸을 움츠렸다.

그렌 군도 순간 기가 죽은 듯했지만, 곧장 투지를 노골적으로 드러내고,

"죽는 걸 두려워해서 어떻게 모험자가 되겠어?!"

하고 말한다.

근성은 상당하지만…….

"그럼 죽는 것보다 훨씬 심한 사태는 생각해 본 적 있니?"

"뭐?"

"뱀의 마수는 상대를 마비시킨 뒤에 산 채로 배 속에 넣어서 며칠에 걸쳐 녹이지. 온몸이 천천히 녹는 감각 같은 거, 상상해 본 적 있니?"

"……히익!"

알렉스 군이 숨을 죽였다.

그 외에도…… 하고 마음속으로 살짝 불사신 스타그네이트에게 사과하면서,

"망자가 되어 버린다든가."

"…………."

"팔다리만을 잃은 채 살아남게 된다든가. 도적들에게 납치당해 농노로 팔려 버린다든가."

분노에 몸을 맡긴 채 마수가 우글대는 《비스트 우즈》의 심부로 돌입해 버리면, 행운이 따르지 않는 한 그런 결말이 기다리고 있다. ……뭐, 사실 《비스트 우즈》는 너무 위험해서 도적들도 그다지 머무르고 있지는 않지만.

"으, 으윽."

어쨌든 마음을 고쳐먹게 하는 것이 제일 중요하다.

"그, 그래도, 어차피 돌아갈 곳 따위는 없어! 가는 수밖에 없다고."

"…………."

아무래도 둘에게는 퇴로가 없는 모양이다.

그렌 군은 부모에게 버려졌거나, 혹은 사별을 했거나 한 부류인 듯하다.

분위기를 보는 한, 표정이 어두운 알렉스 군도 마찬가지.

"하지만 그렌 군. ……분명 거기 있는 알렉스 군은 너를 버리고 달아날 수 없을 테니, 그 아이도 같이 죽게 될 텐데?"

"……윽."

그렇게 말하자, 천하의 그렌 군도 기세가 꺾였다.

입술을 깨물고 있다.

궁지에 몰린 상태에서 무작정 이 《토치 포트》까지 찾아왔지만, 지식도 없고 어떻게 해야 할지도 모른 채.

커지는 불안감에 목적지도, 타개책도 보이지 않는 상황을 분노와 기세로 무리해서 타파하려 한다. 하지만 이대로 가 봤자 문제가 해결되지 않는다는 사실은 그도 잘 알고 있을 것이다.

"저, 저기…… 형은, 모험자인가요?"

"아니, 그렇지 않아."

적어도 이제부터는 모험자를 자처할 수 없을 것이다.

"하지만 조금은 알아."

"그, 그럼, 부탁해요! 알려 주세요! ……저희는, 어떻게 해야 할까요?!"

"음."

불리와 불명 가운데, 점점 초조해지는 상황에서도, 우선은 냉정하게 정보를 찾는다.

그렌 군의 정열도 중요하지만, 알렉스 군의 조심스러움 또한 중요한 자질이다.

둘이서 그 두 가지를 갖고 있다면…… 이 아이들도 살아남을 가능성은 있어 보인다.

"우선은 《큰곰 여관》에서 있었던 일은 잊어버려. 그리고 저쪽 거리 끝에 있는, 커다란 물고기 같은 간판이 달린 《파란 해신 여관》에 가 봐. 거기의 점주 씨는 남을 잘 돌봐 주니까."

이런 모험자가 되고 싶어 하는 초심자들을 서로 소개시켜 제대로 된 파티로 만들고, 적절한 의뢰를 할당해 주기도 하고, 다소의 조언 같은 것도 해 준다. 《큰곰 여관》처럼 난폭한 술집과는 다르게 비교적——. 뭐, 비교적이긴 하지만, 질이 좋은 가게다.

쓸데없는 참견이라고 생각하면서도, 고개를 끄덕거리는 알렉스 군과 아직은 조금 의심스러운 눈초리를 나를 보고 있는 그렌 군에게 말을 잇는다.

"잘 들어. ……모험자라는 것은, 모험에 도전하는 일이야. 하지만 그것은 무모도 만용도 아니야. 살아남기 위해서 준비에 만전을 기하고, 죽느냐 사느냐의 모험에 전력으로 부딪친다는 말이야."

그렇게 하면, 운명의 무자비한 주사위 눈도, 아주 조금은 호의를 베풀어 준다.

"자포자기 마라, 이야기의 진위를 확인해라, 장비에는 충분하게 돈을 써라. ……그리고 나머지는 약간의 지혜와 용기야. 그렇게 하면 언젠가는 분명 목표하는 곳에 당도할 수 있을 거야."

너희에게 선한 신들의 가호가 있기를, 나는 그렇게 말하며 미소 짓고.

……무의식중에 《페일문》을 갈아서 만든 단검을 내밀고 있었다.

"……?"

"줄게."

"흥, 그래 봤자 단검은 꽤……."

"그, 그렌! 그렌?! 이거, 《표식》이……?!"

"표식이라니……. 마법의 단검?!"

"응, 《표식》이라고 해도 대단한 것은 아니지만 말이야. 너희에게 줄게."

젊은 모험자들이 떠날 여행길의 시작을 축하하고 싶다는, 그런 생각이 들었다.

나는 더 이상 《페일문》과 모험의 여행을 할 수 없지만.

그래도 그날, 지하에서 발견한 《페일문》이 누군가와 계속 모험의 여행을 해 준다면. 계속 그 여행길이 이어진다면——.

그것은 분명 멋진 일일 것이라는, 그런 생각이 들었기 때문이다.

"《빛의 말》이 새겨져 있으니까, 횃불 대용 정도로는 쓸 수 있을 거야."

"모, 목적이 뭐야?"

……아~. 하긴, 아무 이유 없이 갑자기 이런 것을 받게 된다면 무섭겠지.

건네주어서 얻는 이익도, 그 목적도 알 수 없으니, 나라도 무섭다는 생각이 들 것 같다.

"그럼, 잠깐 긴 이야기를 들어 줄 수 있을까?"

"긴 이야기?"

"응. 마법의 무기를 건넬 때는 그 유래까지 이야기해 주는 것이, 옛날부터 전해 내려오는 전사의 관례니까 말이야."

"……지어 낸 이야기는 아니겠지?"

"그, 그런!"

"하하, 그렇게 생각해도 상관없어."

그 대신, 아주 긴 이야기가 될 거야.

그렇게 생각하며, 나는 이야기하기 시작했다.

"이건 말이야. 고대의 드워프가 만들고, 키마이라를 쓰러뜨렸으며, 용의 비늘을 꿰뚫은――."

변경의 팔라딘이, 그 무엇보다 신뢰했던 창.

검은 구름이 하늘을 뒤덮은 밤에도 세상을 비추는, 《페일문》의 여행길에 대한 이야기다.

〈끝〉

# 후기

　본서를 구매하여 읽어 주신 여러분께, 우선은 인사를 드립니다.
다시 만나 뵙게 되어 다행이라 생각합니다. 야나기노 카나타
입니다.
　여러분의 은혜 덕분에 3권을 출판하게 되었습니다. 정말로
감사합니다.

　이렇게 개고를 끝내고, 후기를 쓰면서 1년 전을 떠올려 보면,
당시, 특히 상권을 썼을 무렵의 저 자신은 초조했었던 기억이
있습니다.
　……문제는 분량이었습니다.
　3권에 해당하는 부분은 미리 친구들과 상담하여 구상을 짜
고, 그러고 나서 쓰기 시작했었습니다만…… 무섭게도, 예정
을 벗어나 점점 분량이 증가해 갔던 것입니다.
　소설을 쓰다 보면 흔히 있는 사태라고 여러 곳에서 들었던 이
야기이기는 했습니다. ……하지만 '초심자의 행운'이라는 것
이었는지, 완성된 문장이 1권, 2권에서는 대충 예정했던 대로
의 분량으로 정리되어 '혹시 나, 분량 조절 잘하는 건가?' 하
는 방심과 교만의 정령에 씐 상태에서 설마설마했던 대폭발.

계속 늘어만 가는 문장의 양에, 서둘러 이야기를 진행시키려다가 친구인 K 선생님의 권유로 그에 상응의 분량을 스스로 폐기하고 다시 썼던 날의 일은 인상적입니다.

원래는 취미로, 마음이 가는 대로, 좋아하는 전개를 그릴 예정이었던 인터넷상의 아마추어 창작이, 이 작품이었습니다.

하지만 운 좋게도 상업 출판을 하게 되면, 뜻하지 않게 욕심도 생겨나는 법.

재미있는 전개로.

복선을 깨끗하게 회수해서.

한 권에 딱 맞춰서.

가능하면 조금 여백을 남기고, 서적판에서는 보너스를 넣기도 하고.

인기를 얻었으면 좋겠다. 잘 팔렸으면 좋겠다. 남들에게 자랑할 수 있는 작품으로 만들고 싶다…….

부풀었던 문장의 양 이상으로, 나 자신에게 엉겨 붙어 있던 욕망이었구나, 라는 걸 깨닫게 되었습니다.

……그러고 나서, 한차례 마음을 고쳐먹었습니다.

이런 부류의 욕심을 완전히 끊을 수는 없겠지만, 되도록 자제하고 초심으로 돌아간다는 마음가짐으로.

마음이 가는대로, 양에 신경 쓰지 않고 서적화의 이야기 따위 없었던 일로 생각하고, 윌의 모험 이야기를 진행해 가기로 했습니다.

그러자 저도 모르는 사이에 문장이 술술 쓰이기 시작했고, 특히 종막의 싸움에서는 저 자신도 흥분, 몰두하면서 이야기를 써 내려 갈 수 있었습니다.

이 이야기를 쓰면서, 여러 가지로 소중한 것을 배우게 된 듯한 기분이 듭니다.

……그리운 과거의 판타지 속 세계에서 받은 것들을 가득 담은 3권.

여러분도 즐겨 주셨으면 좋겠습니다.


마지막으로 감사의 말씀을 드립니다.

미려한 삽화를 그려 주신 린 쿠스사가 선생님께. 매 권, 일러스트를 볼 때마다 마음이 행복해지고 있습니다.

또한 화집 『아사이 겐지 / 린 쿠스사가 Art Works』의 발표, 축하드립니다. 수록된 본 작 일러스트에 대한 코멘트에는 깊은 감동을 받았습니다. 메넬의 디자인, 매우 좋아합니다.

캐치프레이즈를 써 주신 카와카미 미노루 씨께 깊은 감사를 드립니다. 중학생 시절, 작가님의 작품을 접한 이후, 줄곧 당신의 팬입니다.

친구 여러분께. 여러 가지 협력에, 다시 한번 감사드립니다.

담당해 주신 편집자님, 그리고 오버랩 편집부 여러분. 또, 이 책의 인쇄와 영업, 판매 등에 관여해 주신 모든 여러분.

그리고 지금, 이 책을 들고 계신 당신께 진심으로 감사드립니다.

──그럼 이만, 또다시 만날 수 있기를 기도하면서.


2016년 11월 야나기노 카나타

# 변경의 팔라딘 3(하)

2017년 11월 10일 제1판 인쇄
2022년 04월 05일 제3쇄 발행

**지음** 야나기노 카나타
**일러스트** 린 쿠스사가
**옮김** 신우섭

**발행** 영상출판미디어(주)
**등록번호** 제 2002-000003호
**주소** 21315 인천광역시 부평구 부평대로 283 A동 702호
**전화** 032-505-2973(代) | FAX 032-505-2982

ISBN 979-11-319-6762-1
ISBN 979-11-319-6145-2 (세트)

구매 시 파손된 도서는 구매처에서 교환하실 수 있습니다.
기타 불편사항, 문의사항이 있으신 독자님께서는 노블엔진 홈페이지
[ http://novelengine.com ] 에서 Q&A 게시판을 이용해 주시기 바랍니다.

**• • •**
**영상출판미디어(주)**

# 단행본 출간작 리스트
## (주요 해외 라이선스 작품)

**•**

**[오버로드]** 1~11
· 마루야마 쿠가네 지음 · so-bin 일러스트

**[이 세계가 게임이란 사실은 나만이 알고 있다]** 1~7
· 우스바 지음 · 이치젠 일러스트

**[방패 용사 성공담]** 1~16
· 아네코 유사기 지음 · 미나미 세이라 일러스트

**[나만 집에 가는 학급전이]** 1~2
· 아네코 유사기 지음 · 유큐폰즈 일러스트

**[유녀전기]** 1~7
· 카를로 젠 지음 · 시노츠키 시노부 일러스트

**[이세계는 스마트폰과 함께.]** 1~7
· 후유하라 파토라 지음 · 우사츠카 에이지 일러스트

**[리월드 · 프런티어]** 1
· 쿠니히로 센기 지음 · 토자이 일러스트

**[백마의 주인]** 1~4
· 아오이 야마토 지음 · 마로 일러스트

**[동화 나라의 달빛공주]** 1~4
· 아오노 우미도리 지음 · miyo.N 일러스트

**[해골기사님은 지금 이세계 모험 중]** 1~6
· 하카리 엔키 지음 · KeG 일러스트

**[용사상호조합 교류형게시판]** 1~3
· 오케무라 지음 · KANSEN 일러스트

**[흑의 성권사~세계 최강 마법사의 제자~]** 1~3
· 히다리 류 지음 · 에이히 일러스트

**영상출판
미디어(주)**

트랜드를 이끄는 고품격 장르소설

일상계 × 이세계 판타지 × 코미디 ≧ 배틀

# 이세계 최강은
# 집주인이었습니다 1

4년 전, 역대 최강의 용사로 이세계로 소환된 이가와 이사오.
마왕을 쓰러트리고 세계에 평화를 되찾은 주역……일 텐데,
사정이 있어서 지금은 일당으로 먹고사는 잉여 모험자.
이 이야기는 불쌍한 세계 최강과 그 가족인 신룡의 아이 노리짱이
하루하루 최선을 다해 살아가는, 살짝 느긋한 홈드라마.

도를 넘는 팔불출 주인공과 순진무구한 노리짱이 오늘도 노력합니다!!

유우타로 지음 / okama 일러스트

영상출판
미디어㈜

# 해골기사님은 지금 이세계 모험 중 1~6

MMORPG 플레이 도중 깜박 잠들었다 눈을 떠보니 게임 캐릭터의 모습으로
낯선 이세계에 떨어진 「아크」. 그런데 겉은 갑옷, 속은 전신골격인 해골기사라고!?
──정체를 들키면 몬스터로 오해를 받아 토벌대상이 될지도 모른다!
아크는 눈에 띄지 않게 용병으로 지낼 것을 결심하지만,
눈앞에서 벌어지는 악행을 내버려둘 수 없었다.
온갖 사건 사고도 게임에서 단련한 스킬로 쾌도난마의 대활약!
최강의 해골기사에 의한 무자각 "사회혁명" 이세계 판타지가 여기에 등장!!

하카리 엔키 지음 / KeG 일러스트

영상출판
미디어㈜

# Fate/Apocrypha 1~5

시스템이 바뀐 성배전쟁, 7기의 서번트 vs 7기의 서번트,
전대미문의 대규모 전쟁—— 성배대전(聖杯大戰)이 발발한다.
성배를 손에 넣는 것은 적(赤)과 흑(黑), 어느 진영인가——.

『Fate/stay night』『Fate/Zero』의 뒤를 잇는 새로운 이야기!
2017년 여름 TV 애니메이션 스타트!
히가시데 유이치로가 선사하는 성배전쟁 외전, 드디어 개막!

히가시데 유이치로 지음 / 코노에 오토츠구 일러스트

영상출판
미디어㈜